다시 만나는 옛이야기 ❶

해가 되어라 달이 되어라

다시 만나는 옛이야기❶
해가 되어라 달이 되어라

초판 1쇄 펴낸 날 / 2017년 11월 30일

지은이・구광본 | 펴낸이・임형욱 | 디자인・예민 | 영업・이다윗 |
펴낸곳・열림과울림(행복한책읽기) | 주소・서울시 종로구 명륜4길 5-2, 403호
전화・02-2277-9216,7 | 팩스・02-2277-8283 | E-mail・happysf@naver.com
인쇄 제본・동양인쇄주식회사 | 배본처・뱅크북(031-977-5953)
등록・2001년 2월 5일 제300-2014-27호 | ISBN 979-11-88502-00-4 03810 값・13,000원

ⓒ 2017 행복한책읽기
Printed in Korea

＊열림과울림은 행복한책읽기의 임프린트입니다.
＊이 책은 한국출판문화산업진흥원 2017년 우수출판콘텐츠 제작 지원 사업 선정작입니다.

해가 되어라
달이 되어라

구광본 소설

열림과울림

다시 만나는 옛이야기

　다 지나간 시대의 이야기를 단지 다시 한다면 그것은 때늦은 이야기입니다. 그런데 그 이야기에 누구도 생각지 못한 새로움을 담아내었다면 그것은 한참이나 앞서가는 놀라운 이야기일 수 있습니다.

　옛이야기는 원래 마주하거나 둘러앉은 상태에서 구연하던 것이지요. 눈 오는 밤 등잔불 밝힌 방이나 더운 여름날 큰 정자나무 그늘에 둘러앉아 흥겨워하는 사람들의 모습이 떠오르시는지요. 옛이야기가 살아 있던 시대는 바로 그러했습니다. 그런데 진작부터 혼자 고독하게 책을 읽는 세상으로 바뀌었지요. 소설은 고독한 존재인 작가가 또 다른 고독한 존재인 미지의 독자를 향하여 자판을 두드려 보내는 모스 부호 같은 것이 아니겠습니까.

구술시대에는 말이 중심이었습니다. 문자시대에는 글이 중심이었고요. 메신저의 말풍선이 상징하는 오늘날은 어떤 시대인가요? 이미 시작되었고 앞으로 더 분명해질 새로운 구술시대, 마셜 맥루한이나 월터 J. 옹이 말하는 2차 구술시대에는 어떻게 될까요? 말과 글이 함께 어우러질까요? 옛이야기를 되살리는 작업은 그동안 주로 전래동화라는 이름으로 이루어졌습니다. 옛이야기는 원래 아이들만을 위한 것이 아니었는데도 말입니다. '다시 만나는 옛이야기'는 우리 옛이야기를 둘러앉아 말로 하던 원래 모습과 그 정신을 살려 복원합니다. 뿐만 아니라 전통시대의 단순 소박한 옛이야기를 사건 전개의 개연성과 구체성을 강화하며 현대적으로 계승합니다. 옛이야기를 소설화하는 이 같은 작업의 저변에는 전통시대 이야기의 힘과 공동체의 정신을 오늘에 맞게 되살리고자 하는 의도가 놓여 있다고 해야 할 것입니다.

발터 벤야민은 소설이 발흥하여 융성하는 사이 옛이야기와 그 판이 쇠퇴한 상황을 문화사의 거대한 흐름으로 살펴본 바 있지요. 입말투(구어체)로 구연할 수 있는 형식을 창출하며, 때로는 옛이야기가 구연되는 상황과 옛이야기가 실제 삶 가운데 살아 있던 당시의 세상을 함께 재현하는 이 작업은 그렇다면 무슨 의미를 가질까요? 읽을 수 있는 텍스트이자 들을 수 있는 텍스트이기도 한, 즉 일종의 구연 대본을 지향하는 듯한 이 작업의 의미는 무엇일까요? 그것은 문자문화의 등장과 함께 쇠퇴한 구술문화를 되살리면서, 오래된 이야기와 그 이야기판의 놀라운 힘을 동시에 되찾아오는 일입니다. 진작부터 논의된 우리 시대 서사의 위기가 이로써 하나의 돌파구를 찾는다면 더없이 좋겠습니다.

태곳적 세상의 모습을 그린 신화적 옛이야기의 1권부터, 무시무시하거나 기이한, 유쾌하거나 통쾌한 이야기들을 모은 2권, 민중의 좌절하지 않는 낙관적 삶과 기상천외의 발상을 담은 3권, 지하 세상 괴물 퇴치 모험담인 4권(경장편), 그리고 아기장수의 비극과 민중의 염원을 새긴 5권(경장편)까지.

'다시 만나는 옛이야기'는 모든 세대에게 충분히 의미 깊고 흥미로우리라 기대합니다. 무명의 이야기꾼들이 오랜 세월에 걸쳐 찾아 담아낸 삶의 깊은 지혜와도 가슴 벅차게 만날 수 있으리라 기대합니다.

차 례

다시 만나는 옛이야기 5

해가 되어라
달이 되어라

다시 말하마. 너희는 해와 달이 되어야 한다.

하느님이 해와 달이 되라고 하였을 때, 너희는 참 많은 것 담은 표정으로 이 어미를 쳐다보았다. 그렇지 않으냐. 즐거운 놀이 빼앗긴 듯도 했고, 무슨 큰 징벌 받은 듯도 했지. 그뿐이겠느냐. 의문으로 가득하기도 했어. 어머니, 해와 달이 멀쩡히 저렇게 떠 있는데 또 무슨 해와 달이 되라는 것입니까 하고 묻는 소리가 들려오는 듯했지.

이미 내가 말했고, 너희도 다 알지만, 다시, 다시 말하마. 그래, 해와 달은 예부터 하늘에 박혀 있었다. 그러나 멀쩡히 하늘에 박혀 있는지는 생각해 볼 문제다. 해와 달이 멀쩡했다면 너희에게, 아니, 우리에게 이런 일이 일어났겠느냐. 산골 오막살이에서나마 단란하게 살아가던 우리에게 천지가 뒤집히는 듯한 일이 생길 수 있었겠느냐 말이다. 해와 달이 한번 만들어져 내내 지금까지 온 것이 아니라는 사실. 이 어미인들 예전에야 알았겠느냐.

멀쩡한 해가 여느 날처럼 떠올랐고, 그래서 그때까지도 무엇하나 다를 것 없는 하루가 시작된다고 믿고 나는 집을 나섰던 것이지. 그날 말이다. 그 끔찍하고 놀라운 일이 일어난 날 말이다.

*

너희 삼 남매…….

아, 막내는 흔적도 없이 사라졌지. 세 돌도 채 안 된 막내, 동굴같은 검은 아가리 속으로 사라지고 말았구나. 막내는 그저 이 어미의 젖을 찾았을 터. 어미인지 뭔지 분간할 정신이 없었지. 그때는 나도 정신이 어디 있었겠느냐. 나도 이미 뼈가 꺾이고 살이 찢긴 터라…….

산골에서 아비 없는 너희를 먹여 살려야 하는 이 어미, 해야할 일 많았다. 밭 일구어 너희 먹여 살릴 수 있었다면 사나흘 걸러 한 번 꼴로 한나절씩 집을 비워야 할 일은 없었겠지. 우물가 수수밭 말고 밭다운 밭인들 어디 있느냐. 누구는 시도 때도 없이 바다 건너오는 도적떼 노략질 피해 온 갯가 사람들 몇 집이 천리는 족히 헤매다가 찾아내 뚝딱 터를 닦았다고 하고, 또 누구는 세상 온갖 시름으로 숨어든 사람들 하나하나가 모이며 오랜 세월에 걸쳐 마을이 시나브로 이루어졌다고 하고 그러지. 너희 할아버지의 할아버지도 태어난 그 산골. 이 어미도 그곳과 별다를 바 없는 데에서 태어나 왔지. 너희 아비와 혼인하러, 너희 오누이 낳으러. 우리에게도 오막살이지만 집 있고 밭이 있는, 우물 있고 감나무는 크고 큰 것으로 한 그루 제대로 서 있는 곳. 험한 비탈 아니어도 마을에서 뚝 떨어져, 제일 외진 데 앉은 오막살이. 그래도 맑은 물 솟는 우물 있고, 바람 소슬해지면 가지가 늘어지는 감나무가 있어 살 만했지. 특하나 이 어미는, 우물가 감나무 아래서, 그 나무가 가리키는 하늘에 대고 두 손 모아 빌 수 있어서, 늘 땀내에 젖어 있고 늘 곤해도 한숨은 돌릴 수 있었더랬다. 너희 오누이 앞날에 대한 기대와 소망은 품을 수 있었더랬다.

그 마을에서는 누구 할 것 없이 읍성의 부잣집들 땅 부쳐 먹지 않았다. 부잣집 끄나풀인 마름에게 시달릴 일은 없었어. 다들 제 밭 갈아 거둔 곡식이며 채소를 제 입으로 가져가면 되니 한세상 살 만하단 소리도 나오곤 했다. 그런데 산밭이란, 손바닥만 한 것. 산밭 그리 좁으니 무엇하나 넉넉한 게 없을 수밖에. 그래서 이 어미 같은 여자들은 마침내 부잣집이나 또 어디로 품팔이를 가고 하는 것이지.

너희는 서로에게 품이 되어주고 손이 되어주며 이 어미가 없
는 시간을 견뎌야 했다. 그러다 어느 하루는 비를 만나기도 했을
거다. 숲에서든 길에서든 비를 만났을 거다. 그때 오라비인 너는
누이를 안아주었을 테지. 누이인 너는 돋아나지도 않은 네 젖가
슴을 오라비에게 내어주었을 테지. 머루 먹은 입처럼 된 네 젖꼭
지에 대해서도 오늘은 다 말해야겠구나.

해야 할 말 많다. 많다만, 너무 서둘지는 말자.

품팔이하지 않고는 삼 남매 거둘 수가 없었다. 막내 업고도 품
팔이 갔다만, 너희가 같이 놀아주며 돌볼 수 있겠다고 해 근래
홀몸으로 갔지. 그날도 그랬어. 너희 오누이 따라다니는 재미에
막내도 이 어미를 금방 풀어주었더랬지.

*

이 어미 품팔이하는 집은 부잣집이었다.

그 부잣집은 우리 살던 산골에서 한참이나 먼 곳에 있었고, 그
래서 오가던 길이 길었지. 일이 일어난 것은 돌아오는 길이었다.
그날은 일도 많았구나. 너희 저녁밥 차려주기에는 늦었다 싶었
지만 일을 마무리하지 않고 일어설 수가 없었지.

부잣집을 나섰을 때는, 아무래도 어두워져서야 집에 당도할

수 있겠구나, 요량했다. 해가 노루 꼬리만 하게 짧다는 동지섣달이야 아니지만 길이 길어 걱정되었다. 산길은 잠깐 사이 어둑어둑해지니 달이라도 둥글게 떠 있는 날이라고 위안을 삼을 수밖에 없었지. 그날은 부잣집에서 베를 매준 날이었다. 품삯은 다음에 몰아서 받기로 하고 밥이랑 떡이랑 얻어서 마을을 빠져나와 산길로 접어들었지. 그때부터 어둑어둑해지기 시작했을 게다. 그랬을 거야. 아, 새참 먹으면서 부잣집 늙은 머슴이 오늘 해가 요상스럽더라고 하던 소리가 생각났다. 구름 속에서 해가 뒷걸음치더라나 어쨌더라나. 망령 난 소리. 그리 생각해놓고서도 그때 괜스레 그 소리까지 떠올랐어.

그 늙은이 남들 알아들을 소리 별로 없어도 늘 혼자 중얼댄다. 표정 바꾸는 일도 없이 늘 혼자 중얼댄다. 그래서 이 어미 돈으로 산 여러 여자와 어울려 호색 판을 벌이다 패가망신한 한량도 알게 되었고 또 어디 군장을 홀려 읍성을 홀라당 차지할 뻔했다가 사지가 찢겨 죽은 요부도 알게 되었지. 다 믿거나 말거나 할 소리 같았다만. 멀리 어디서는 돌림병으로 쑥대밭 된 마을이 하나둘이 아니라는, 봄부터 흉흉하게 떠돌던 소문도 그 늙은이 입에서는 몇 배나 끔찍했고 기괴했지. 외눈박이 소가 여러 마리 태어났다는 소리 있었지 않느냐. 살쾡이 얼굴을 한 물고기가 잡혔다지 않느냐. 그건 언제 적 이야기냐. 그런 것도 다 그 늙은이가 중얼댄 소리로 생각나지 뭐냐.

달은 생각만큼 둥그렇지는 않았지만 떴더구나. 길을 잃지는 않겠다 싶더라. 그래도 밤에 산길 가는 게 어디 쉽겠냐. 짐승이 있으니. 여우나 살쾡이 같은 놈이라면 어찌 해볼 수도 있으려니 했다. 그동안 멀리서 울부짖는 소리로만 알고 있던 그 큰 짐승과 딱 마주칠 줄이야. 아침에 집을 나서며 호랑이라는 놈 나타날 수 있으니 울타리 밖으로 멀리 나가지 말고 해 떨어진 뒤에는 방 문고리까지 잠그라고 했으면서도, 정작 이 어미가 그놈 만나리라고는 생각 못했지. 그런데 만난 것이 아니겠느냐.

그 큰 짐승이 앞을 딱 가로막아. 시커먼 아가리 벌리면서는 잡아먹겠다고 하는 거야.

"집에 어린것들 어미 오기만 기다리고 있다. 그 애들 봐서 날 잡아먹지 마라."

그때 이 어미에게서 어찌 그런 소리가 당차게 나왔는지 모르겠다. 어린 자식 둔 어미의 용기로서 그랬는지 어쨌는지 모르겠다. 뭐 계산할 것도 없이 그런 소리가 나왔다. 뒤에 생각해 보니, 하지 말았으면 좋았을 소리였다. 그냥, 그냥, 이 어미 한 몸······.

어쨌든 그렇게 말해놓고서 흥정을 했지.

"대신 이 떡 줄 테니 길을 비켜다오."

소쿠리에 담긴 떡을 보여줬지. 호랑이 놈이 고개를 끄덕여. 나는 숨을 가다듬고는 소쿠리를 내려놓았다. 밥까지 내놓은 거지. 그리고 걸음을 떼어놓았지. 호랑이가 길을 막지는 않더구나.

이 어미는 그때 목숨을 구하는 성공을 거둔 줄만 알았다. 떡에다 밥까지 잘 내놓았다고 생각했다. 등줄기로야 진땀이 흘렀지. 그래도 아무렇지도 않다는 듯 그놈 앞을 지나쳐 길을 걸었다.

그리고 정신이 들었는데 그곳은 고갯마루더구나. 산 위의 달은 그날 이상하게도 쌀쌀맞아 보이고…….

*

부지런히 걸음을 옮겼지.

뛰지는 않았다. 당장에라도 호랑이 놈이 달려올 듯해서 그럴 수가 없더구나.

캄캄했느냐 하면 아직은 아니었어. 어스름 저녁이라고 해야겠지. 부잣집에서 우리 오막살이까지야 먼 길 아니냐. 밤길을 걸을 수밖에 없게 될 테지. 하지만 그때는 아직 아니었어.

이제 다 잊어버렸구나. 그 사이에 고개가 몇 개나 있는지. 세 개냐 네 개냐. 다섯 개도 넘는 것 같기도 해. 아, 정말 다 잊어버렸구나. 모든 게 뒤죽박죽이 되었으니 말이다. 뒤죽박죽된 정도가 아니지. 천지가 뒤집어진 것이나 마찬가지였지. 그 호랑이 놈이 나타나 세상을 삼켜버린 셈 아니냐. 그날 밤, 일은 그런 것이었어. 그날 밤, 일은 말이다.

한참 길을 갔을 거다. 그놈 따돌려도 한참은 따돌렸다 싶을 만큼 갔을 거다. 산짐승이 떡 맛에 취해 그 자리에 떡 잔치나 벌이고 앉았기를 바라며 한숨 돌리려 했을 때였을 게다. 그놈의 호랑이! 이 어미 앞에 다시 떡하니 나타나는데, 그게 보니 또 고갯마루더라는 것 아니냐. 토끼를 잡듯 살금살금 뒤따른 것도 아니고 멧돼지 몰아치듯 내달려온 것도 아닌데, 그런 기척은 어디서도 느끼지 못했는데, 내 앞에 떡 버티고 선 게지. 하늘을 날아온 것인지 땅을 파고 온 것인지. 두 다리가 풀려 이 어미는 주저앉을 뻔했다. 주저앉아 버리면 산목숨 아니게 된다 생각했다. 너희를 못 본다 생각했다.

그래서 군장 나리 행차 마주친 듯 우선 고개를 조아렸지. 얼른 아무 말이 없기에 물었지.

"떡은 잘 먹었지?"

그놈 하품이라도 하듯 입을 쩍쩍 벌리며 고개를 비틀어대지 뭐냐. 그리곤 뱃속에서 끌어올린 듯한 소리로 짧게 으르렁거리곤 송곳니를 보이지 뭐냐. 배가 고파 뭘 더 먹어야겠다고 하더라고. 이 어미는 그때 놈의 본색을 봤지.

"집에 어린것들이 있다고 하지 않았느냐."

하지 말았으면 좋았을 그 말. 또 하고 말았다. 달리 무슨 말을 하겠느냐. 호랑이 놈이 관심 없다는 듯 딴전을 피건 말건 계속했다.

"그 애들 봐서라도 나를 보내 다오. 그 대신 이것을 줄 테니 받아가거라."

소쿠리에 담아 온 밥과 떡 말고 뭐가 더 있었겠느냐. 산골 오막살이에 아비도 없는 삼 남매 데리고 사는 아낙이 몸에 지닌 게 뭐가 있겠느냐. 주머니칼 하나 품을 형편도 아니지. 그래서 내놓은 것은 저고리였다. 흉악한 짐승 놈이 저고리 하나 받아들고 놓아주리라 기대한 것도 아니다만 달리 내놓을 만한 게 없어 그걸 내놓았던 거다. 고름 푼 저고리를 내려놓으며 어림없다는 것을 깨달았지. 치마도 벗어 주겠다고 했다. 흉악하고 음험한 놈이더라. 관심도 없다는 듯 입을 쩍 벌리고 고개를 절레절레 흔들어. 바닥에 배를 대고 엎드린 채 하늘을 올려다보며 말이야.

이 어미는 속바지까지 벗었다. 그리고 말했지.

"속곳까지 벗어줄 테니 제발 나를 놓아다오. 더 나를 쫓아오지 않는다면 속곳까지 벗어주마."

그랬더니 호랑이 놈이 하늘을 향해 괜찮은 흥정인지 묻기라도 한다는 듯 낮게 으르렁거려. 그리고 진실로 속곳까지 벗어주겠느냐고 확인을 해. 하기에 이 어미는 치마저고리에 속곳까지 다 내주겠다고 했지. 그놈 일어나 하늘을 쳐다본 뒤에 이 어미에게 고개를 끄덕이더구나.

다른 수가 없었다. 쏟아지려는 눈물을 참고 속곳까지 벗어 한 덩이로 그놈 앞에 내려놓았다. 이 어미는 돌아갈 길도 생각하지 않고 그 순간 하늘이 캄캄하지 않은 것을 원망했다.

그때 달을 봤을 거다. 무슨 까닭인지 쌀쌀맞아 보이던 달. 호랑이 놈이 하늘을 올려다보며 눈을 맞춘 건 저 달이 아닐까 하는 생각이 들더라. 그러나 오래 생각할 틈이 없었지. 어서 갈 길 가라는 소리가 호랑이 입에서 나오기를 기다려야 했지. 두 다리 비틀어 가랑이 숨기며 오래 서 있기는 어려운 일. 음험한 그놈, 이 어미를 쓱 훑어보고는 치마저고리에 속곳까지 다 입에 물어. 그리고는 숲으로 기어들었느냐 하면, 아니었지. 그놈의 음흉한 놈. 나를 더 농락해. 어찌했는지 나뭇잎 한 장 입에 문 채로 다가오더니 혀를 쑥 내민다 싶었다. 어처구니없게도 그놈의 것 내 가랑이 사이에 붙더구나.

그리고 숲으로 기어들더구나. 아, 제발 그 길로 산을 넘고 제놈 사는 동굴로 들어가 주길 빌었다. 이 어미의 옷을 가지고 무슨 짓을 하건 상관없으니 제발 제 동굴로만 돌아가 주길 빌었다.

*

그놈이 어미의 옷을 가지고⋯⋯.

몰랐지. 그놈이 그런 짓까지 꾸며낼 줄은 몰랐지. 속곳까지 벗어준 어미는 누가 보지도 않는데 몸을 웅크린 채 걸음을 걸었다. 나뭇잎 한 장만으로 그곳 가린 채. 한동안은 천천히 걸었다. 뛰면 냉큼 따라올 듯해 그냥 걸었다. 굽이 하나를 돌아서야 걸음을 빨리했지. 걸음아 날 살려라 하며 뛰지는 않았다. 숨이 가쁘도록 빨리 걸었다.

한밤은 아니지만, 어스름 저녁도 아닌 때. 이 어미는 너희 삼남매 기다리는 오막살이로 향하고 있었다. 호랑이 놈이 이 어미의 옷으로 변장하여 찾아가게 되는 오막살이로 갔지. 가서 너희를 만나려면 또 고개를 넘어야 했지. 무사히 넘어야 했지. 고개를 하나 더 넘어야 하는지 둘 더 넘어야 하는지 이제는 기억도 안 난다만, 그때 그 길이 어느 정도로 어둑했는지 제대로 기억 안 난다만, 숨이 턱에 차도록 고개로 올라섰지.

호랑이 놈이 어딘지 낯이 익다는 터무니없는 생각은 언제부터인가 시작되었고⋯⋯.

너희 오누이에게서 아비 얼굴이 아득하다는 소리 들었을 때, 그때 이 어미는 서운했다. 그리고 처량했다. 너희에게 서운한 것은 잠깐이었다. 스스로 처량한 것은 오래였다. 낱낱이 기억해도 언제 돌아오리란 기약 없는 사내를 마냥 기다려야 하는 이 어미 신세. 절로 눈물이 흐르더라. 아비 얼굴이 아득하다는 것은 너희 잘못이 아니겠구나. 이 어미 기억한다는 것도 어쩜 아비 얼굴이 아니라 너희 아비의 숨결과 손길과 고함인지도 모르겠다. 그런데 우느냐. 너희도 우느냐. 마라. 그러지 마라. 너희가 울 일 아니다. 나도 오늘은 울 일이 아니다만.

따로 할 말이 있어 너희 오누이를 불러 앉힌 날. 내 목소리, 내 말투 모두가 예삿날 그것이 아니라 특별한 날을 위한 것…….

호랑이 놈, 흉악하고 음험한 그놈 무슨 재주 부렸을까. 아무런 기척도 없이 또 그곳, 내가 숨이 턱에 차게 되어 올라선 어떤 고개에 와 기다리고 있지 뭐겠느냐. 그놈이 들어주리라 믿지도 않으면서 이 어미 왼팔을 끊어주며 사정할 일이, 몇 번째 고개인지는 모르겠다만 세 번째 마주친 그때 그곳에서 기다리고 있었다. 너희가 기다리니 제발 놓아달라고 했다. 그놈 콧방귀를 뀌더구나.

그때 그놈은 제 노릇에 거들먹거리다가 아예 분수도 모르게 거만해진 부잣집 마름만 같더라. 또 그놈은 어디 전쟁터에서 참혹하게 죽은 원혼들이 떼로 뭉쳐 생겨난 괴물 같기도 하더라. 악독한 놈, 음흉한 놈, 벼락에 머리통이 쪼개져 죽을 놈…… 이런 욕설을 입 가득 우물거리는데, 어이없게도 놈의 콧방귀에 이 어미의 가랑이를 가리던 나뭇잎이 휙 날려 떨어지더구나. 그리고 놈의 뜨거운 혓바닥이 이 어미의 엉덩이 한쪽을 쓱 핥고 지나가는 것을 느꼈다. 길쑴하고, 두툼하고, 미끈하던 그놈의 것. 몸서리가 쳐졌다. 그런데도 이 어미는, 집에 어린것들 기다리니 제발 놓아달라고, 하지 말았어야 할 말 하늘에 빌듯하며 왼팔을 내놓았다. 그러고 갔지, 너희한테. 오른팔 내놓고 갔지, 너희한테. 두 다리까지 다 내놓았다. 그러고 너희한테 갔다. 그때는 그렇게 되더구나. 달리 설명할 수가 없다.

그냥, 굴러갔다고 하자꾸나.

굴러서라도 가도록 내버려두었으면 오죽 좋았겠느냐. 너희가 아비도 어미도 없는 자식일지라도 한번 받은 목숨 저 땅에서 다 누릴 수 있었으련만. 몸뚱이로 떼굴떼굴 굴러가는 이 어미를 그 흉악하고 음험한 놈이 앞발로 멈춰 세우더니, 이리 굴리고 저리 굴리고 하더구나. 무슨 공놀이 하듯. 그리고 이리 품고 저리 품고 했지. 그때는 이 어미도 목숨을 구할 수 없다는 것을 깨달았다. 이미 죽은 목숨이라 생각한 것은 세 번째 마주친 순간부터였다. 당장 혀라도 깨물었어야 했다. 그랬는데, 그러지 못하는 바람에, 그냥 이리 구르고 저리 구르고 하며 놀림을 당하는 신세가 되고 말았구나. 이리 안으면 이리 안기고 저리 안으면 저리 안기고. 계집 중에는 돈 있는 영감이나 힘센 한량의 노리개 신세도 있다. 그때 이 어미는 흉악한 호랑이 놈 노리개였지. 노리개 신세이면서도 사내 수염 냉큼 잡아채기도 하며 주머니 다 털어내는 계집도 있다지만, 이 어미는 어디 그런 간드러진 재주 있고 어디 그런 배짱 가졌느냐 말이다. 놈의 품에서 노리개가 되었다, 이 어미. 그래도 숨이 붙어 있었다. 숨이 붙어 있더라고. 치욕스럽게도 숨이 붙어 있더라고. 숨통 끊긴 것은 목덜미를 물려서일 거다. 그 밤길에 세 번째 만나 이리 굴리고 저리 굴리다가, 이리 안고 저리 안았다가 느닷없이 콱! 물어버렸지.

세상이 캄캄해진 것은 바로 그때. 이 어미에게 그날 칠흑의 캄캄한 한밤이 된 것은 바로 그 순간이었다.

*

저녁때 맞춰 이 어미가 오리라 너희는 믿었다.

때로 막내와 함께, 또 때로 막내 따돌리고서 너희는 종일 놀았다. 막내를 번갈아 업어주기도 했지. 울타리 밖으로 나가지 말랬지만, 울타리 밖 한참 멀리까지 나가 놀기도 했겠지. 매미가 벗어놓은 허물도 보고, 나무를 기어코 기어올라 빈 둥지 따뜻한 새알도 만져보고, 머루로 입가를 검게 만들어 서로 쳐다보며 히히 웃어대고…….

그래, 그래, 너희는 들녘 소경 머루 먹듯 한다는 말처럼 좋고 나쁘고 가릴 소견도 없이 닥치는 대로 부딪혔을 것이다. 그러면서 배우고 익히며 자랐을 것이다. 이 어미는 너희를 낳기만 했지 제대로 입히고 제대로 먹여 키우진 못했지. 품팔이까지 나가야 하는 신세이니 가슴도 손도 넉넉하게 나누어주지 못했다. 허전하고 허기진 나날 가운데 너희를 던져놓았던 셈이지. 그동안에 너희는 서로에게 품이 되어주고 손이 되어주며 이 어미가 없는 시간을 견뎠겠지. 산에서는 열매를 따고, 어미가 돌아올 길에서는 늑대와 토끼가 되어 숨바꼭질하고, 울타리 안에서는 신랑 각시가 되어 살림살이 놀이도 하고 그랬겠지. 그러다 어느 하루는 비를 만나기도 했을 거다. 숲에서든 길에서든 비를 만났을 거다. 비를 피해 큰 나무 아래 섰을 때는 보듬어 안고 추위를 떨쳐보려고도 했다지. 그때 오라비인 너는 누이를 안아주었을 테지. 누이인 너는 돋아나지도 않은 네 젖가슴을 오라비에게 내어주었을 테지. 누이인 네가 그때는 어미가 되어 네 오라비에게 젖을 물린 것. 돋아나지도 않은 젖꼭지를 물린 것. 그때 오라비인 너는 젖도 안 뗀 아이였지. 머루로 시커메진 그 입, 머루 먹은 입처럼 된 네 누이 젖꼭지……

　그날도 어미는 늦었다. 일이 많아 그리되었는지 비가 멈추기를 기다리다 그리되었는지 모르겠다만. 저녁밥 벌써 먹은 집도 있을 때 어미는 산모퉁이를 돌아 마을이 있는 골짜기에 들어섰지. 이집저집 굴뚝의 연기는 하나같이 높이 오르지 못하고 낮게 꾸물꾸물 퍼져 나가고 있었다. 막내를 업고 오막살이에 들어섰을 때 너희는 시커메진 입으로 짓던 웃음 어물쩍 거두어들였다. 이 어미는 비가 오는데도 숲을 헤매고 다닌 것 야단치기 바빴지. 그때는 이 어미가 몰랐지. 뒷날에서야 너희에게 무슨 일 있었는지 알았다. 품팔이하느라 허리가 접힐 정도로 곤하지만 않았더라면 살필 수도 있었을 일. 한참 지나서야 알았구나. 빗속에서도 지워지지 않은 머루의 검은 빛…….

어떤 날은 홍시 기다리는 일 아득해 너희는 땡감을 주워 와 삭혀 달라 하곤 했지. 곶감이 어찌 생기는지 알고 곶감 만들어 달라고도 했지. 다 세월이 필요한데 홍시 기다리는 일 아득해 땡감을 주워 이 어미 치마를 잡곤 했지. 그 떫은맛에 오만상을 찌푸렸으면서도 또 한 입 베어 물기도 했을 테지. 아직 해 있을 때 어미가 돌아와 불을 지피고 밥을 해 너희를 불러 모으리라 생각했겠지. 늦더위는 지나갔으나 감이 제맛 낼 때는 아직 되지 않은 그 무렵에 달리 군것질할 것도 없었으니 밥 생각 간절했겠지.

그날 어스름 저녁이 되어서도 이 어미가 오지 않자, 부잣집 일 도우러 갔으니 밥이든 떡이든 얻어 오리라고 생각을 바꿔도 보았겠지. 떡을 가져오리라 밥을 가져오리라. 너희는 내기를 해보기도 했겠어. 일 마무리하고 나섰을 때는 다른 날보다 늦었다. 다행히 밥도 얻고 떡도 얻어 가는 길이니 바로 너희 허기진 배를 채워줄 수 있다고 믿었다. 그런데 다 빼앗겼다. 밥과 떡 소쿠리째 빼앗긴 건 진작이고. 치마저고리까지 내줬지. 속곳까지 빼앗겼잖느냐. 어린 너희가 기다린다며 목숨을 구걸했다만, 그 흉악하고 음험한 놈이 받아줄 리 없는 일이었지.

그놈이 치마를 입을 때 나는 아직 정신을 차리지 못했을 거다. 저고리를 입을 때도 제대로 정신을 차리지 못했을 거다. 세상은 캄캄한 한밤. 이 어미는 목숨이 끊겼다는 것만 생각할 수 있을 뿐. 다른 무엇을 생각할 수 있었겠느냐. 그런데 언제 벗겨갔는지도 모를 머릿수건을 놈이 제 머리에 두를 때 이 어미는 경악했다. 놈의 계산을 단박에 다 알아챘다. 그 흉악하고 음험한 놈이 이 어미로 분장해서 무슨 짓을 하겠다는 것인지를 알아챘단 말이다. 분장 끝내고서 그놈은 달을 올려다봤어. 눈을 찡긋거렸을 거다. 그날 하늘의 달도 녀석과 공모하고 있다는 생각을 이 어미는 했지.

해는 사라진 지 오래고 달은 그놈의 편이 된 세상이었다. 그날은 세상이 그놈 뱃속에 삼켜진 날이기도 했고, 그날은 세상이 그놈과 공모한 날이기도 했다. 호랑이 놈이 치마저고리에 머릿수건을 했다지만 어디 이 어미 같아 보이겠느냐. 그렇다만 세상이

놈과 짝짜꿍을 하고 있다 생각하니 영락없이 이 어미 같아 보이기도 하더구나. 이 어미 없는 입으로 울부짖었다. 호랑이가 온다, 호랑이가 온다, 문고리를 채우고 절대 문을 열어주지 마라! 마라!

아침나절 집을 나서면서 너희에게 이미 한 소리. 이미 한소리 또 했다. 아침나절과는 달리 피를 토하듯. 없는 입으로 이 어미는 외쳤다. 호랑이 놈 이제 두 다리로 정말 산골 아낙처럼 걷기 시작했다. 이 어미는 안 보고도 놈이 빙그레 웃는 것을 알 수 있었다. 그 흉악하고 음험한 놈. 막내는 칭얼대다 지쳐 살포시 잠이 든 때였지. 귀야 밖으로 열어둔 채 잠이 들었겠지. 너희도 허기지고 지쳐 무슨 다른 놀이를 더 생각해낼 수 없는 때였지. 그런 때 호랑이 놈이, 이 어미 분장을 한 놈이 사립문을 밀었다. 초가을 풀벌레 소리 요란해도 사립문 여는 소리 너희 오누이는 놓치지 않았다.

어미가 왔다는 소리에 너희는 방문을 열 뻔했다. 너희 둘 누구 할 것 없이 반가움에 방문을 벌컥 열려고 했다. 그런데 오라비인 네가 막았지. 네가 누이에게 눈짓했지. 이 어미가 아침나절에 한 말이 떠올랐겠지. 문구멍으로 내다본 너는 이상하다고, 아무래도 이 어미가 아닌 것 같다고 했지. 네 누이는 못 믿겠다는 듯이 저도 문구멍에 눈을 맞췄지. 툇마루에 비스듬히 앉은 모습만으로는 제대로 알 수가 없었지. 오라비인 너는 그때 두 살 터울의 누이보다 몇 배 꾀가 많은 아이가 되어 그놈에게 말했지.

"엄마, 어디 손 좀 들이밀어 봐."

호랑이 놈 입가에 웃음이 걸렸다. 맹랑한 것들 만났다는 듯. 나는 그것을 보았다. 이 어미는 그때 가슴 졸이며 지켜만 봤지. 이 얘들이 갑작스레 손은 왜 보자고 하느냐, 그러면서도 그놈이 문구멍으로 앞발을 들이밀어. 그런데, 이게 웬일이냐, 제법 이 어미의 손 같더구나. 짐승 발이 아니더구나. 짐승 발은 아니래도 어미 손이라 생각하기에는 어딘지 이상한 구석도 있었겠지. 오라비인 너는 그 손을 만져보았어. 누이에게도 만져보게 했고.

누이가 물었지.

"엄마 손이 왜 이리 꺼칠꺼칠해?"

흉악하고 음험한 그놈 잘도 둘러대더구나. 부잣집에서 베를 매어 주느라고 풀을 만져 그렇다고. 그냥 둘러댄 말 아니었어. 이 어미가 부잣집에서 한 일을 놈은 다 알고 있었지. 예사, 예사 호랑이 놈이 아닌 게지.

누이인 너는 그때 이 어미 말소리와 다르다는 것을 깨달았다고 했다. 그래서 물었댔지.

"엄마 말소리가 아니네?"

놈은 다 준비해놓았더구나. 찬바람 쐬며 와서 그랬다지 않았냐. 찬바람을 쐬어 목이 쉬어서 그렇다고 했지 않느냐.

꺼칠꺼칠한 손에 목쉰 소리인데도 더 의심할 수가 없었지. 애초에 너는 깊이 의심도 하지 않았지. 너의 눈짓에 네 오라비도 더는 막아서지 않았지.

너는 문고리를 벗겨 주었고, 그때 막내가 깨어났지. 막내는 이 어미가 아니라고는 생각도 못 한 모양이다. 막내는 당장 젖을 먹을 듯이 놈의 품에 안겼지. 이미 젖을 뗐는데도 잠결에는 어미 품을 찾아들곤 했지. 저고리를 풀어헤쳤으면 어찌 되었을지 모르겠다만, 호랑이 놈은 빨리 저녁 차려야 하니 부엌에 가서 막내에게 젖을 먹이겠다고 했지. 잘도 척척 둘러대는 놈.

툇마루로 나서면서는 방이 차다며 부엌에 불을 때야겠다는 말도 혼잣소리로 중얼거렸지. 밖에서 방 문고리를 잠근 것을 알았다면 너희는 막내를 구해보려고 어찌 해보았을는지도 모르겠다. 그러나 너희 둘 모두 그때부터는 이 어미의 목이 잔뜩 쉰 것으로만 생각했지.

부엌에서 부산스런 소리가 들리더니 한동안 조용했다. 그리고는 오도독 오도독 하는 소리. 아아, 그때 무슨 일이 일어났는지 너희는 생각도 못 했겠지. 이 어미는 기가 막혀 더 소리칠 수도 없었다. 두 눈에 핑 눈물이 돌았다. 뭔가가 목을 쥐어짜는 듯했지. 그 순간이 지나간 뒤 간신히 어깨를 들먹거렸는지도 모르겠다. 이미 눈물이 주르르 흐르고 있었다. 그냥 눈물범벅이 되어만 갔다. 오도독 오도독 하는 소리가 막내 뼈를 짓씹는 소리라는 것 생각지도 못하고 누이인 너는 물었지.

"엄마, 무얼 먹어?"

호랑이 놈 뭐랬느냐. 부잣집에서 콩 볶은 것 얻어 와서 먹는 댔느냐 무를 깎아 먹는댔느냐. 그래, 콩 볶은 것 먹는댔지. 오라비인 너도 이제는 완전히 속아 넘어가 이랬지.

"우리도 그 콩 볶은 것 좀 줘."

무슨 생각이었을까. 마지막 남은 뼛조각을 호랑이 놈이 내놓다니.

방문을 열고 내민 그것은 막내의 손가락 끝 마디였다. 너희를 바보로 본 것인지 아니면 이제 제 손아귀에 다 움켜쥐었다고 믿어서인지 그런 짓을 했지. 그때야, 그때야 너희는, 오라비인 너도 누이인 너도 모두 밖의 그놈이 이 어미가 아니고 어미가 늘 조심하라고 한 호랑이인 것을 깨달았지. 이미 막내 잡아먹고 이제는 너희 잡아먹으려 한다는 것을 깨달았지.

아비 얼굴도 보지 못한 막내. 너희 아비, 너희 아비는 막내가 이 어미 뱃속에 들어선 것 알고 오래잖아서 집을 떠났다. 멀리서 온 소금장수도 만나고 멀리 산성 쌓는 일도 다녀오고 하더니 하루는 산골서 납작 엎드려 있자니 답답해 못 견디겠다고 했다. 큰 세상으로 나가서 무사가 되는 길을 알아보거나 안 되면 사냥꾼이라도 되어 돌아오겠다고 했다.

그랬는데 어디 싸움터에서 목숨을 잃었는지, 되려 짐승에게 쫓겼는지, 돌아오지를, 돌아오지를 않아……

너희 아비 어디 가 마름이라도 되었는지. 그만큼이라도 세상에 기를 펴게 되었는지 모르겠다. 만약 그리 되었다면 그때쯤은 너희 신발이라도 사서 돌아와야 하는 일인데, 이 어미는 어찌 되었는지 당최 모르겠더라. 무사가 될 길을 찾다가 산성 쌓는 일에나 불려다니게 돼 혹시 바위에 깔려 뼈까지 다 으스러졌는지도. 모르겠더라, 모르겠더라.

너희 오누이야 아비 얼굴이 아득, 아득하다지만 막내는 아예 얼굴을 보지도 못했다. 유복자 아닌 유복자로 자라면서도 막내가 우리에게 얼마나 많은 웃음 주었느냐. 그런데……

너희는 부둥켜안고 부들부들 떨었다. 엉엉 소리 내어 우는 대신 그리하였지. 호랑이 놈이 부엌으로 들어간 다음에야 문을 살짝 밀어보았지. 문은 밖에서 잠겨 있었다. 너희의 깨달음이 확인되는 순간이었지.

아, 뒤란으로 통하는 문이 없었다면, 어찌할 뻔했느냐.

*

너희 둘 방에서 빠져나가서는 우물가 큰 나무 위로 피신하였다.

우물가 그 큰 감나무에 올라가서 너희가 숨소리까지 낮추고 있는 동안 호랑이 놈 무엇을 하였는지 아느냐. 천연덕스레 불을 때더구나. 정말 밥이라도 짓겠다는 듯. 너희를 따뜻한 방에 재우기라도 하겠다는 듯. 매운 연기에 재채기도 하며 아궁이에 솔가지를 밀어 넣더구나. 불땀이 제법 좋다 싶자 부엌 여기저기를 뒤지더구나. 식초 만들려고 구석에 놓아둔 탁주를 찾아내서는 찔끔찔끔 맛을 보기도 했어. 한 모금 마실 때마다 얼굴을 찡그리면서도 다음 순간엔 얼굴을 환하게 펴는 게 어지간히도 맛이 좋았나 보더라. 그리고는 밥 되어가니 조금만 더 기다리라는 소리를 문밖에다 대고 했지. 너희 오누이 들으라고 한 소리지. 방에서 오래 기척이 없다는 것을 놈도 깨닫게 되지. 남은 탁주를 다 들이켜고서 소매로 입가를 훔쳐. 그리고는 방문 앞에 서서는 밥 들어간다고 소리치는 거야. 기척이 없자 문을 열어젖히더구나.

방은 비어 있었지. 그놈 눈이 휘둥그레지더구나. 곧 뒤란으로 통하는 문이 있는 것을 깨닫고는 온 집안을 돌아다니기 시작했지. 밥이 다 되었는데 어디를 갔느냐며 때로 중얼거리고 때로 소리치면서. 이 어미와 너희 삼남매 오순도순 살던 집은 아수라장이 되어갔지.

　그날 그 산골에서 달빛은 우리 오막살이만 비추는 듯했다. 호랑이 놈이 찾아온 다음부터는 그랬지. 그랬는데 달빛이 점점 우물가로 초점을 좁히는 듯하더라.

　도망치면 네깟 것들 못 찾을 줄 아느냐. 기어이 찾아내 잡아먹고 말리라. 대놓고 소리치면서 드디어는 호랑이 놈이 우물가로 왔지. 그날 달은 분명히 그놈과 짝짜꿍이 되어 있었지.

　그럼 그놈은 해였을까. 구름 속에서 뒷걸음치기도 했다는 해였을까.

　달빛 환한 우물가로 온 호랑이 놈 문을 왈칵 열어젖히듯 우물로 제 머리를 들이밀었어. 그리고 크아앙 하고 소리쳤어. 두 아이가 우물 속에 있거든.

　피가 엉겨붙은 눈으로, 허공의 두 눈으로 보아서인지, 이 어미도 순간 너희가 우물에 들어가 있는가 싶었다. 가슴이 철렁했다. 너희 오누이가 떨어진 땡감 건지겠다고 우물에 붙어 서서 두레박 내려뜨릴 때마다 기함하며 고함치던 어미가 아니냐. 그랬으니 가슴 아니 철렁 내려앉을 수 있겠느냐. 그런데 너희가 새처럼 앉아 있다는 것을 깨닫게 되었지. 아, 그사이 우물가 그 큰 감나무에 올라가 있더구나. 이 어미 두 손 모아 기도하던 그 나무로 올라갔구나. 잘한 일이다, 참으로 잘한 일이다.

호랑이 놈이야 너희를 독 안에 든 쥐라고 생각했겠지. 나오라고, 찬물에 있지 말고 나오라고 흥얼거리듯 말해. 나무에 올라간 너희 오누이의 그림자가 비친 것을 보고 어리석은 그놈은 너희가 우물에 들어가 있는 줄로 알고 그런 거지.

너희가 나오지 않으니까, 호랑이 놈은 앞발을 우물 속으로 뻗어 가늠해봐. 우물이 여간 깊은 게 아니었지. 도대체 어떻게 우물 안에 들어가 가만 위를 쳐다보고 앉았을 수 있는지 알 수가 없었지. 성질대로라면 저도 당장 뛰어들고 싶었겠지만 그럴 수야 없는 일. 그놈은 제 꼬리를 물려고 하는 여우처럼 우물을 돌았지. 어찌 앞발로 확 낚아챌 자리를 찾아낼까 싶어서였지만 가능한 일이 아니지. 그놈은 할 수 없이 너희 어미의 목소리를 흉내 내었다.

어서 나오라고 했다. 그 차가운 데 앉아 있지 말고 방으로 가자고 했다. 데워놓은 방에서 맛난 것 먹자고 했다. 부잣집에서 얻어 온 맛있는 것 먹자고 했다.

아무리 나오라고 꾀고 손짓해도 꿈쩍하지를 않았지. 너희는 바들바들 떨고 있었지만, 놈이 보기엔 제 화를 돋우기로 작정한 듯했지. 드디어 호랑이 놈은 우물 안에다 대고 으르렁 울부짖었어. 물이 출렁하고 흔들릴 정도였다.

놈은 다시 우물가를 빙빙 돌며 앞발로 낚아채는 시늉을 해. 박자를 맞춰, 조리로 건져 내랴 함박으로 건져 내랴 하는데, 이건 너희가 보기에 아무래도 무슨 장난을 치는 듯했지. 좀 전 우물물이 출렁 흔들릴 정도로 울어댔을 때 너희 오누이는 움찔하며 서로 부둥켜안았다. 그런데 금방 다시 어린애가 된 너희는 호랑이 놈 노는 꼴 눈 말똥말똥 뜨고 지켜봤어. 나이 어린 누이인 너는 그 우스운 꼴에 웃음을 참기가 어려웠지. 오라비가 조심하라고 눈짓을 했지만 오래 참을 수가 없었어. 입을 틀어막기까지 하고서도 그만 헤헤 소리 내어 웃고 말았지.

호랑이 놈 우물가 빙빙 돌던 것도 앞발로 낚아채는 시늉하던 것도 다 멈췄지. 그렇지만 조리로 건져내랴 함박으로 건져 내랴 하는 그 소리, 그 소리는 계속되었어. 물론 소리는 박자를 놓친 채 축 늘어지고 있었어. 그놈이 머리를 들어 너희가 앉은 나뭇가지를 쳐다보기까지는 오래 걸리지는 않았을 것이다.

너희 오누이를 발견한 호랑이 놈. 흉악하고 음험한 그놈 입이 빙그레 벌어졌다. 그러더니 곧 정말 이 어미처럼 손짓하며 어서 내려오라고 했지. 다음 순간 돌변했다. 단박에 나무에 오를 듯 몸을 날리며 으르렁대었지. 몇 차례나 그러고서 목소리를 가다듬었다.

어떻게 해 나무에 올라갔느냐 물었지. 그때 나이가 많은 오라비인 너는 뭐랬느냐. 그래, 그랬구나.

"우리는 부엌에 있는 참기름을 나무에다 바르고 올라왔지."

무슨 재미난 놀이 하자고 그리 대답한 것 아니지. 누이 입을 막기 위해 급히 나선다는 게 그리 대답하게 된 것. 그놈 어디 한판 놀아보자는 심사였을까. 부엌에 다녀온 그놈 참기름을 가지고 나왔더구나. 누이인 너는 또 웃고, 오라비인 너는 일이 돌아가는 꼴을 초조하게 살피기 시작했다.

다른 꿍꿍이는 없는지 호랑이 놈 그냥 참기름을 나무에 바르고 오르려 했다. 아까도 오를 수 없었는데 그러고서야 미끄러워서 올라갈 수가 없지. 그놈은 화를 내는 대신 너를 꼬드기기 시작했다. 누이인 너. 참기름 대신 들기름을 발라야 하느냐 어쩌느냐 물어대다, 너희가 나무에 올라갈 수 있었던 것은 바로 너의 특별한 꾀 때문일 거라며 추켜세웠지. 키득키득 웃어대던 너. 누이인 너는 오라비가 막을 사이도 없이 말하고 말았다.

"바보 같은 호랑이야, 참기름 발라 안 되었는데 들기름 바른다고 되겠니? 우리는 도끼와 자귀로 나무를 찍고는 그걸 딛고 올라왔지."

너는 호랑이 놈이 도끼와 자귀를 찾아내지 못하리라고 믿었다. 그런데 그놈 수수밭을 헤집어 다니더니, 오래잖아 그것들 다 찾아내어 왔다. 나무에 다 올라서는 너희가 내던져버린 도끼와 자귀 말이다. 도끼 찍고 자귀 찍어 그놈이 나무를 오르기 시작했지. 누이인 너는 설마 찾아낼 줄 몰랐다며 울상이 되었지. 오라비가 더 올라가자고 하지 않았다면 너는 울다가 호랑이에게 물려 끌려갔을지 모른다. 높은 곳은 나무둥치가 가늘어 너희는 맨손으로 오를 수 있었지. 호랑이가 도끼 찍고 자귀 찍어 너희가 앉았던 가지까지 왔을 때 너희는 거의 꼭대기까지 올라가 있었어. 하느님에게 살려달라고 한 것은 누이인 너였다.

그리고 오라비인 너는 하느님께 빌기 시작했지.

"하느님, 하느님. 우리 오누이 호랑이한테 잡아먹히게 됐습니다. 살려주십시오. 우리를 살리시려면 새 동아줄을 내려보내 주시고, 우리를 죽이시려거든 헌 동아줄을 내려보내 주십시오."

이렇게 빌었지. 비니까 하늘에서 동아줄이 내려왔지. 달빛 받으며 동아줄이 내려왔지. 만져보니 새 동아줄이었다. 너희는 그 동아줄을 타고 하늘로 올라갔지.

도끼와 자귀 한 번씩만 더 찍으면 너희 엉덩이 낚아챌 만하다 싶을 때 그놈은 너희가 허공으로 두둥실 떠오르는 것을 지켜봐야만 했다. 하늘이 너희를 구원한 것이었다. 그것을 보았으면 물러서야 할 터. 어리석은 놈은 기어이 너희를 잡아먹고야 말겠다고 으르렁댔다. 포악을 떨었어도 그쯤하고 물러났어야 할 터. 끝까지 가려 했어.

"하느님, 하느님. 저놈들 잡아먹게 해주십시오. 나도 올라가게 해주십시오. 나를 하늘로 올라가게 하시려면 새 동아줄 내려보내 주시고, 못 올라가게 하시려면 헌 동아줄 내려보내 주십시오."

호랑이는 그렇게 빌었지. 빌긴 빌었다만 거만했다. 당연히 제 뜻대로 되리라 믿는 듯했다. 말투가 그랬다. 그렇게 비니까, 그렇게 비는데도 하늘에서 동아줄이 하나 내려왔지.

나는 한숨을 내쉬었다. 이 어미는 하늘에서 모든 걸 지켜보고 있었다. 어쩌자고 호랑이 놈에게 동아줄 내려주는지 알 수가 없더구나. 여하튼 호랑이 놈 호기롭게 그 동아줄을 움켜잡았다.

나는 그때 어딘지 낯익다고 생각한 호랑이 놈이 너희 아비와 겹쳐지는 것을 느꼈다. 그때 그놈은 미친 해이기도 했고 너희 아비이기도 했다. 너희 아비는 너희를 얼러 웃겨주던 사람이기도 했지만 고함을 쳐 울리던 사람이기도 했다. 너희 아비는 이 어미의 언 손을 감싸주는 사람이기도 했지만 벼락같은 욕설로 이 어미를 길섶에 넘어뜨리는 사람이기도 했다. 주막에서 돌아와 온몸으로 술내를 피우며 큰 세상으로 나가 무사가 되겠다고 할 때의 너희 아비. 때로 세상을 한탄하고 때로 세상에 분개하다 드디어는 나름의 야심을 품게 되었을 때의 사내 얼굴. 그 얼굴은 딱 호랑이의 그것이더라. 혹시나 너희 아비도 그놈에게 잡아먹혔는지 모르겠다. 어쨌거나 그때, 너희 뒤를 쫓는 놈에게서 나는 너희 아비 얼굴을 보고 말았다.

너희가 얼마나 올라갔겠느냐. 나무 하나를 더 올라갔을 때쯤일까. 아니, 아니, 몇 그루를 더 올라갔을 때쯤이겠다. 달이 뜬 하늘 아래 그놈 하나만 동아줄 타며 올라가던 중에, 뚝! 하는 소리가 났다. 동아줄이 끊어지는 소리. 그 순간에는 헌 동아줄임을 깨닫기는 했는지 몰라. 소리가 나고도 아주 잠깐 모든 게 멈춰 호랑이 놈이 허공에 박힌 듯했다만 곧 무시무시한 속도로 떨어졌다. 그리고는 끔찍한 울음이 터져 나오고 땅바닥에 부딪히는 소리가 산골을 삼켰다. 피는 또 어찌나 많이 튀었는지 온 수수밭 다 뒤덮었겠다.

호랑이 놈 질러대던 비명, 수수밭에 처박히던 순간의 소리, 다 대단했다. 대단했느니라. 그 소리 다시 떠올려보자면, 천길만길 폭포수가 정수리를 내리치는 듯하다. 아무래도 그놈의 피가 수수밭 정도만 뒤덮었을 리가 없겠다 싶다. 우리 오막살이까지 뒤덮었을 거다. 그뿐이겠느냐. 아마도 산골짜기를 다 뒤덮었을 거다. 부잣집 안마당까지 피가 튀었을 거다. 그곳에서도 이미 무슨 일이 틀림없이 터졌겠지.

그날은 이 세상에 그냥 호랑이 한 마리가 산골 오막살이로 들이닥치는 일이 벌어진 날 정도가 아니었으니 말이다.

*

하늘로 올라온 너희. 하느님은 해와 달이 되라고 하였다.

오라비인 너는 해가 되게 하고 누이인 너는 달이 되게 하였다. 다시 어미 만나 산골 오막살이에서처럼 어리광 피우던 너희. 하느님은 영원히 어미 품에 안겨 놀 수만은 없는 일이라고 하였다. 안쓰럽긴 했지만, 이 어미는 너희가 받아들여야 할 일이라 생각했다. 그래서 너희에게 해와 달이 되어야 한다고 하느님 말을 전하였다.

그때 너희는 참 많은 것을 담은 표정으로 이 어미를 쳐다보았다. 그렇지 않으냐. 즐거운 놀이를 빼앗긴 듯도 했고, 무슨 큰 징벌을 받은 듯도 했지. 그뿐이겠느냐. 의문으로 가득하기도 했어. 어머니, 해와 달이 멀쩡히 있는데 또 무슨 해와 달이 되라는 것입니까 하고 묻는 소리가 들려오는 듯했지.

이 어미 어찌 대답했느냐. 해와 달이 한번 만들어져 내내 지금까지 온 것이 아니라고 했다. 해와 달이 멀쩡하지 않아서 우리에게 참혹한 일이 생긴 것이라고도 했다. 하늘은 하늘의 광명이 있어 너희가 의식하지 못했겠지만, 저 땅에는 그날 해와 달이 다 사라져버렸다. 칠흑 같은 어둠에 잠긴 저 땅에 초목이 싹트고 짐승이 뛰고 사람이 집을 지을 수 있자면 해와 달이 생겨나야 한다. 해와 달이 된다는 것은 크게 영광스런 일이다.

이 어미 품을 벗어나 너희는 해와 달이 되었다. 너희 오누이가 해와 달이 되어 하늘을 돌며 땅에 광명을 나눠주는 그동안에 이 어미에게는 한이 풀리는 일이 있었다. 가뭇없이 사라진 줄만 알았던 막내. 그 막내가 별이 되는 일이 있었다. 그래, 모든 게 잘 되었다고 생각했다. 그런데, 그런데 언제인가부터 누이인 너의 흐느낌이 들려왔다. 막내가 별이 된 일, 그 기쁜 일 잊어버릴 만큼 나는 놀랐다. 너는 밤이 무섭다고 하였다. 밤이 무섭다 하였다. 밤이 무서우니 다시 이 어미 품에 안길 수 있게 해달라는 소리가 들려왔다.

아서라! 오라비인 너, 더는 다그치지 말라고 내가 이미 말했다. 왜 누이가 전 같지 않은지 알려주겠다고, 다 알려주겠다고 너희 불러 세워 지금 이렇게 이야기를 하고 있지 않으냐. 그날 일 끔찍하다면서도 다시 했다. 대목, 대목마다 후회할 일 쌓였는데도 다시 살펴봤다. 너희가 해와 달이 되었을 때, 이 어미는 사실 치욕도 잊었고 몸서리쳐지는 끔찍함도 다 잊었다. 모든 게 자랑스러운 일로 마무리되었으니. 산골의 사내아이와 계집아이로 태어나 해와 달이 되었으니 이만한 영광 또 어디 있겠느냐. 가뭇없이 사라진 줄만 알았던 막내까지도 별이 되지 않았느냐. 그런데 네 누이의 흐느낌이 들려왔다.

들어보아라. 네 누이가 왜 저러는지 모르겠다고 소리치지 마라. 제발. 약속하지 않았느냐. 얼마 남지 않았다. 다 알게 될 순간이 얼마 남지 않았다.

마저, 마저 들으려무나.

*

그래, 너…….

너는 밤이 무섭다고 하였다. 나는 누이인 네가 호랑이 놈에게 쫓긴 그 밤의 일이 아직 기억에 남아 괴롭힘을 당하는 줄 알았다. 그렇게만 알았다. 그래서 하느님께 무슨 방도가 없겠느냐고 물었다. 하느님은 아무 말이 없었다. 하늘을 도는 너희를 혼자 수심 가득한 채 지켜만 보던 중에 나는 뒤늦게 알게 되었다. 달이 된 네가 밤이 무섭다고 하는 진짜 까닭을.

너희 오누이는 친밀했다. 이 어미가 산골 오막살이를 자주 비웠으니 서로 의지하지 않고서야 어찌 견딜 수 있었겠느냐. 그 길고 허기진 한나절. 그리해 머루 먹은 입처럼 된 네 누이 젖꼭지. 어린 때 다 있을 수 있는 일. 그때야 무슨 문제가 될 것 하나 없으나, 이 하늘에 와서까지 너희가 땅에서의 어린 오누이처럼 지내는 것은 적당한 때 막았어야 할 일이었다. 그러나 죽다가 살아난 너희에게 이 어미가 모질게 하지 못했다. 함께 살아난 너희를 이 어미는 하나로 받아들이고 있었던 게지. 그게 탈이었다. 너희는 단숨에 역할을 바꾸기도 했는데, 오라비인 너는 힘센 장수 지아비가 되어 네 누이를 지어미 삼아 추위에 떨지 않게 품어 재우기도 했다. 그러다, 이 어미와 눈길이 마주치는 일 있었구나…….

오라비는 해가 되고 누이는 달이 되었다. 이 어미 영광스러워만 했다. 오누이가 서로에게 알몸으로 지아비 지어미가 된 일까지도 다 한때의 지난 일이라 생각했다. 그때 밭둑에서 이 어미를 쓰러뜨리던 너희 아비와 같은 기운이 오라비인 네 몸에 이미 돌기 시작했다는 것을 알아챘어야 하는데 말이다. 그때 이미 활활 타오르는 불덩이가 되어 있었을 텐데 말이다. 누이와 한몸으로 풀무질해 더 큰 불덩이로 타오르고 싶었을 텐데 말이다.

이 어미는 다 한때의 지난 일이라고만 생각했다. 그런데 그동안에 쌓인 친밀함은 엄청났다. 그것이 해와 달이 된 뒤에도 서로 끌어당기고 말았지. 오라비인 네가 그렇게 맹렬히 누이를 뒤쫓는 줄 몰랐다. 뒤늦게 누이인 너는 혼자 알았다. 이 어미와 눈길이 마주치지도 않았던 너는 혼자 알게 되었다. 오라비가 예전의 오라비이기도 하지만 거친 사내이기도 하다는 것. 오라비의 외침이 밤새워 집요하고도 처절하게 짝을 찾던 산짐승의 소리와도 같다는 것. 더는 예전처럼 지내서는 안 된다는 사실 혼자서만 깨달은 너는 때로 슬쩍 몸을 피했고 때로 질겁하며 달아나기 시작했다. 그리고 밤이 무섭다고 하였다. 이 어미 품으로 돌아오고 싶다고 했다. 그러나 그것은 안 될 일……

이 어미의 젖꼭지를 물 때가 아니라는 것 이미 알 터. 이 어미의 치맛자락에 매달릴 때가 아니라는 것도 알아야 한다. 우리 살던 산골에서라면 너는 저고리 아무리 단단히 여며도 날로 가슴 부풀어올라 매파가 생쥐 곳간 드나들듯 부지런히 찾아올 처녀가 아니겠느냐. 어쩌면 벌써 아이에게 젖꼭지 물려 마음껏 빨도록 가슴을 활짝 열어주는 어미가 되었을 수도 있지 않겠느냐.

너희는 해와 달이 되어야 한다. 이미 해와 달이 되기로 하지 않았느냐. 이미 해와 달이 되었지. 하느님이 정하여 준 길을 따라 또 하느님이 정하여 준 속도로 돌아야만 한다. 저 땅에 초목이 제대로 싹트지도 못한 채 내팽개쳐 있기를 원하느냐. 핏자국으로 뒤덮여 있기를 원하느냐. 그렇지 않다면 함부로, 함부로 만나서는 안 된다. 정하여진 때 너희 오누이가 가까이서 얼굴을 볼 수 있는 날이 있다. 자주 만날 수는 없다. 저 땅에서는 땅이 흔들릴 일을 걱정하고 병이 돌 일을 걱정하게 되니 말이다.

예전처럼 수시로 너희 오누이가 만나게 되면, 저 땅에서는 초목을 삼킬 만큼 땅이 갈라지고 병도 크게 돌게 된다. 오라비인 네가 예전처럼 누이를 업어주겠다고 맹렬하게 쫓아가 봐라. 저 땅에서는 불볕이 쏟아져 모든 게 마르고 불타게 된다. 해와 달은 모두 때에 맞춰 뜨고 져야 할 일이다. 생각해보아라. 해와 달이 순조롭게 돌아가던 우리들의 옛날 옛적을. 해가 떠 있는 낮 동안 이 어미 땀 흘려 일해 너희 먹여 살릴 것 얻었지 않느냐. 누가 업어 가도 모를 정도로 피곤에 젖어 잠들었어도 달이 떠 있는 밤 동안 푹 자고 나면 이튿날 개운한 얼굴로 또 일어나 너희 안아주고 일을 시작할 수 있지 않더냐. 보아라. 너희가 안아야 할 저 땅.

다시 분명히 말하마. 너희는 해와 달이 되어야 한다. 해와 달이 되데, 이번에는 누이인 네가 해가 되어라. 오라비인 너는 달이 되어라. 만물이 자라고, 일하고, 그리고 편히 쉬게 하여라.

너희 오누이…….

다시 해와 달이 되어 때에 맞춰 하늘을 돌려무나. 저 땅을 때로 환하게 때로 은은하게 비추려무나…….

나무도령과
그의 부모

도대체 무엇을 더 삼켜야 하겠기에 이렇게 비가 내리는 걸까요.

산과 산 사이가 모두 물바다가 되었습니다. 사람 사는 마을이 남아 있을 리 없지요. 짐승들 거처도 모두 사라졌을 일입니다. 산꼭대기로 피한 짐승인들 얼마가 될까요. 남은 것들 모두 휩쓸어버리겠다는 것일까요. 비는 아직도 내립니다. 기세가 조금도 약해지지 않았습니다.

사흘째인가요. 우리가 이 물에 휩싸여 떠돌기 시작한 지도 사흘째이지요. 저는 물을 두려워했습니다. 아예 물 가까이 가지 못할 정도는 아니었더라도, 그래도 웬만하면 물가를 피했으니 그동안 두려워했다고 해야 할 겁니다. 분명히 물을 두려워하던 저였습니다. 그런데 지금은 이렇게 가만히 지켜보고 있습니다. 평온하다면 평온한 마음으로 물 위를 흘러가고 있습니다. 아버지와 함께한 까닭에 두려움을 떨쳐낼 수 있었을 겁니다. 혼자였다면 저는 첫날에 벌써, 아니 물에 잠기기도 전에 벌써 기겁하고 정신을 잃어버렸을지도 모릅니다. 입술까지 새파래진 채로요. 아버지가 계시지 않았다면 말이지요. 저는 지금 아버지와 함께, 업혔다고 해야 할지 안겼다고 해야 할지 모르겠습니다만, 여하튼 아버지와 함께 이 물 위를 흘러가고 있습니다.

당신의 아들 하나만이 살아남았습니다.

*

비가 퍼부어 물이 온갖 것 다 삼키며 흘렀지요. 그동안에 내가 살아남은 것은 아버지 당신 덕분입니다. 물은 늘 저렇게 꿈틀댔습니다. 물은 또 저렇게 빨랐습니다. 그런데도 당신은 고요합니다.

아버지 당신은 흔들려도 이 아들이 견딜 수 있을 만큼만 흔들리십니다. 저 난동을 묵묵히 받아내시기만 합니다. 조금도 괴로워하는 표시를 하지 않으십니다. 아버지의 몸에 올라 물 위를 떠돌게 되었을 때, 이 아들 무서워 울기만 하는 아이는 아니었습니다. 그러나 마지막을 각오했더랍니다. 천지를 다 삼킬 기세인 물에 휩쓸렸잖습니까. 마지막을 각오하는 것은 당연했지요. 어머니 남기신 말씀대로 다만 아버지 곁을 지키고자 했던 것입니다.

당신은 크고 큰 나무입니다. 어른 몇 사람이 서로 팔 벌려 빙 둘러서야 손끝이 닿을 정도이지요. 그러나 당신도 세상을 삼킨 저 물에는 뒤집어져도 몇십 번을 뒤집어졌어야 할 일입니다. 산을 허물어뜨렸고 마을을 삼켰으며 이제는 모든 것을 뒤덮을 기세인 물이 아닙니까.

그런데도 요동을 하지 않았습니다. 당신이 예사 나무가 아니어서이겠지요.

마을에서는 몇백 년 된 나무라고 했답니다. 천 년이나 되었다는 사람도 있었다지요. 그런 나무, 그런 당신, 사람들이 예사로 보아 넘기진 않았습니다. 하지만 나무 아버지 당신이 누구인지 사람들이 제대로 알았던 것은 아니었습니다. 알았다면, 이런 일이 생기지 않았을지, 그런 건, 그런 것까지는, 이 아들은 모르겠습니다.

옛적에는 당신이 누구인지를 알았겠지요. 그런데 잊었나 봅니다.

예사 나무가 아니라고 생각했지만······.

*

당신이 누구인지 제대로 모르게 된 때, 그런 어느 때 이야기는 시작됩니다.

여자아이 하나가 그 나무를 자주 찾았거든요. 아이의 집은 마을에서 웬만큼은 사는 집이었다고 합니다. 아이는 무슨 큰 구김 살 없이 자랐다고 합니다. 그 여자아이는 또래와 노는 것만큼 나무 밑에 와 놀기를 좋아했습니다. 가끔은 나무 그늘에서 잠이 들기도 하고 그랬지요. 이제 처녀라 할 만한 나이가 되어서도 나무를 찾는 일을 그치지 않았습니다.

그쯤 되니 주위에서는 묻기도 했겠지요. 나무가 무에 그리 좋으냐고.

여자아이는 대답할 말이 궁했습니다. 자기도 그리 자주 찾게 되는 까닭을 알 수 없었을 테니까요.

언제인가부터 여자아이는 나무에 말을 건네 보곤 했습니다. 아, 대답이야 없었지요. 지금 제가 하는 이야기에도 아버지께서는 내내 듣고만 계시듯이요. 아무 대답이 없었지요. 그래도 아이는 계속 찾았는데, 이제 처녀티가 완연하자 부모가 말리곤 했습니다. 괜히 이상한 말이 난다면서요. 마을 사람 중에는 처녀가 누구를 몰래 만나는 것 아니냐고 쑤군대기도 했거든요. 두어 해 안에 혼인도 해야 할 터. 행실 단정하다는 소리 듣는 네가 어쩌자고 그러느냐며, 어머니가 따로 충고하자 처녀는 앞으로 조심하겠다며 고분고분 받아들였습니다. 얼마 뒤 나무를 찾았어요. 어머니 말을 귓등으로 넘겨서가 아닙니다. 앞으로 자주 찾지 못할 듯해, 제 나름 그 말 전한다고 찾았던 겁니다. 마침 마을에 잔치가 있고, 마침 집안에 떡을 했는지라, 그 떡 얼마를 가지고 갔거든요.

떡을 내려놓고 나무 밑동에 기대앉았습니다. 이런 얘기 저런 얘기 했을 겁니다. 나름 작별을 하는 건데 어디 얼른 끝낼 수가 있었겠어요.

그러다 깜빡 잠이 들었다지 뭡니까. 한참을 자다가 깜짝 놀라서 잠을 깼습니다. 무슨 뜨거운 기운이 온몸을 휩쓰는 듯했다고 합니다. 눈을 떠보니 어둑어둑했습니다.

바람에 나뭇잎만 흔들려 소리 낼 뿐 주위에는 아무것도 없었다지요. 일어나려던 처녀는 몸을 거의 다 일으켰다가 어지럼증에 급히 나무를 붙들었습니다. 그리고는 스르르 주저앉아 버렸지요. 그 일은, 그 일은, 나무 아버지 당신도 지켜봤으니 다 알고 계실 일이겠지요.

처녀를 발견한 것은 마을 청년들이었습니다. 어둑한 때 그들은 사냥에서 돌아오는 길이었지요. 처녀의 오빠도 있었습니다. 처녀는 오빠에게 업혀 집으로 돌아가야 했겠지요. 당신은 그것도 지켜보셨겠지요. 무슨 일이 일어났는지 누구도 몰랐습니다. 놀려댄 청년들도, 꾸짖은 부모도. 이튿날부터 마을의 잔치여서 모두 그 일을 오래 입에 올리지도 않았습니다. 청년들이 사냥한 짐승의 고기와 마을의 이 집 저 집에서 내놓은 떡이며 술로 제사 지냈습니다. 새로 난 길에요. 제사 지내고 오랜만에 배불리 먹고 또 즐겼지요. 그동안에 처녀는 내내 방 안에서만 지내다시피 했습니다. 부모와 오빠가 돌아와 보니 처녀는 몸이 펄펄 끓고 있었더랍니다.

며칠 더 호되게 앓았습니다. 그리고 자리에서 일어날 수 있었지요. 당장은 아니고, 차차, 처녀의 몸에 심상찮은 변화가 생겼습니다. 병에서야 분명히 회복되었어요. 그런데 몸이 나른해지는가 싶더니, 전에 맛나던 음식들이 싫어지고, 자꾸 신 것만 먹고 싶은 것입니다. 몇 달 지나자 배가 나오기 시작했습니다. 그제야 처녀는 아기 가진 것을 깨달았지요.

나무의 정기로 생겨난 아이였습니다.

아, 다른 사람들이야 그렇게 생각해 줄 리가 만무지요. 애를 낳자 온 동네 사람들이 다 손가락질을 했습니다. 행실 단정하다고 칭찬했던 만큼 험담이 엄청났겠지요.

고갯마루의 나무를 자주 찾은 것은 틀림없이 몰래 만나는 사내를 기다리느라 그랬을 터. 아예 그렇게 단정하는 사람도 있었습니다. 부모까지도 아이의 아비는 딴 마을 사내이거나 뜨내기일 것이라 믿었습니다. 처녀가 몸을 추스를 만큼 되자 부모는 선언했습니다. 집에도 마을에도 머물 수 없노라고. 부모는 마을 사람의 험담을 더 들을 수 없어서 그러기도 했고, 한편으로는 아이의 아버지가 되는 사내를 찾아가기를 바란 것이지요. 처녀는 별뾰족한 변명도 내놓지 못하고 울기만 하다가 짐을 쌀 수밖에 없었지요.

그런데 처녀는 떠나지 않았습니다. 다른 마을이나 더 먼 어느 곳으로도. 마을 밖으로야 나갔지요. 하지만 고갯마루 나무에서 그렇게 멀지 않은 곳, 마을에서는 멀어도 고갯마루 나무에서는 그렇게 멀지 않은 곳 버려진 움막에 짐을 풀었던 겁니다. 앞날이 두려워 쉽게 발길을 떼어놓지 못한 게 아니겠는가 하고 짐작하는 사람들이 있었습니다.

아니었어요. 처녀는 그곳을 떠날 마음이 전혀 없었나 봅니다. 혼자 움막에 살면서 아들을 키웠거든요. 그 아들이 바로 저라는 것, 아버지, 나무 아버지……

다 알고 계시지요. 제가 어찌 태어나, 또 어찌 자랐는지.

아무것도 모르는 듯하면서도 다 알고 계십니다. 내내 침묵하다가 문득 말문 여셨듯. 당신이 내 아버지가 맞느냐고 물어댄 제게, 허공처럼 내내 침묵하다가, 문득, 내가 너의 아버지다, 하고 똑똑히 말씀하셨듯. 아, 그때 이렇게 말씀하셨어요. 기억합니다.

내가 바로 너의 아버지다, 아들아.

*

어제, 어제 시작한 이야기를 이어보겠습니다.

한 마을에 아주 오래된 나무가 있었고, 여자아이 하나가 나무를 자주 찾으면서 시작된 그 이야기 말입니다. 이 물 위에서, 이 빗속에서 하기에 적당한 이야기인지는 모르겠습니다. 하지만, 우리가 무슨 이야기를 해야 한다면 그 이야기부터 해야 할 듯합니다.

나무의 정기를 받아 태어난 아이를 처녀가 혼자 키우게 되었을 때, 오빠는 화가 몹시 나 있었습니다. 죽어도 거두지 않으리라 생각했습니다.

그런데 그 오빠가 한 해에 몇 번씩은 들렀습니다. 오빠가 도와주지 않았다면 살 수 없었을 것이라고 처녀는 자주 이야기하곤 했습니다. 도움받기야 한데도 아이를 키우는 일이 어디 쉬웠겠습니까. 마을 밖에서 처녀가 혼자서요. 한동안은 죽을 고생이었겠지요. 아이가 태어날 무렵 마을에 새 길이 나 오래된 나무가 있는 고갯마루의 길은 사람 왕래가 줄었습니다. 처녀는 사람들의 곱지 않은 눈길 피할 수 있어 우선은 좋았습니다. 문제는 아이가 아는 사람도 제대로 없이 자라야 한다는 것이었지요. 움막이 반듯한 초가로 바뀌고 어머니가 다른 마을로 부지런히 일하러 다니면서 아이는 추위와 허기에 호되게 시달리지는 않을 수 있었어요.

대신 많은 물음을 떠안아야 했습니다. 혼자 곰곰 생각해야만 했지요. 고갯마루를 넘다가 아이를 발견하고는 헛기침하며 외면하는 사람, 또 흉한 것을 봤다는 듯 무심결에 침 뱉는 사람…… 그런 따위의 사람을 볼 때면 물음은 더해만 갔습니다.

아무것도 모르는 아이는 외롭게 자라야 했습니다. 그리고 나무를 찾기 시작했습니다. 아이가 고갯마루로 가는 걸 처녀도 드디어 알게 되었습니다. 처녀는 어느 하루 물어봤습니다.

어머니가 제게 물어보신 겁니다. 마을 아이들과 놀고 싶은 것이냐고.

이 아들의 대답이 어땠는가 하면, 이랬습니다.

나무 밑에 가면 심심하지 않아요.

그때야 처녀는 알아챘을 겁니다. 자신이 그랬듯 무슨 힘엔가 끌려 아이가 나무를 찾는다는 것을요.

처녀가 아이에게 태어난 사정을 알리기로 한 것은 제법 세월이 흘러서입니다. 그때는 고갯마루 부근 산비탈 집을 떠나 읍성에서 산 지 두 해가 되었을 때이고 또 처녀가 병석에 누웠을 때였습니다. 아이는 열네 살이었고, 오빠는 농사를 짓다 몸을 상해 읍성 나들이를 하지 못한 해였습니다. 그해 따뜻하던 가을이 느닷없이 몰아친 회오리와 함께 차가운 겨울 날씨로 바뀌고 곧 처녀는 자리에 누웠지요. 다시 일어나기가 어렵다는 걸 깨달은 모양입니다. 처녀는 아이를 불러 앉혔더랍니다.

한동안 잔기침 끝에 이렇게 말씀하셨습니다.

이제는 네 아버지가 누구인지 알려줄 때가 된 것 같구나.

그 말에 아이의 눈이 번쩍 뜨였겠지요. 저에게도 아버지가 계시다는 것 아니겠습니까. 얼마나 놀랐겠습니까. 어머니는 바로 말하겠다고 하셨지요. 그리고 말씀하셨습니다.

제 아버지는 나무라고. 제가 한동안 매일이다시피 찾아가던, 그 오래된 나무가 바로 제 아버지라고…….

*

지금은 여름이고, 이렇게 줄곧 비가 옵니다만, 그때는 겨울이었지요. 희끗희끗 날린다 싶던 눈발이 함박눈으로 변해 읍성을 이 세상에서 지워버리듯 뒤덮던 날이었습니다. 제 아버지가 누구인지 알려주신 날은 말입니다. 미음을 얼마 드신 뒤 어머니는 다시 이야기를 이으셨습니다. 이런 말도 하셨습니다.

무슨 일이 있어도 아버지 곁을 떠나면 안 된다. 명심해야
해…….

처녀는 내처 그 말까지 했습니다. 그 말은 유언이 되었지요.
그 겨울을 다 넘겼다 싶었을 즈음 아이가 예전 살던 곳으로 가
나무를 보고 돌아왔을 때, 어머니는 곧 숨을 거두고 말았던 것입
니다. 그동안에 가끔 기운을 차렸을 때면 어머니는 자신의 어린
시절 여러 일은 물론이고 처녀 적에 나무 아래서 정신 잃고는 호
되게 앓은 일까지 이야기해주었어요. 하늘이 자신에게는 마을
의 많은 사람과는 다른 사명을 주었다고 하셨어요. 혼잣소리 비
슷하게요. 마지막에는 대개 나무 아버지가 뒷날에 자세히 알려
줄 것이라 하곤 했습니다. 마지막 때에는 무슨 일이 있어도 아버
지 곁을 떠나면 안 된다는 말씀을 덧붙이기도 하셨지요.

아이는 다리를 쩔뚝이는 외삼촌의 도움으로 어머니의 장례를
치렀습니다. 그리고는 고갯마루 나무에 달려가, 큰소리로 물었
지요. 아버지! 아버지! 정말 당신이 제 아버지이신가요? 입으로
소리 내어 물어보는 것은 그때가 처음이었습니다. 외쳐 묻는데
도 아무런 말이 없었습니다. 나무가 사람의 목소리를 낼 수는 없
는 법이지요.

나무를 붙들고 아이가 한참 울었을 겁니다. 마침내 중얼거렸

을 겁니다. 아버지, 당신을 아버지로 모실게요.

그때 놀라운 일이 일어났습니다. 이런 소리가 들렸거든요.

내가 바로 너의 아버지다, 아들아.

사람의 목소리는 아니었지요. 그래도 분명히 그런 소리였습니다. 어머니 병환이 깊어진 때 찾아가 살려달라고 애원할 때도 바위나 통나무처럼 아무 말 없던 당신이 드디어 입을 여신 것이었지요. 아이는 두 팔 벌려 끌어안았습니다. 바람도 없는데 나무가 밑동부터 우렁우렁 흔들렸습니다.

다시 예전 집에 혼자 살게 된 아이는 나무를 자주 찾았지요. 어떨 때는 하루 내내 나무 아버지와 함께 살다시피 했습니다. 상수리나무인 아버지에게서 새잎이 돋아나 자라는 모든 과정도 놓치지 않고 지켜볼 수 있었습니다. 어머니의 죽음은 새잎도 짙어지던 때 마을 사람들에게 알려졌습니다. 봄이 한창일 무렵이었지요. 마을 사람 중에는 모든 게 지난 일이 되었다며 아이에게 마을로 들어와 살 것을 권하기도 했습니다. 외삼촌도 그러자 하셨습니다.

아이는 고개를 저었지요.

아이는 나무 곁을 떠나지 않았고, 무성해진 나뭇잎이 찬 바람 속에 메말랐다가 다시 새잎을 돋아내기까지 내내 지켜보았습니다. 하늘로 뻗은 가지와 땅으로 뻗은 뿌리로 힘찬 기운이 오가는

것을 손목의 맥박 뛰는 소리처럼 느끼기도 했습니다. 그럴 때 저
는 당신에게 안겨 눈을 지그시 감은 채 깊고 고요하게 숨 쉬고
있었지요. 꽃 핀 것도 열매 열린 것도 한 번 볼 수 없었던 그 이
상한 상수리나무. 그 오래된 나무와 아이가 특별한 사이라는 것
을 마을 사람들도 알아챘나 봅니다. 사람들이 드디어 그 아이를
나무도령이라 부르기 시작했습니다.

*

아버지, 그리고 이듬해 여름입니다.

먹구름이 몰려오더니 비가 시작되었지요. 우르릉 쾅, 우르릉
쾅! 하고 천둥이 오래 요란하더니 비가 내리기 시작했지요. 당신
과 제가 이렇게 물에 휩쓸릴 일이 시작되었던 것입니다.

모두 장마가 시작되었다고 생각했겠지요. 그런데 예전에 보지
못한 장마의 시작이었어요. 첫날은 예사롭게 내리는 듯했는데
이틀째부터는 아니었잖아요. 사흘째는 아예 하늘의 우물을 뒤
집어 내리붓듯 하는 것이었습니다. 잠깐 햇살이 내리쬐는 일도
없이 어디에서인지 먹구름이 쉴 새 없이 밀려오며 그대로 비가
되었습니다. 닷새째 비가 퍼붓고 나서, 아이는 봄이 끝날 무렵에
당신이 하신 말씀을 떠올렸을 겁니다. 바로 먹을 수 있는 것을

넉넉하게 준비해두어라. 그리 말씀해주셨지요. 당신은 내내 벙어리이다가도, 문득 그렇게 말씀하곤 하시지요. 바다라는 곳에 산다는 고래가 한 번씩 물 위로 제 큰 몸 드러내어 숨을 내쉬듯. 아무것도 아는 것 없는 듯하지만 다 알고 계시듯.

아버지, 저는 그때 당신이 심부름이라도 보내려나 보다 생각했습니다. 어디 멀리 심부름 보내려나 보다고 생각했습니다. 다른 생각은 할 수 없었지요. 그런데 그게 아닌 듯했습니다. 닷새째 비가 퍼붓는 걸 보고 나니 아닌 듯했습니다. 그런데도 이틀을 더 머뭇거렸습니다.

어릴 적에 어머니와 함께 다른 동네로 갔다가, 무슨 일로인지 혼자 내를 건너게 되었는데, 그때 사나운 아이들에게 걸려 혼쭐이 난 적이 있습니다. 아이들이 저를 물에 빠뜨렸지요. 그리고는 제 목덜미와 어깨를 잡고 거푸거푸 물속에 집어넣었던 거지요. 물살이 센 곳이라거나 깊은 곳이라거나 하진 않았지만, 아이들도 다 건널 만한 내였습니다만, 저는 까무러칠 정도였습니다. 모르는 아이들에게 느닷없이 낚여 당한 일이었습니다. 두 눈알이 터져 나오는 듯했습니다. 그 뒤로 저는, 헤엄을 곧잘 칠 줄 아는데도 물가는 피하게 되었습니다. 비가 내리기 시작해, 예사 장마가 아니라는 생각이 들던 때부터, 어릴 적의 무서움이 되살아나기 시작했습니다.

그런데, 이번의 이것은 발버둥 쳐서 떨쳐낼 수 있는 무서움이 아니었지요. 퍼붓는 비에 묻히고 흐르는 물에 잠기는 산과 들을 보면서 목이 비틀린 닭 같았을 어릴 적의 제 꼴과 그때의 두려움이 고스란히 되살아나는 것도 가만히 지켜보기만 했지요. 그동안에도 빗줄기는 지붕과 벽을 부숴버릴 듯 두드려댔습니다.

이레째 되는 날. 땅속에서도 천둥소리가 났습니다. 세상이 그대로 쪼개지는 듯한 소리였지요. 드디어 저는 짐을 꾸렸지요. 그리고 산비탈의 집을 나섰습니다.

*

빗줄기를 뚫고 아이는 고갯마루로 갔습니다.

당신은 무사했습니다. 나무 아버지에게 안겼다가 아이는 고개를 돌렸지요.

그때 산이, 산이, 잘린 듯 허물어졌습니다. 그리고 마을로 무섭게 미끄러졌지요. 아이는 입을 벌렸으나 아무런 소리도 내지 못했습니다. 마을은 마치 풍랑을 만난 배 같았어요. 제자리에서 잠깐 흔들린다 싶더니 단숨에 들판으로 쏴 떠밀려 가는데……

들판은 격동하고 있었어요. 산에서 내려오는 물이 우당탕, 강에서 넘친 물이 콰르르, 격동하고 있었습니다. 어디로 피신하지도 못했을 마을 사람들이 물에 휩쓸리고 흙더미에 묻히고 하는 참사가 일어난 게지요. 제가 단 한 번도 발 들여놓지 못한 채 고갯마루에서 건너다보기만 하던 마을이 한순간에 사라진 것입니다. 처녀가 마을에서 쫓겨나던 때부터 죽어 땅에 묻힐 때까지 사람들 몰래 보살펴준, 아이의 외삼촌도 참사를 피할 수 없었을 일이었습니다.

높은 지대의 그 마을마저 그리되었는데 넓은 들에 있는 읍성이 물에 잠기지 않을 수는 없었겠지요. 읍성을 휘감아 도는 내가 범람하기 전에 높은 곳으로 피하지 않았다면 그곳 사람들도 참사를 피할 수 없었을 겁니다. 마을이 사라진 순간, 읍성의 관가와 부잣집과 장터와 삼층이나 되는 책고까지 이미 물에 휩쓸렸으리라는 생각이 들었고 아이는 와들와들 떨었습니다. 그리고 얼마 뒤, 어머니와 함께 살았던 산비탈 집까지 급류에 휩쓸려 넘어갔습니다. 아이는 모든 걸 멍하니 지켜봐야 했습니다. 고갯마루로 물이 차오르는 것은 이제 시간문제였지요. 곧 억센 누군가의 손길이 제 머리통을 물속으로 밀어 넣으리라는 공포에 저는 꼼짝을 할 수가 없었습니다.

두려워 마라, 아들아. 이제 때가 가까웠다. 나를 붙들고 기다리려무나.

아버지, 당신은 그때 그렇게 말씀하셨지요. 저는 분명히 그렇게 들었고, 들은 대로 아버지를 의지했습니다.

　나무 아버지 또한 그 물을 피할 수 없으리라는 것은 자명했습니다. 그러나 아버지 말씀을 들은 다음 순간부터 아이는 두려움을 내려놓았습니다. 온전히 아버지에게 자신을 맡기기로 했지요. 들끓는 듯한 물이 고갯마루를 뒤덮기도 전, 나무는 기우뚱 기울기 시작했습니다. 쏟아져 내리는 빗줄기에 땅이 휩쓸려 나가고 나무는 더 버티기가 어려운 듯했지요. 무성하던 나뭇잎은 빗줄기의 도리깨질에 이미 반 넘게 사라졌지요. 그런데 아이가 보니 나무 아버지가 미리 넘어지려는 듯도 했습니다. 아닌 게 아니라, 당신은 물이 고갯마루를 휩쓸기 전에 제 몸을 눕히려 한 것이었어요. 그렇지요, 아버지…….

　혼자 몸을 흔들었습니다. 그렇게 보였습니다. 나무는 마침내 산이 뽑히는 듯한 소리를 냈습니다. 쓰러졌지요. 아이는 하늘을 받치던 기둥이 넘어진 듯해 그 순간에는 놀라움과 두려움에 가슴이 찢어질듯 부풀어 올랐습니다. 나무 아버지의 목소리를 듣지 못했다면 울음을 터뜨렸을지도 모를 일이었어요.

　아들아, 내 몸에 올라타거라. 어서 올라타, 꼭 잡아라.

　이건 당신이 하신 말씀인가요, 제가 마음속에서 지어낸 소리인가요. 워낙 다급한 순간의 일이라 이제는 저도 잘 모르겠습니다. 그때 그 소리…….

나무 아버지는 아이가 안전하게 올라탈 수 있도록 해주었습니다. 아들은 나뭇가지를 잡고 앉았지요. 물살에 휩쓸려서도 잘 버틸 수 있도록 제게 맞춤 맞은 나뭇가지를요. 오래잖아서 물은 고갯마루까지 차올랐지요. 그리고 다음 순간 엄청난 양의 물이 땅속에서 뿜어져 나오기라도 한 듯 아버지와 저는 위로 솟구쳐 올랐습니다. 몸속이 뒤엉키고 머릿속이 빙빙 돌았지요. 거대한 물결과 함께 우리는 솟구쳐 올랐습니다. 까마득하게! 그때 정말 땅이 기울었는지도 모르겠습니다. 그동안에 벼락이 치는 듯한 땅울림은 땅이 기우려는 조짐이었는지도 모르지요. 땅이 기울면서 바닷물이 한순간에 다 밀려들었을 수도 있지요. 여하튼 정신을 차렸을 때 이미 주변의 산은 거의 꼭대기까지 잠겨 있었습니다. 그때껏 제가 발 디뎌본 모든 땅이 한순간에 사라져버린 일이었습니다.

　아이는 아버지와 한몸이 되어 거센 물결에 휩쓸려가기 시작했습니다. 그리고 오늘까지 떠다녔습니다. 나흘을 함께 떠다녔습니다. 처음에는 넋이 빠진 채 이 아들 오로지 아버지만을 붙잡는 것에 온 힘을 다 쏟았습니다. 아버지에게서 떨어져 혼자 물에 휩쓸렸을 때 어찌 될까 하는 두려움은 다음의 일이었지요. 잠든 사이 물귀신들이 발목을 잡아당길지도 모른다는 상상도 한참이나 다음의 일이었지요. 아버지 곁을 지키라고 한 어머니 말씀이나 저를 살리신 아버지의 뜻을 생각해 보는 것은 제일 마지막 일이었지요. 내내 비가 내렸고, 저는 물에 흠뻑 젖은 채, 눈을 가리는 머리카락을 거듭 넘기며 생각하기 시작했습니다. 앞으로 무슨 일이 일어날지…….

그리고 이 아들에게 무슨 일이 있었는지를 이야기해야겠다고 생각하기에 이르렀던 것입니다. 그 내내 비가 내리고 내렸지요. 이야기가 이만큼 펼쳐진 지금까지도 비는 줄기차게 내리고 있습니다.

*

오늘 새벽입니다. 잠에서 깨어났을 때이지요.

그때 저는 비가 그친 것을 알았습니다. 내내 몸을 두들겨대던 빗줄기가 거짓말같이 싹 사라졌거든요. 눈이 아니라 이마와 목과 등으로 확인했지요. 그리고 눈을 들어 둘러보았습니다. 빗줄기가 어지럽게 내리꽂히는 대신 물안개가 피어오르고 있었습니다.

얼마나 지나서일까요. 드디어는 해가 떠오르는 것이었습니다. 해는 예전의 그것이 아니라 마치 그동안 새로 생겨난 듯 맑은 얼굴을 하고 있었습니다. 가슴이 절로 뛰었습니다. 이 아들은 한 손을 움켜쥐게 되었지요. 두 눈은 뜨거워졌고요. 난데없이 음식 끓는 소리가 들리고, 침이 꼴깍 넘어가게 하는 냄새가 코끝에 와 닿고, 손가락과 얼굴로 아궁이의 열기가 후끈하게 몰려오는 착각이 한꺼번에 일어난 것은 다음 순간이었습니다. 그 모든 것이 되새겨보는 지금도 생생하기만 합니다.

어제서야 아버지는, 아니라 하셨습니다. 비만 억수같이 쏟아지는 게 아니라 하셨습니다. 땅이 기울고 바다가 뭍을 덮치는 일이 곳곳에서 벌어지고 있다고 하셨습니다. 그건 그냥 장마가 아니지요. 골짜기의 몇 집이나 들녘의 몇 집이 물에 휩쓸려가는, 장마 때 으레 있기 마련인 홍수가 아닌 거지요. 움집이든 초가든 기와집이든 가리지 않고 발길질로 뭉개고, 넓든 좁든 모든 밭의 고랑과 둑을 크나큰 쟁기로 갈아엎고, 그리고 초목과 축생과 사람을 가리지 않고 목숨 줄 날려버리는 천지간의 난리지요. 어머니 말을 빌리자면 이 홍수는 땅의 음양 조화가 되돌릴 수 없게 깨지고 사람의 죄가 하늘을 치받을 정도가 되어 일어난 일인가 봅니다.

마을 밖 외딴곳에서 저는 자랐습니다. 집안 어른도 또래 동무도 없이. 그렇습니다. 그러나 이 아들은 사람들 어울려 살아가는 곳의 일을 어깨너머로 볼 기회가 있었습니다. 품을 팔러 가는 어머니 따라 다른 마을에 갈 일이 자주 있었지요. 아주 어려서는 등에 업혀서 갔고, 좀 자라서는 손에 끌려갔고 그랬습니다. 착각인지는 모르겠으나, 등에 업힌 채로도 많은 걸 보고 많은 걸 들었습니다. 마지막 두어 해는 읍성 사람이 되어 세상 돌아가는 일도 제대로 보았지요.

읍성은 제가 고갯마루에서 건너다보기만 하던 마을과는 많이 달랐습니다. 어머니와 함께 가보았던 이웃 마을과도 많이 달랐습니다. 한동안 제게는 장터가 읍성 전부이다시피 했는데, 그곳은 열릴 때마다 새로운 구경거리가 넘치는 곳이고, 열릴 때마다 입안에 침이 돌게 하는 음식 냄새가 진동하는 곳이었습니다. 먹을 것과 구경할 것으로 시끌벅적한 곳이었지요.

어떤 부자 나리가 귀한 노리개를 구해 제 부인에게 선물했다는 소문으로 후끈한 곳이기도 했습니다. 하지만 손등과 얼굴이 긁혀가며 해온 나무로 한 됫박 곡식을 얻는 나무꾼에게는 함부로 넘겨다보고 또 어울려 흥겨워할 수 없는 곳이더군요. 자식 많은 부모를 위해 맏딸이 부엌데기로 팔려가는 곳이기도 하고, 주정뱅이가 마지막 술을 퍼마시고 이튿날 새벽 죽어 발견되는 곳이기도 하더군요. 남의 집 높은 담을 넘은 도둑이 목매달려 구경거리가 되는 곳이기까지 했습니다. 장터는 장터만이 아니라 읍성 전체라는 것. 저는 차차 깨달았습니다. 그곳은 세상 그 자체였던 겁니다. 그러니 제가 읍성 사람이 된 뒤 세상 돌아가는 일

웬만큼은 보았다고 할 만하지요.

애초 어머니가 제게 세상 돌아가는 일을 보여주려는 뜻이 있었던 것은 아닙니다. 사실, 읍성으로 옮겨가 살게 된 것은 세상이 어머니를 필요로 했기 때문이었습니다. 또 어머니도 자신의 사명을 다하고자 그리 응하셨던 것입니다. 읍성의 몇 사람은 어머니의 특별한 능력에 기대를 걸었고, 어머니는 그들과 머리를 맞대 세상을 구하고자 하셨던 게 아닌가, 이 아들은 짐작합니다. 그즈음 자주 어머니는 세상에 상서롭지 못한 조짐이 보인다고 걱정하셨으니까요.

고갯마루 부근 산비탈 집에 살던 시절, 제가 혼자 집 지킬 수도 있게 된 무렵 어머니 하시는 일이 달라졌던 듯합니다. 여전히 품 팔면서도 어머니는 찾아오는 사람들 운수도 짚어주게 되신 듯합니다. 누구에게 웃을 일이 있으리라 한 말, 또 누구에게 마음을 단단히 먹으라고 한 말이 때맞춰 해준 말로 인정받으면서 사람들이 제 운명을 물어오게 된 것이지요. 어머니는 손사래를 치면서도 결국엔 제 생각을 조금씩은 털어놓았습니다. 낯을 찡그리면서 물러난 사람도 있었습니다. 그래도 뒷날엔 대개 용하다고 했을 겁니다. 슬그머니 다가와 손을 잡아주면서 말입니다. 슬그머니 곡식 자루나 두루마리 베를 내놓기도 했을 겁니다. 어머니는 특별한 힘을 가진 분이셨던 것이겠지요.

읍성에서 어머니가 하시고자 한 일은 물론 사람들 운명풀이 같은 게 아니었습니다. 사람들 운명을 봐주는데 관가에서 불러 들여 조사하거나 하진 않았겠지요. 사람을 홀리고 세상을 어지 럽히는 일이라는 경고도 있었고 따라서 심한 고초도 겪으셨습니 다. 물론 관가의 주장을 어머니가 받아들였을 리는 없습니다. 하 시는 일을 은밀하게 계속하셨으니까요. 그러나 되돌리기 어렵 다는 것을 알게 되셨던 듯합니다. 마지막 때라는 말, 그러면서 나오기 시작했을 겁니다.

병이 드신 것은 관가에 두 번째 불려갔다가 풀려나온 다음입 니다. 병이 그토록 깊어진 것은 그러나 그 바로는 아니고, 마지 막 때에 자신이 어찌해 볼 일이 없다는 사실을 내다보신 다음이 아닌가 합니다. 하루는 길게 한숨을 내쉬셨지요. 은밀히 일을 계 속하시던 어느 하루 말입니다. 그리고 그동안 몸에 버겁게 기력 을 쏟아낸 것을 새삼 깨달으셨다는 듯 자리에 누우셨습니다. 이 아들은 그렇게 기억합니다.

어머니는 하늘의 움직임도 어느 정도는 알아챌 수 있었던 듯 합니다. 누구에게 배워서가 아니라 자연스레 그러셨던 것 같습 니다. 예전에는 모두가 그러했다고 하셨으니, 배워서가 아니라 기억하고 계셨던 것이지요. 나무 아버지 당신이 누구인지 많은 사람이 알던 시절에는 천지간에 모든 것이 어울려 맑은소리 내

며 흘러갈 수 있었겠지요. 뭇 생명은 제각각 타고난 대로 살면서
도 하나가 될 수 있었겠지요. 그럴 때 무엇 하나 외따로 밀려나
있지 않았다고 합니다. 그런데 어찌해 뒤틀리기 시작했는지. 하
늘과 사람이 어찌하여 어긋나기 시작했는지. 이 아들은 이 어긋
남이 사람들의 죄 때문이라고 막연히 생각했습니다.

이 난리도 사람의 죄가 일으킨 일! 혹시나 어머니는 당신을 통
해 하늘의 말을 전해 들으셨던 것은 아닌지 모르겠습니다. 이제
이 아들 그런 생각도 하게 됩니다.

아, 아버지, 나무 아버지, 말씀하십시오.

＊

당신이 다시 입을 여셨습니다.

엊그저께 침묵하다 느닷없이 입을 여셨습니다. 그런데 되돌아
보면 아닙니다. 아버지는 이 아들의 의문에 답하기 위해 말씀하
셨던 것입니다.

이 아들은 사람이 얼마나 죄를 많이 지었는지 생각하고 있었
지요. 초목과 축생과 사람이 모두 물에 잠기게 된 이 일은 죄에
따른 벌이라 생각했으니까요. 그런데 아버지는, 사람의 죄가 없
지 않으나, 이번 난리는 다른 까닭으로 생긴 일이라 하셨습니다.

74

차라리 해나 달의 움직임에 문제가 있었다고 보는 게 옳다고 하셨습니다. 또 땅이 기운 일이 더 큰 영향을 미쳤다고도 하셨습니다. 해와 달의 움직임이나 땅이 바로 서고 기우는 것 모두 사람의 일과 관련이 되지만, 이 사태는……

아니라 하셨습니다. 이번은 아니라 하셨습니다. 이 아들, 어리둥절했지요. 그것만으로도 어리둥절할 일이었지요. 그런데, 또 이러셨습니다. 다음번에는 사람의 죄 때문에 홍수가 휩쓸 수 있다고. 다음번에는 사람의 죄 때문에 지독한 가뭄이 덮칠 수도 있다고. 천지간의 난리라고 해야 할 이번 홍수가 이 아들 생각하듯 사람의 죄 때문이 아니라고 하셨고, 다음번에는 참말로 사람의 죄 때문에 홍수나 가뭄이 닥칠 수도 있다고 하셨습니다. 어리둥절하고, 어리둥절하고, 어리둥절했습니다.

나무 아버지는 아들에게 말했습니다. 오랜만에 길게 이야기해주셨지요. 자세하게 이야기해주셨지요. 이번 홍수는 죄를 벌하기 위한 것이 아니라 세상을 새롭게 해야 할 때가 되어서일 따름이라고 하셨습니다. 하늘은 옛 세상을 허물고 새 세상을 만들기 위해 비를 쏟아 붓기도 한다지요. 먼 북쪽 땅 사철 얼어붙은 땅에서 강이 생겨나 흐르는 일이 일어난 지도 오래라고 하셨습니다. 높은 산 뒤덮은 눈이 녹아 산 밑 마을을 하룻밤 사이에 삼키는 일도 곳곳에서 일어났다지요. 그리고 비가 퍼부었던 것이라고요.

제 의문이 다 풀리지 않았습니다. 아버지가 길고 자세하게 이야기하시는데도, 시원하게 들리지는 않습니다. 아버지 말씀대로 제가 사람 사이에 죄악이 넘칠 때 재앙이 닥친다는 소리를 들어온 까닭일지도 모르겠습니다. 어머니께서 그 비슷한 말을 자주 하셨습니다. 하늘은 사람 사이의 일도 살피지만 천지간의 이치 또한 살피는 법이라는 것. 새겨보겠습니다. 사람의 눈으로만 보지 말라는 말씀. 이 또한 새겨보겠습니다.

천지의 눈으로 보라. 세상이 물에 잠기고 땅이 뒤집어지는 일도 수락해야만 할 일로 보일 것이다. 아버지의 목소리로 분명히 들었습니다. 그러니 새겨보겠습니다.

아, 어머니는 사람들이 사람의 일만을 깊이 헤아린다고 하셨지요.

혹시 아버지의 말씀은 어머니의 그 말과도 관련 있을지 모르겠습니다. 사람 사이의 예의범절 따위는 복잡하게 따졌으나 천지간의 힘찬 기운과 온갖 조화는 잊어버렸다는 아버지의 말씀.

이제 조금은 알아들을 듯도 합니다.

읍성에는 높다란 삼층짜리 책고의 죽간을 최고로 섬기며 수염 매만지는 학자들이 있었습니다. 어머니 일을 관가에 고발한 것은 바로 그들이었습니다. 사람을 홀린다느니 세상을 어지럽힌다느니 하며 두 번씩이나 고발한 것은 바로 그들이었습니다. 어머니는 그 사람들 이야기가 나오면 고개를 절레절레 내젓곤 했습니다. 그들이 죽간을 참조하며 따진 것이 바로 사람 사이의 예의범절이었겠군요.

그런 것 너무 따지느라 천지간의 기운과 조화는 도통 모르게 된 세상. 옛 세상이란 바로 그런 것이겠군요.

*

이렇게 떠돈 지 열흘도 더, 더 지났습니다. 모든 게 다 휩쓸렸겠지요.

천지간에 사람이라곤, 이 나무도령 하나뿐. 나무 아버지가 이 아들만은 물 위에 떠 있을 수 있게 해주신 겁니다. 이 무시무시한 격류에서도 뒤집어지지 않는 것은 아버지가 예사 나무가 아닌 까닭이겠지요.

비가 그쳤습니다. 구름이 걷히고 해가 뜬 지도 며칠이 되었습니다. 비구름이 금세 다시 닥칠 일은 없을 듯합니다. 그동안 저 하늘은 깨지고 찢어지는 듯했고, 그 아래 모든 것 지금도 물 아래 잠겼습니다만, 그래도 낮인지 밤인지 분간하기도 어려운 때는 이제 분명히 지나갔습니다. 음울한 표정으로 뭉개져 있던 온갖 것들도 제법 본래의 빛과 모양을 되찾았습니다. 물러나야 할 어둠이 그냥 줄줄 흘러내리던 때에는 문득 숨이 막히는 순간도 있었습니다. 해가 나고부터는 제 마음 바닥에 깔렸던 마지막 두려움도 다 사라졌습니다. 비에 젖은 그동안에도 추위에 와들와들 떨지 않은 게 이제야 신기합니다.

물은 여전히 요란합니다. 그래도 저는 알 수 있습니다.

당신이 제 한 몸을 배로 내주어 이 아들의 목숨 건진 것임을 분명하게 알 수 있습니다.

나무 아버지, 이제 새 세상이 오는 것이겠군요. 아버지 말씀 알 듯도 하고 모를 듯도 했습니다. 그런데 이런 일이 기다리고 있었습니다. 모든 것이 사라지지는 않았던 것입니다.

아버지는 그날 자세히 이야기하신 다음 다시 입을 닫으셨지요. 다시 입을 열지 않을 듯한 침묵이었습니다. 흐르는 물에 몸을 맡긴 채 잠에 빠져든 듯도 했습니다. 이 아들도 잤습니다. 자다가 깨다가 했지만. 아버지가 하신 말씀 떠올려, 틈틈이 별별 생각 다 했지만. 꼬박 이틀이 지났을 때였지요. 당신과 저 사이의 침묵을 깬 것은 어디서 들려온 이상한 소리였습니다. 제가 놀라 살펴보니 무수한 개미떼가 길쭉한 나무껍질에 의지해 떠내려오고 있었습니다. 개미가 사람의 목소리를 낼 리 없지요. 내어본들 그 소리가 사람에게 들릴 만큼 클 리가 있겠습니까. 그것도 세상을 삼킨 물 가운데서 말입니다. 그런데도 저는 제발 살려 달라는 소리를 들을 수 있었거든요.

그 사이에도 개미 중에는 물살에 휩쓸려 사라지기도 했지요. 한시가 급했습니다. 저는 아버지에게 말했습니다.

저 개미떼를 구해 주어요. 천지간의 이치가 세상을 새롭게 하려 물로 휩쓸고 있다지만 저 개미떼는 다음 세상에도 필요한 목숨일 겁니다.

그때 아버지는 얼른 말문을 여셨습니다. 그렇다고. 하나같이 소중하다고. 그러면서 제게 그렇게 생각했다면 그렇게 하라고 하셨습니다. 저는 아버지 말씀대로 얼른 손을 내밀었고, 개미들은 안전한 배에 오르게 되었던 것이지요. 그게 시작이었습니다. 미물이라 할 개미였으나 구하고 나니 가슴이 벅찼습니다. 그건 나무도령인 저와 나무 아버지인 당신이 구원할 일의 시작이었지요. 한참을 또 흘러가다 보니 꽤액 꽥, 울어대는 소리가 요란한데, 저에게는 살려 달라는 소리로 들렸습니다. 이번에는 갓 새끼 티를 벗어난 멧돼지였어요. 아이는 다시 아버지의 허락을 얻어 건져 주었지요. 또 목숨 구한 일에 아들은 흥분해 한참 떠들었습니다.

그런데 가만 지켜보던 아버지가 이런 말을 하지 뭐겠습니까.

구해주고 싶은 짐승이 있으면 다 구해주어도 좋다. 그러나 머리 검은 짐승은 구해주지 마라.

아버지, 당신은 그리 말씀하셨습니다. 머리 검은 짐승이라면…….

그때 아들은 제대로 묻지 못했고 아버지는 침묵하셨습니다. 나무도령은 많은 의문이 일어나는 것을 덮어두어야 했습니다. 새로이 구해야 할 목숨을 찾는 일이 더 시급했으니까요.

멧돼지에 이어 구원받은 것은 새 두 마리였지요. 앉을 곳 없이 날다, 날다 지쳐, 물에 빠질 지경이 되어서 간절히 도움을 청하고 있었거든요. 개미떼와 새끼 멧돼지 한 마리와 새 두 마리를 살려냈습니다. 단숨에 구한 것 같습니다만, 실은 이틀이 걸렸습니다. 그동안 내내 저는 두리번거리면서 살피고, 이리 가보자 저리 가보자 했고, 고래고래 소리치고 그랬습니다. 그래서 나만 힘을 다 쏟아낸 듯 생각했습니다. 가만 돌아보면 아니었습니다. 진짜 힘을 쓴 것은 아버지였습니다. 구해야 할 짐승들 곁으로 제가 무슨 힘으로 갈 수 있었겠습니까. 아직도 모든 걸 휩쓸 듯 흘러가는 이 물. 무슨 힘으로 이 아들이 제압할 수 있었겠습니까.

어떤 짐승이든 구할 수 있는 것은 아버지입니다. 저는 그저 살피고, 저는 그저 살려달라는 목소리를 들을 수 있을 뿐입니다. 그러면서 기껏해야, 저기 살려달라는 개미떼가, 멧돼지가, 새가 있다고 소리칠 수 있을 뿐이지요. 아버지, 당신은 그럴 때마다 그 육중한, 몇백 년이나 혹은 천 년이나 되었다는 육중한 몸을 움직여 구해야 할 짐승들 곁으로 다가가셨습니다.

저는 손을 내밀었을 뿐이었지요.

이 아들이 살펴보겠습니다. 어떤 짐승이 나타날지. 아버지는 한숨 주무셔도 좋아요. 다 잊고 한숨 푹 주무셔도…….

*

아, 사람을 구할지는 몰랐습니다.

물에 다 휩쓸려갔다고 생각했으니까요. 그런데 사람이었습니다. 아, 아버지! 사람이에요, 사람! 분명히 사람의 소리를 들었다며, 이 아들 아버지께 구해달라고 했습니다.

나무 아버지, 구해주세요. 어서 잠에서 깨어나 구해주세요. 그렇게 말했지요. 아버지만이 구해주실 수 있잖아요. 여태 어디서 물을 피했는지 모르지만 사람이 살아 있었네요. 사람이! 그런데 지금은 물에 휩쓸렸나 봐요. 아버지, 그냥 흘러가지 마시고 기다려주십시오. 방향을 돌릴 수 있다면 돌려주십시오. 개미떼와 멧돼지와 새들을 구할 때처럼 물과 맞서주셔요. 그러면 제가 손을 뻗을게요. 이번에는 사람을 구할 수 있게 되었어요. 용케도 여태 살아 있었다니까요. 어서! 아버지, 나무 아버지…….

제 입에서 마구 터져 나오는 말이었습니다.

역시 사람이었습니다, 사람! 얼핏 봐서는 저하고 나이도 비슷하다 싶었습니다. 어디 높은 곳에서 물을 피하다가, 넘실거리는 물에 휩쓸렸을 때 부러진 나무 둥치를 붙들 수 있었나 봅니다. 그래도 저 물살에 오래 버티기는 어려웠을 겁니다. 그 순간이 아니었으면 늦었을 겁니다. 이 아이는 제 손을 잡았을 때 필사적으로 힘을 주었습니다. 아버지 몸 위로 올라와서는 곧바로 정신을 잃었지요. 그리고 지금은 잠이 들었습니다. 아마도 한참 잠에 빠져 있겠지요.

당신이 그냥 놔두라고 하셨을 때, 저는 여쭈었습니다.

머리 검은 짐승이 사람을 두고 한 말씀이었나요?

혹시 그럴지도 모른다고 생각했었거든요. 그런데 그때, 미리 물어보지도 못했는데, 왜 사람을 구해서는 안 되는지 물어보지도 못했는데, 느닷없이 나타났단 말입니다. 아버지는 거듭된 저의 요청에 무겁게 말씀하셨습니다. 저 애를 구하면 뒷날에 후회하게 된다고 하셨지요.

그 목소리가 너무도 무겁게 들려 저는 순간 입을 열 수가 없었습니다.

앞으로 무슨 일이 생길지 모르지만, 저는 구해주고 싶어요. 사람이잖아요. 생명입니다. 저 아이는 오래 견디지 못할 거예요.

부디 아버지, 저 아이를 구해주어요. 앞일은 제가 감당할 겁니다. 새 세상에서 제가 감당할 겁니다. 아버지가 곁에 있으면 못할 일이 없을 겁니다. 멍하니 아이를 쳐다보다 저는 그렇게 호소했습니다. 목소리는 떨렸지요. 참으로 긴 시간이 흐른 듯했고, 마침내 당신은 고갯마루에서 스스로 몸을 눕힐 때보다 더한 힘을 주어 방향을 잡았습니다. 저는 그리 느꼈습니다.

아, 나무 아버지. 당신은 이 아들의 말을 들어주셨지요. 아들은 벌써 흥분해 마구 지껄여대고 있었습니다.

맞아요! 그쪽! 그쪽으로 방향을 잡으시면 되어요!

아버지, 나무 아버지, 고맙습니다. 지금 당신한테 해 드릴 수 있는 것은 이렇게 힘껏 안아 드리는 것밖에 없어요. 아니, 안기는 것밖에는요. 이것밖에는요.

당신에게 안겨 있으면서, 아버지, 이 아들은 나무 아버지의 기억을, 오래된 기억을 받아들이고 있었습니다. 그 기억은 저 깊은 땅 아래에 닿아 있고, 저 높은 하늘에 닿아 있는 것이었습니다.

지금도 그 모든 것, 이 아들에게로 오고 있습니다. 지혜가 되어 당신에게서…….

*

이 아이는 어리둥절할 겁니다. 나무를 보고 아버지라고 하면 영문을 모를 수밖에요. 하지만 당신이 제 아버지라는 걸 이 아이도 알게 될 겁니다. 짐승들도 아는 일이니, 이 아이도 알게 되겠지요.

혼자 떨어져 있었나 봅니다. 아마도 이 아들처럼 외로운 아이였나 봅니다. 속 깊은 아이일 겁니다. 아, 개미떼부터 시작해 이 아이까지 구한 일은 생각할 때마다 제 가슴을 뛰게 합니다. 다 아버지가 하신 일. 이 아이 또한 아버지가 구해주셨습니다. 저는 손만 내밀었을 뿐이지요. 이 아이를 구해서, 새 세상에서 제 친구가 되게 해주셨습니다. 친구요! 설사 이 아이가 어릴 적에 저를 낚아채 물에 빠뜨린 사나운 아이 중 하나일지라도 친구로 삼고 싶습니다. 힘이 세어 보입니다. 음식도 먹었으니 곧 회복할 겁니다. 우리를 도와줄 거예요.

당신이 가벼이 하신 말씀이 아니라는 것 압니다. 늘 담담하게 말씀하신 것 생각하자면 이번에는 눈을 부릅뜨거나 제 어깨를 움켜쥐며 반드시 따라야 한다는 뜻으로 말씀하신 셈입니다. 그러니 제가 제 뜻대로 하고자 한 것은 어리광 부린 게 아니라 거역을 한 셈입니다. 그때 깊은 한숨 같은 게 전해 오는 듯도 했습니다. 이 아들에 대한 걱정이 담긴 것이겠지요.

지난밤 곰곰 생각해봤습니다.

후회하지 않기로 하였습니다. 다 제가 감당해야 할 일.

묵직해진 머리로도 저는 읍성을 떠올렸더랍니다. 두어 해 살아본 읍성이기도 하고 내 마음껏 꾸며보는 읍성이기도 했지요. 어머니가 하시고자 한 일을 짚어보면서 읍성을 바꿔보려 한 것입니다.

장터의 흥거움과 와자함은 그대로 되살려 보았습니다. 하지만 없애야 하거나 가져와야 할 것이 있었습니다. 한둘이 아니었습니다. 부인에게 줄 노리개에 돈을 펑펑 쓰는 부자 나리에게는 얼마나 기부를 하라 해야 할지, 손등과 얼굴이 긁혀가며 한 짐 나무를 해온 나무꾼에게는 얼마의 곡식을 주어야 마땅할지, 부엌데기로 팔려가는 여자아이에게는 어떤 앞날을 약속해야 위로가 될지, 도둑과 주정뱅이는 또 어떻게 설득해야 할지 막막하더군요. 읍성 사람이 되어 세상 돌아가는 일도 제대로 보았다고 했습니다만 아직 모르는 것투성이였습니다. 차차 배워야 할 일이었습니다. 어머니를 모시고 살아볼 만한 읍성을 만들자면, 뭐 그런 세상을 만들자면 어지간히 공을 들이는 것으로는 안 되겠구나 싶어, 또 여러 세대가 흐르면서 많은 사람이 힘을 보태어야 감히 꿈꿔볼 일이겠구나 싶어 저도 모르게 한숨을 푹 내쉬고 말았습니다.

그래서 지금은, 지금은 그저 이 물이 빠지고 나면 천지간의 모든 것 어울려 맑은소리 내는 세상을 만들어 보겠다는 다짐만 해 봅니다. 나무 아버지, 고맙습니다.

얼마나 흐르고, 흐르고, 또 흘러왔을까요. 이 아이 구하고도 망망대해와 같은 물 위를 한 사흘은 더 떠돌았던 것 같습니다. 그때부터 아버지는 또 물이 흐르는 대로 움직이고 계십니다. 섬처럼 솟은 산봉우리가 보여도 물이 흐르는 대로 가고 계십니다.

저 물이 잔잔해지면 맑게 얼굴 씻긴 목숨이 다시 나오겠습니까? 저 물이 고요해지면 모두가 등 비빌 언덕이 반듯하게 돋아나겠습니까?

우리가 살 만한 곳을 찾아가시는 거겠지요. 맞춤한 섬을 발견하면 그곳으로 이 육중한 몸을 우두둑 소리가 나게 힘줘 움직이시겠지요.

＊

아버지는 나무 그 자체입니다. 하늘의 말씀이 내려오는 사다리이기도 합니다. 또 하늘이기도 하십니다. 이제는 나무 아버지 당신이 누구인지 다 알겠습니다.

나무 자체이자 하늘의 말씀이 내려오는 사다리이며 또 하늘이기도 한 아버지…….

이제 아버지는 원래야 높은 산의 봉우리이던 곳으로, 높은 산의 봉우리이던 곳으로 찾아가시겠지요. 사방이 물에 잠기니 마치 섬처럼 보이지만, 언젠가 물이 빠지면 땅이 다 드러날 테지요. 그 땅을 찾아 우리 나무 아버지는 흘러가고 계십니다. 저는 그렇게 믿습니다.

　　아버지, 당신은 그냥 물에 이끌려 흘러가는 듯하지만, 맞춤한 곳을 발견하면 그곳으로 나아가실 겁니다. 저도 다 알겠습니다. 이 아들 이제 아버지만 온전히 믿고 눈을 붙이겠습니다.

　　전에 없던 졸음이 몰려옵니다. 아버지, 나무 아버지…….

나무도령과
그의 가족

아가, 새아가.

그러니까 너는 호랑이가 덥석 물어온 사내하고 결혼했구나. 호랑이가 덥석 물어다 준 사내하고 결혼했구나.

이렇게 말하니 그 놀라운 일이 우습기도 하구나. 재미나기도 하고 말이지. 다 잘되었어. 다 잘되었으니, 우습고 재미있다고 해도 누가 점잖지 않다고 손가락질할 리 없지. 좋은 일인 게지. 아, 그런 게지. 새아가 너도 그렇게 생각하고, 너희 집안도 다 그렇게 생각하겠지. 그러니 이렇게 온 것 아니냐. 사돈총각까지 함께 먼 길을 왔지 않느냐.

그렇지. 신행길인 셈이지. 아, 신행길이니 친정 식구가 와야지. 아니면 친정 집안 누구라도 동행하는 게 당연한 일이지. 우리야 반갑지. 반갑고말고. 사람 하나가 얼마나 귀하고 귀한 시절이냐. 그런 세상이 아니냐. 하늘이 알고 땅이 다 아는 일이지. 먹자, 먹어.

사돈총각이 먼저 떡 한 조각 줍시다. 그래야 누이도 뭘 좀 먹지요. 아가, 새아가. 뭐든 좀 먹으면서 들으려무나.

*

아, 이런 일은······.

아무도, 아무도 몰랐겠지? 나는 몰랐다. 우리는 짐작도 못 했다.

새아가 너도, 너희 집안도 몰랐구나. 그래, 이런 일이 일어나리라고는 누가 짐작이나 했겠어. 호랑이가 사내 하나를 물어 처녀 집에 나타날 줄이야. 그 사내와 처녀가 짝을 맺을 줄이야.

상수리나무 아래서 잠들었다가 호랑이에게 물려간 자식이 한 해 만에 신부를 데리고 나타났다. 정신 잃고 그 큰 짐승 입에 물려 한순간에 간 길을 대여섯 날이나 걸어야 했지만 환한 얼굴로 돌아왔다. 다 잘된 일. 다 잘된 일이라 이제는 우습고 재미나기도 해. 그렇지만 그때는, 그때는 놀라 나자빠질 일이었지. 하늘이 무너지고 땅이 꺼지는 일이지. 내 가슴은 숯등걸이 되더라. 말할 힘도 없더구나. 지난 한 해 내가 누구하고 무슨 말을 나누었겠느냐.

막둥이, 막둥이 저놈하고만 몇 마디 나눴다.

저놈도 이 어미를 별 뾰족하게 위로할 방도가 없어. 없으니 괜한 말 끄집어내지 않으려 했겠지. 그래야 잊는다 생각했겠지. 나도 무너진 가슴 더 파헤치지는 말자 싶어 그만 입을 닫았다. 그런데, 그런데 언젠가부터 혼자 중얼거리게 되더라. 혼자……

하늘 향해 눈물 흘리며 중얼거리고, 땅을 치며 중얼거리고 그랬다. 나무를 붙들고 중얼거리기도 했구나. 내가 나무를, 나도 나무를 붙들고 중얼거리고는 했구나.

이야기가 좀 길 듯하다. 아니, 내 이야기는 한참 길 듯해. 그러니 어서 먹자. 나도 먹으면서 이야기할 테니 너도 먹으면서 듣자.

*

다 옛날 옛적 이야기일 테지.

세상이 물에 잠긴 일은 새아가 너한테는 다 옛날 옛적 이야기일 테지.

너 신랑도, 너 시동생인 저 막둥이도 옛날 옛적 이야기라고만 하더구나. 아비나 어미에게는 바로 엊그제 일 같은데 재들한테는 옛날 옛적 일이고 꿈에서나 보는 세상의 일이고 그런 모양이

라. 이해 못 할 바도 아니지. 살아보지 않았으니 말이다. 그때는 마을에 모여 사는 사람이 양지바른 언덕의 씀바귀같이 빽빽하고 가을 하늘의 제비 떼같이 요란하고 그랬지.

읍성은 더 대단했겠지. 어디 강가 마을이나 어디 산비탈 마을과는 비교할 수 없게 넓어 많은 사람이 서로 어깨를 부딪치며 다녀야 하고 그랬다지. 이 골짜기 저 골짜기의 것이 다 모이는 곳이니 읍성은 물산이 풍족하지. 많은 사람이 풍족한 물산을 누리며 모여 살게 되니 자연스레 풍속도 복잡하다지. 풍악으로 흥을 돋우는 것도 늘 하는 일이라더라. 나는 읍성에서는 살아보지 못했다. 듣기만 했다. 그래도 다 눈에 그릴 수 있는 일이었다. 그런데 새아가, 너 신랑이나 너 시동생은 머리에 떠올리기 힘든 일인 모양이더라.

아, 사돈총각도 마찬가지였구려. 사돈어른께서도 귀한 자식들에게 많이 이야기했을 테지요. 그 비가 퍼붓기 전 세상은 어땠다고 여러 수십 번 이야기했을 일이지요.

비가 퍼붓고 마침내 산꼭대기 몇 개만 섬처럼 남았어. 그때 이 세상에 몇 집이나 남았는지 몰라. 처음에 나는 우리 셋만 살아남은 줄 알았다. 내 할머니와 나 그리고 내 여동생. 그렇게 셋. 그렇게 우리 셋만 이 세상에 남았다면 내 자식들이 태어날 수는 없었지. 물에 휩싸여 온갖 곳을 떠돈 뒤 이 높은 곳에 이 아이들 아버지가 나타났다. 그게 벌써 거의 마흔 해나 전의 일이 되었구나. 나무를 붙들고 물 위를 보름인가 스무날인가 떠돈 뒤에 이산에, 섬이 된 이곳에 도착한 사내아이가 둘 있었지. 그 중 하나는 뜻이 아예 통하지 않는 건 아니지만, 말이 상당히 달랐지. 그하나가 너의 시아버지였다.

이미 세상을 떴구나. 너는 이제 영영 못 보는 사람이다. 그래도 너 시아버지다.

그 사람, 그 사람이 그 난리에도 살아남아 내 짝이 되었지. 그래서 내 자식들이 태어났고. 그 중의 내 맏아들이 새아가 너의신랑이 되었구나. 나무만 빽빽한 이 세상에 있는 듯 없는 듯한사람들을 서로 이어주려고 너희 집안 조상님이 나선 일이었어.

우리는 몰랐다. 알 수가 없었지. 막둥이가 제 형이 호랑이에게물려갔다고 소리쳤을 때는 놀라 주저앉을 일이기만 했다. 그랬다만 이제 와 헤아려보니…….

*

애초부터 이곳에 살았던 건 아니지.

할머니와 함께 이 산으로 온 것은 열두어 살 먹었을 때였구나. 우리 집은 이곳에서 한 이틀 거리는 되는 곳에서 농사를 넉넉하게 짓는 집이었어. 무슨 읍성 같은 곳의 솟을대문 우뚝한 집은 아니지만 쪼들리는 살림살이는 아니었단 말이지. 그랬으니 할머니가 늘그막에 산에 들어가 살고 싶다고 했을 때 부모님이 일꾼까지 내주어 반듯한 집을 지어주실 수도 있었지. 늘그막에 할머니가 마을을 떠나 산에 들어가 살겠다고 하면 다들 말렸을 텐데, 아마 처음부터 흔쾌하게 결정된 건 아니겠지만 어쨌든 그리될 수 있었던 것은 할머니한테 특별한 구석이 있었기 때문이었어.

앞날을 내다보실 수 있었대. 나 태어나고 나서라지 아마. 손녀한테 일어날 일을 알아맞히신 것이지. 처음엔 다들 우연의 일치이겠거니 했대. 그런데 오래잖아 집안과 마을의 일들도 용하게 내다본다는 소리가 돌게 되었어. 그런 할머니가 막내딸의 명줄을 길게 하려면 산에 가 사는 게 좋겠다고 했으니 부모님으로선 들어주지 않을 수 없었겠지. 부모님 집을 떠나 산속으로 가 산다는 게 계집아이에게 뭐가 그리 좋았겠냐 싶어. 그런데 그때는 내가 괜히 설레며 반겼던 것 같아. 아마 홍이 때문이 아닌가 몰라. 산에 들어가겠다는 말씀을 하시기 전에 할머니는 마을로 들어왔던 뜨내기에게서 홍이를 받아 수양손녀로 들였어. 홍이는 그렇게 해서 내게 생긴 여동생이었지. 그 애와 지내는 일에 막 재미가 붙어 있던 나는 산으로 가면 다른 어떤 방해도 받지 않고 우리만의 세상을 만들 수 있으려니 기대했나 봐. 어렸을 때였으니

96

까 그럴 수도 있는 일이었겠지.

일꾼들이 온갖 것 다 지고 왔지. 도끼며 쇠스랑에 가마솥까지 부모님은 다 실어 보내주었지. 온갖 연장, 온갖 재료. 나한테는 여기가 읍성이었지. 마냥 신기하고 마냥 재미난 읍성이었지.

부모님이 할머니 말만 믿고 그리한 게 아니었더구나. 그때 머잖아 하늘이 내는 큰 난리가 있으리라는 소문이 우리가 살던 마을에도 들어왔나 봐. 어떤 데서는 한 마을이 몽땅 피난처를 찾아 떠나기도 했다지. 그런 차에 할머니가 막내딸 명줄 어쩌고 하자 부모님은 산에 집을 지어주겠다고 한 것이지. 마음속으론 언제인가 자신들도 여기로 와 살리라고 요량도 했나 봐.

그 모든 건 내가 뒷날에나 알게 되는 일이었지. 그때 나는 그저 놀기 좋아하는 계집애였을 뿐이다.

할머니가 내 앞날과 또 세상의 일을 얼마나 잘 내다볼 수 있으셨는지는 모르겠어. 그래도 우리는 산속의 되풀이되는 사계절에 잘 적응했고 큰 부족함 없이 지냈던 것으로 기억해. 홍이와 지내는 일은 내내 즐거웠고 말이지. 언제인가부터 할머니는 정화수 떠놓고 비는 일이 잦았지. 하루는 어둡고 복잡한 낯빛이시기에 내가 무슨 일이 일어나느냐고 물었더니 고개를 내저으며 좀체 모르겠다고 하신 일이 있었어. 그해 장마가 시작되고 한 닷새쯤인가 지나서 그때야 할머니는 예사 장마가 아니라 하셨어.

그랬을 거야.

그리고는 곧 온 세상이 물에 잠기게 된다고 말을 이으셨지.

눈이 똥그래진 홍이와 나를 할머니는 두 팔로 끌어안으시더니 그래도 우리는 물에 잠기지 않을 거라고 하셨어. 산이 다 늙은 자기를 부른 이유를 이제야 알게 되었구나 하고선 한동안 멍하니 앉아만 계셨지.

*

비는 무섭게 내렸다. 그칠 줄 모른다는 듯 무섭게 퍼부었다.

골짜기를 가득 채우며 흘러내리던 물이 드디어는 산비탈을 빠르게 올라온다는 게 느껴지기 시작했지. 할머니는 안절부절못했지만 집은 떠나지 않으셨어. 앞날을 낱낱이 다 내다보지는 못했으나 터를 잡은 곳이 안전하리라는 정도는 아셨던 것이. 내 명줄을 길게 늘이는 일에도 결국 성공했고 말이지. 그런 할머니셨는데 비가 그친 뒤에는 아무것도 모르겠다고 실토하셨어. 더는 모르겠다고 하셨어. 기력이 다 소진한 듯한 얼굴로 쳐다보며 앞으로는 홍이와 내가 잘 헤아려 세상을 살아가야 할 거라고 하셨어.

비가 그친 뒤에도 물은 좀체 줄어들지 않았어. 물은 금세라도 산을 허물거나 저 밑바닥으로 끌어당길 듯한 무시무시한 모습이었어. 그런데 그 물을 헤치고 나무 한 그루가 우리가 살던 산으로 다가왔지. 아주 큰 그 나무에는 두 사내아이가 타고 있었지.

그 두 사내아이가 뒷날 각각 홍이와 나의 짝이 되었지.

할머니는 끝내 앞날을 내다보는 힘을 되찾지는 못했어. 그렇지만 두 사내아이가 찾아온 뒤부터 활기는 되찾으셨어.

할머니가 활기를 되찾으신 걸 내가 안 것은, 할머니가 두 사내아이 중 하나의 엉덩이를 차며 홍이와 나를 불렀을 때였지. 할머니는 이러셨지.

"아, 이놈 좀 봐라. 이놈 이것 자기를 나무도령이라 부르면 된다는 이놈 이것, 제 아비가 나무라나 뭐라나 그런다. 이놈이 너희 둘 어지간히도 속여 먹이려 들겠다. 그래도 이 산중에서 온갖 험한 일 도맡아 할 놈들이니 밥은 먹여주도록 하자. 홍아, 선아, 알겠느냐!"

새아가, 너 시아버지는 내 할머니한테 거짓말쟁이로 찍힌 그 사내아이였다.

나무가 제 아비라지 않느냐. 내 시아버지가 나무였다 이 말이다. 사다리를 타고도 한참 올라가야 할 아득한 시절의 선조가 호랑이거나 곰이라거나 하는 집안은 있다. 그런데 너 신랑 집안은 부엌 시렁 높이의 윗대 선조가 나무라는 말이다. 바로 너 시할아버지가 나무인 집안이란 말이다. 이상하고 이상하지. 신비하고 신비하지. 너 시집온 이 집안이 말이다.

너희 혼인 허락하는 자리. 내 할머니 이야기는 왜 끄집어내었나 했겠다.

그랬겠다만 이 시어미가 무슨 소리 하려는지 이제는 좀 알리라 믿는다. 이제, 이제부터가 진짜 이야기의 시작이다. 처녀 총각 만나 혼인하는 일에 호랑이까지 나서야 하게 된 일은 이 천지에 사람이 귀해진 까닭이지. 그 대홍수에도 넓은 천지라 살아남은 집이 더러 있대도 어디 골짜기 어느 능선에 따개비처럼 붙어 밭 일구는지 캄캄한 시절인 것이지.

사돈네 사는 그 산에는 열두 집이, 좀 작기야 하지만 그래도 한 마을을 이룬다고 할 만큼 될 열두 집이 살아남았구나. 더 많은 집이 살아남은 곳도 있겠구나. 너 시아버지는 생각 많고 걱정 많은 사람이었다. 그래도 그건 희망 있게 내다봤다. 생각보다 많은 사람이 살아남았을 것이라고. 자식들 혼사 길이 영 막혀 있지는 않을 것이라고. 나야 별로 안 믿었다. 세상이 물에 휩쓸린 뒤 그때껏 내가 새로 만난 사람은 나무 타고 찾아왔던 두 사내아이밖에 없었으니 그리 생각할 만도 한 것이지. 생각 많고 걱정 많던 너 시아버지는 그래도 그 문제 하나는 희망 있게 봤다. 너 시아버지가 그건 맞혔구나. 어떤 산에서는 마을을 이루고 있었으니 말이다. 내 아들이 그곳에 갔다가 신부까지 맞아 돌아왔으니 말이다.

그렇더라도 그동안 머리를 싸맸을 일이다. 혼기 찬 자식 둔 부모는 누구 할 것 없이 머리를 싸맸을 일이야. 그 자식들 어떻게 짝지어 주어야 할지 하는 문제로. 여기서도 혼인 문제는 쉽게 풀수 있는 것이 아니었다. 사내아이 둘과 계집아이 둘이 있는 여기서도 그 일로 분란이 일어났지.

그래, 먹으마. 마실 것도 마시자.

*

새아가, 너의 시아버지는 나무의 정기로 태어났다.

홀어머니가 세상을 뜨기 전에 나무도령에게 그렇게 알려주었다. 그리고는 마지막 순간에는 아버지 곁에 머물러야 한다고 당부했다지. 할머니와 내가 이 산중에 산 지 세 해가 되던 그해의 비가 퍼붓던 때. 나무도령은 마지막 순간을 떠올리고 홀어머니가 아버지라 일러준 나무 곁에 갔다. 어른 여럿이 함께 두 팔 벌려야 겨우 안을 수 있는 큰 나무라는데, 고갯마루에 서 있던 그 나무도 쓰러지고 말았고, 너의 시아버지는 그 나무에 올라타 물살에 휩쓸려 떠돌기 시작했지. 이곳에 나타났을 때 다른 아이가 있었다고 했는데, 그건 나무도령이 비가 그치고도 한참 물 위를 떠돌던 중에 구한 또래였지. 그 아이는 괭이도령이라 불렸어.

홍이는 그 도령과 혼인했다. 내가 친자매나 다름없던 홍이와 어색해지고 괭이도령이 나무도령에게 대놓고 으르렁댄 것은 혼인 과정의 분란 때문이었지. 괭이도령이 따로 살 곳을 찾아 떠난다고 했을 때 할머니는 깔끔하지는 않지만 그것도 문제가 해결되는 것으로 생각했나 봐. 나도 비슷하게 받아들였어. 그런데 너 시아버지는 달랐지. 따로 자식 낳고 살면서 화해할 기회는 끝내 잡지 못했어. 영영 교류가 끊겼던 것은 아니지만, 할머니 장례 말고 함께 무슨 일을 처리하거나 한 적 없이 살아왔지. 그러나 마주앉아 함께 의논하고 해결해야 할 일이 기다리고 있었지. 너 시아버지는 진작부터 내다본 일이었어. 그건 자식들 혼인시키는 일이었지.

혼인하고도 오래 나한테는 태기가 없었다. 한참 늦게 가졌던 첫 아이는 오래 못 가 잃었다. 내 뱃속에 들어선 다섯 가운데 온전히 자란 것은 셋뿐이다. 너 신랑이 내 맏이고 아래로는 너 시누이와 시동생인 막둥이가 있지. 괭이도령이 너 시아버지를 찾아온 것은 제 맏아들 혼인 문제 때문이었지. 다른 방법이 없었던 것이지. 우리라고 해서 다른 방법이 있겠느냐. 너 시누이 드디어 시집을 가기로 결정되었는데, 혼사를 의논하는 동안 내내 얼굴이 어둡던 너 시아버지가 한숨까지 내쉬기 시작했지. 그건 혼사가 이상하게 진행된 까닭이었다. 신랑이 바뀌고 말았다니까! 그 집 삼 형제 사이에 무슨 일이 있었는지, 맏이가 집을 뛰쳐나가버리고 둘째가 신랑으로 세워진 거야. 너 시아버지가 너 시누이 데리고 그 집 당도하니 그 집 형제들 서로 고성을 질러. 멱살잡이까지 하는 눈치야. 그러더니 그 집 아비가 하루 지나서는 이래. 낭패스런 일이 일어났대. 신랑을 새로 세워야겠다는 것이야.

그게 어디 받아들일 수 있는 일이겠느냐. 너 시아버지 너 시누이 그대로 데리고 돌아왔다. 그렇다만 결국 다시 가야 했지. 그리고는 자주 한숨이었다.

아무것도 명쾌하게 밝혀진 것 없었다. 그런 채 혼인을 하고 말았구나. 무슨 연유인지는 알아야 한다던 너 시아버지에게 그 집 아비가 한 말은 겨우 이런 것이랬지.

"아, 저희들끼리 무슨 내기를 했겠지. 나는 그렇게 짐작할 뿐이네. 그런 일은 나와 자네 사이에서도 있었던 일 아닌가."

*

그래, 이제는 내가 혼인할 때 일어난 분란을 이야기할 차례구나.

막둥아, 잘했다. 그렇게 해놓으니 환하구나. 요즈음 우리가 이렇게 환히 불 밝히고 떠들썩하게 둘러앉을 일이 없었지. 좋구나. 내 맏아들이 돌아왔고 며느리까지 얻었으니. 이끼 앉은 바위 같은 제 어미 얼굴만 보고 있자니 막둥이 마음인들 얼마나 깜깜했겠느냐. 마음이 환해지니 이렇게 불 밝힐 생각도 다 할 수 있었던 것이지. 좋구나. 정말 좋구나.

새아가, 너 시아버지가 우리 막둥이보다 나이가 어렸을 때 이곳에 왔다고 했다. 나무를 타고 물 위를 떠도는 동안 너 시아버지는 멧돼지도 구하고 개미떼도 구하고 새도 구하고 그랬지. 제 또래 아이를 구한 건 제일 마지막이었다. 그 아이를 구하려고 할 때, 그때껏 다 구해주라고 했던 아버지가, 나무 아버지가 사람을 구해주지는 말라고 하셨대. 머리 검은 짐승은 구해주지 말라 하셨대. 후회할 일이 있을 것이라며. 그런데도 너 시아버지는 그 아이를 기어이 구하였다. 외롭게 자랐던 너 시아버지는 동무 삼을 수 있게 해달라고 했다. 함께 맑은소리 울리는 세상을 만들어 보겠다고 했다. 나무 아버지를 겨우 설득해 그 아이를 구하였다지. 너 시아버지가 제 아버지의 말을 심각하게 다시 떠올리게 되는 것은 한참 세월이 흘러서이구나. 이곳의 두 계집아이와 두 사내아이가 모두 혼인을 해야 할 나이가 되었을 때, 바로 그때가 되어서이구나.

내 할머니는 새아가 너 시아버지 되는 나무도령의 엉덩이를 걷어찼다. 홍이하고 내 앞에서 말이다. 나무가 제 아비라는 말을 믿어준 건 아니지만 그렇다고 거짓말하는 버릇 고쳐주자고 그렇게 한 것은 아니었지. 할머니는 반가웠던 것이지. 그 물난리에 살아남은 사람이 그곳에 찾아온 일이 말이야.

할머니는 한동안 둘을 때로 꼴머슴처럼 대하고 때로 수양손자처럼 대했지. 그런데 언제인가부터 막 대하지 않으시더라고. 말투까지 바꾸어서 말이지. 우리한테도 동기간처럼 스스럼없이 어울리고 그러지 말라 하셨어. 할머니는 혼자서 앞날을 짚어보고 있었던 것이지. 고립된 섬에서 벗어나서도 다른 사람의 흔적을 찾을 수 없게 되자 할머니는 고민하게 되었을 것이야. 처음에야 고민은 아주 막연한 것이었겠으나 차차 분명해졌지. 심각할 때는 밤잠을 설치게 하는 치통처럼 괴롭혔지. 그래도 밖으로는 아무런 표시를 하지 않았어. 그냥 몇 해를 보냈다니까.

두 사내아이는 처음에 일꾼처럼 몸을 낮췄어. 오래잖아 집안일을 주도하며 인정을 받을 수 있었지만. 약초 캐고 나무도 해오고. 할머니에게서 배운 농사일만으로도 바쁜데 밭까지 넓히며.

드디어 두 사내아이는 청년이 되었지. 두 계집아이는 처녀가 되었고 말이야. 할머니가 진작부터 고민한 것은 바로 이때의 일을 내다보고서였지.

*

누구를 누구하고 짝지어 주느냐!

할머니는 드디어 이 문제를 놓고 고민하게 되었어. 어떻게 해야 둘이 잘 어울리고 모두에게도 좋을까 생각해보니 쉽게 답이 나오지를 않아. 그런 때 할머니의 친손녀인 나하고 혼인하는 게 좋겠다는 생각을 혼자 한 사람이 있었어. 괭이도령이었지. 하루는 나무도령이 약초를 캐러 나간 사이에 괭이도령이 할머니에게 다가왔어. 나무도령의 재주를 보셨느냐고 묻더래.

"재주라니, 무슨 재주 말인가?" 하고 할머니는 뜨악하게 물었지.

"아직 모르신단 말씀이세요? 아, 이런……."

괭이도령은 당혹해하듯이 혀를 차. 그리고는 이래.

"이 친구가 아직 보여 드리지 않았군요. 어찌나 힘이 센지 한나절 만에 산자락을 밭으로 만들 수 있답니다. 그런가 하면 모래 속에 좁쌀 한 가마니를 섞어 놓아도 한나절 만에 깨끗이 골라내지요. 나도 보고 깜짝 놀랐습니다. 제가 좋아하는 사람한테만 보여준다더군요. 설마 안 보여주려고 그러진 않았을 겁니다. 마땅한 날을 못 잡았나 봅니다. 저한테도 불과 얼마 전에 보여주었으

106

니까요. 돌아오면 보여달라 하세요. 당연히……."

이러는데 할머니가 가만있을 수 없잖아. 약초 캐러 갔다가 돌아온 나무도령을 불렀어.

"자네가 보통 재주를 가진 게 아니더군?"

할머니가 보시기에 그때 나무도령이 시치미를 딱 떼더래. 그 일이 다 괭이도령이 꾸민 일인지 모를 때였으니 그렇게 생각할 만했지. 어쨌든 할머니 말이 한참 이어진 뒤에야 나무도령은 자신이 곤란한 지경에 빠지고 말았음을 깨달았어.

그때 할머니는 이러셨어.

"언젠가는 내 손녀들을 자네들과 짝지어 주어야 해. 능력 봐 가며 그에 어울리는 애로 짝을 지어줄 생각이네. 그러니 있는 재주는 보여 보라고. 아, 그리고 그만한 재주 있었으면 자네가 괭이도령과 나를 그 고생시킬 필요도 없었던 것 아닌가? 지금 그것 따지자는 건 아니지만, 왜 그랬는지 궁금해. 특별한 재주라 함부로 보일 수 없었을지도 모르지. 하지만 좋아하는 사람에게는 보인다며? 설마 나와 내 두 딸을 싫어하는 건 아닐 테니……."

나무도령은 뭐라고 입을 열 수가 없었어. 당장 자기에게 그런 재주 없다며 거절했다가는 완전히 눈 밖에 날 일 아니겠어.

이튿날 아침나절에 나무도령은 할머니가 일러준 산비탈로 아무런 대책도 없이 가야 했지. 괭이로 땅을 일구기 시작했지. 하지만 그 험하고 넓은 산비탈을 하루 만에 밭으로 만들어 낼 수 있으리라 믿진 않았지. 달리 별 뾰족한 수가 없어 어쨌든 괭이를 찍어댔어. 곧 힘이 빠지고 한숨이 나와. 그래도 얼마간 괭이질을 하고 있는데 산 위가 소란스러워. 덤불을 헤치며 내려온 것은 멧돼지들이었어. 약초를 캐러 다니며 자주 마주친 무리였어. 바로 그가 대홍수 때 구해준 멧돼지가 자라 이끄는 무리였지. 그놈들이 무슨 먹이를 찾아 이리로 몰려왔나 싶어 멀뚱히 쳐다봤어. 그런데 주둥이로 산자락을 헤집고 다니지 않겠어.

나무 등걸도 뽑히고 바위도 구르고 하는 거야. 그렇게 도와주니 산비탈은 한나절 만에 어엿한 밭으로 변하지 뭐.

"고맙다, 고마워. 내 좋은 약초라도 캐면 너희와 나누어 먹으마. 너희 다니는 길에 둘 테니 잘 찾아 먹도록 해라."

멧돼지들과 헤어질 때 한 말이야. 나무도령은 꿈 같아 한참이나 혼자 밭을 밟아보고 난 뒤 집으로 왔지. 할머니는 환한 얼굴로 나무도령을 맞았다. 그리고 확인하러 나섰지.

할머니는 입을 딱 벌렸지 뭐. 사실 더 놀란 건 할머니보다 괭이도령이었을 것이야. 그러나 그는 물러서지 않았지.

이튿날 나무도령이 맡은 과업은 모래밭에 쏟아놓은 좁쌀을 깨끗이 골라내는 것이었어. 이번에도 가능할 일이 아니었지만 어쨌든 나무도령은 일을 시작했어.

한나절은커녕 한 달이 지나도 마칠 수 없는 일이라는 게 금방 드러났지.

나무도령은 탄식을 했을 거야. 괭이도령을 원망하기 시작했지. 나무 아버지가 머리 검은 짐승은 구해주지 말라던 말이 다 이런 경우를 내다보고서가 아닐까 하는 생각마저 했어. 그런데 그가 한 탄식을 들었던 것일까. 이상한 소리가 들려 고개를 돌려 보니, 걱정하지 말라며 개미떼가 새까맣게 몰려와 있지 뭐겠어. 아, 예전에 물에서 구해 준 개미들이 아닌가 싶어.

개미들이 바쁘게 움직이기 시작해. 눈이 다 어지럽도록. 수많은 개미가 그렇게 왔다 갔다 하니 어느새 좁쌀은 좁쌀대로 모래는 모래대로 깨끗이 가려지지 뭐겠어.

두 번의 과업 완수로 나무도령은 할머니한테 강한 인상을 심어주었지.

아, 그렇게 해서 할머니가 나무도령을 이 시어미의 짝으로 선택했느냐고? 아니야. 아니야. 일이 그렇게 단순하지가 않았어. 묘하게도 할머니는 결심을 쉽게 하지 못했어. 한동안 나무도령이 마음을 당겼지만, 더 신중해야 하리란 생각이 들기 시작한 거야. 그건 다 괭이도령이 교묘한 말을 해댄 까닭이지. 얼마나 교묘했으면 할머니가 서운한 마음을 가지게까지 되었겠어. 왜 진작 나무도령이 재주를 보여주지 않았는지 못내 서운한 마음이

들었다니까.

다 그 교묘한 말 때문이었지.

*

그즈음부터 홍이도 나도 생각해보기 시작했을 것이다.

그즈음부터 홍이도 나도 누구를 짝으로 삼는 게 좋을지 생각해보기 시작했을 것이다. 괭이도령이 알게 모르게 우리한테 한마디씩 던지곤 하는 말들이 그렇게 만든 것이지.

너 시아버지가 누구를 짝으로 삼고 싶어 했느냐고?

들어봐라. 그걸 내가 바로 너 시어머니인 나라고 해버리면 얼굴 화끈해지잖느냐. 아, 사실은 그런 말이 아니다. 사실은, 너 시아버지가 너 시어머니인 나를 짝으로 생각하긴 했지만 그건 온전히 나한테 마음이 끌려서가 아니었다. 그즈음 홍이가 유난스레 새침하거나 또 까다롭게 군 탓에 나한테 눈길이 간 것일 뿐이었거든. 짝 찾는 문제에서는 나무도령이 제일 둔했느니라. 홍이까지 그 일로 마음이 싱숭생숭했는데 말이야. 홍이가 그즈음 새침하거나 또 까다로웠던 것은 할머니의 수양손녀라는 제 처지를 지나치게 생각한 까닭이었지. 할머니가 친손녀인 나를 더 위할 터이니 자기는 뒷전일 것이라 혼자 생각했단 말이다. 괭이도령

110

이 대놓고 나한테 마음이 있다는 뜻을 비친 일까지 알게 되자 더해졌지.

어쨌든 그해 추수가 끝난 뒤. 할머니가 두 도령을 불러놓고 이랬어.

"이제 자네들도 결혼할 때가 됐어. 자네들이 우리 집에 온 지도 그 사이 몇 해가 흘렀나?"

괭이도령은 재빨리 손가락을 꼽아가며 계산하고는 그동안의 다사다난했던 일을 감회에 젖어 정리하는 거야. 할머니는 고개를 끄덕이더니 해야 할 말을 찾아 이어갔어.

"그렇지. 참 많은 일이 있었네. 앞으로도 그렇겠지. 내 두 손녀, 내가 하나같이 아끼는 손녀들이 아닌가. 잘 보살펴주어야 하네. 내 뜻대로 짝을 지어줄까도 했지만 그랬다간 괜한 오해가 생길 수도 있을 듯해 자네들 운에 맡기기로 했네. 하나는 내 친손녀 선이와 짝을 맺고 다른 하나는 내 수양손녀 홍이와 짝을 맺도록 하게. 내 수양딸과 짝을 맺는 사람은 한 재산 떼어줄 테니 새로운 집을 지어 적절한 때 나가도록 하게. 자식까지 낳고 나면 모두가 한 집에 다 살 수 없을 것이야. 다른 집안으로 지내다가 뒷날에 또 혼인해야 할 일이 있을 것이니 말이야. 그러니 적절한 때 나누는 게 순리가 아닌가 싶어. 자네들이 내 이 결정을 불만 없이 받아들인다면 자네들 복에 따라 짝을 맺을 기회를 줄 터이네. 어떤가? 아니라면 지금 당장 떠나가는 수밖에 없네. 어떤가?"

너 시아버지는 갑작스러운 선택의 순간이라 당황스러웠다더라. 하지만 다른 길이 없는지라 고개를 끄덕였다지. 괭이도령도 고개를 끄덕이고 씩씩하게 알았다고 했지.

다시 확인한 뒤 할머니는 이러셨어.

"내 두 손녀가 다른 방에 각각 들어가 있게 할 터이니, 자네들은 저쪽 언덕에 가서 기다렸다가 와서 방을 고르도록 하게. 그 방에 있는 사람과 짝이 되는 거야. 내 두 손녀도 방을 제 마음껏 고르도록 할 테네. 그러니 모두 운이야. 운명이기도 하고."

할머니는 두 사람을 언덕에 가 있게 했어. 그런 다음에는 홍이와 내가 말없이 눈짓만 주고받다가 각각 동쪽 방과 서쪽 방을 차지하는 것을 지켜보셨어.

할머니의 손짓 신호에 따라 출발했을 때 나무도령은 운에 맡길 수밖에 없다고 생각했지. 그러니 서둘 필요가 없었어. 대신 그는 더 늦게 전에 해야 할 말을 하려 했어.

"어찌해 내게 그런 재주가 있다고 했니?"

괭이도령은 조금도 당황하는 기색 없이 말을 받아. 아, 재주가 있으니까 있다고 했지 않느냐고 해. 나무도령은 숨을 가다듬고 말했어.

"단지 그것뿐이야? 나한테 그런 재주가 있다는 걸 알았다니 놀랍군. 설마 오늘 이 선택의 순간에 더 나은 자리를 차지하고 싶어 그러지 않았기만 바란다."

그랬더니 당연한 소리래. 당연한 소리 자꾸 길게 하면 엉뚱한 소리 되는 법이래. 나무도령은 꼭 하려 했던 말이 있었지만 더 이상 말을 잇지 못했어. 당연한 소리 어쩌고 하며 괭이도령은 거의 빈정대는 표정을 하고 있었거든. 그리고 괭이도령이 걸음을 빨리하기 시작했거든. 나무도령도 어떤 선택을 해야 할지 고민에 빠졌어. 온전히 운에 맡길 수밖에 없다고 생각했을 때쯤 이런 소리를 들었어. 동쪽 방으로, 동쪽 방으로! 그건 마침 하늘에서 빠르게 방향을 바꾸어 날아온 새가 내는 소리였어.

나무도령은 예전에 새를 구해준 일을 떠올렸지. 그는 괭이도 령을 따라잡았어. 그가 옆에 서는 순간 괭이도령이 할머니에게 말했어.

"저는 서쪽 방입니다! 서쪽 방을 선택하겠습니다!"

단호하게 나온 소리였어. 그는 손짓으로도 제 선택을 분명히 했지.

나무도령은 새가 해준 말을 따르기로 했어. 할머니가 동쪽 방이 맞느냐고 물었고 그는 고개를 끄덕였어.

나무도령은 운에 맡겼지. 새가 해준 소리를 따르기는 했지만 사실 운에 맡긴 것이었지. 그러면 괭이도령은 뭘 믿고 단호하게 서쪽 방을 선택했는지가 궁금할 게다. 이건 새아가 너 신랑도 모르는 일이고 너 시동생도 모르는 일이다. 이것까지는 이번에 내가 처음으로 털어놓는 일이다.

괭이도령의 선택은 내 할머니의 눈짓을 보고서 한 것이었다.

어찌 된 일인가 하면, 할머니는 결국 괭이도령이 나의 짝이 되는 게 좋겠다고 판단하셨던 것이야. 그 판단이 공평하게 이루어진 것인지는 모르겠다만 말이다. 아무래도 할머니는 홍이보다 친손녀인 나한테 더 좋은 짝을 맺어주고 싶었나 봐. 그리고 할머니 판단에는 괭이도령이 더 나은 짝이었어.

둘은 동시에 문고리를 잡고 방문을 열었다.

괭이도령에게서는 탄식이 터져 나왔어. 그는 머리를 감싸 쥐기까지 했지.

다음 순간에 괭이도령은 할머니에게 원망 어린 눈길을 보냈어. 아, 제가 선택한 서쪽 방에 홍이가 앉아 있을 줄이야 누가 알았겠느냐고. 결과를 확인하고서는 할머니까지도 놀라 말을 더듬었어.

어찌 된 일이냐고? 그 사이 할머니의 두 손녀가 서로 방을 바꾸었던 것. 뒷문을 통해 친손녀는 동쪽 방으로 옮겨가고 수양손녀는 서쪽 방으로 옮겨간 것이었지. 은근히 나무도령에게 마음을 두고 있던 나는 할머니가 괭이도령을 더 좋아하고 있음을 눈치채고서 꾀를 냈지. 홍이는 어차피 할머니가 원하는 대로 내정되어 있으리라 믿고 모험을 감행했던 것이고……

그 사실을 할머니는 모르셨지.

새들은 알았지.

*

애초부터 괭이도령이라 불린 건 아니었다.

아마 달리 뭐라 불렸어. 그랬는데, 언제인가부터 자연스레 괭이도령이라 불리더라고. 괭이도령이 농사일을 주로 맡았거든. 둘 다 나무도 하고 밭도 매고 했지. 그런데 약초 캐고 나무하고 하는 일은 나무도령이 주로 맡고 밭 갈고 농사짓는 일은 괭이도령이 맡게 되더라고. 자연스럽게 그렇게 되더라고. 너는 괭이 붙들고 사는 게 좋은 모양이니 괭이도령이라 하여라. 할머니가 뭐 그렇게 이름을 붙여주었던 것도 같아. 아, 이런 일도 있었구나. 그 괭이도령이 나무도령보다 얼굴빛이 검었거든. 괭이도령은 나무도령의 얼굴이 자신보다 흰 것은 나무 그늘을 찾아 자주 쉬는 까닭이라고 홍이와 나한테 이야기했어. 애초에는 농담으로 한 소리였으나 언제인가부터 그것이 사실이나 마찬가지가 되더라고.

그 괭이도령은 홍이가 짝으로 결정되자 제가 일군 밭을 다 잃어버린 기분이었을 거야. 그러면서 진짜 분란이 일어났지. 아니, 제 짝을 따로 생각해두면서 괭이도령은 벌써 제가 일군 밭에 대한 욕심을 내고 있었던 것이지. 그러니 분란은 진작부터 시작된 게 맞지. 우리가 혼인할 때의 그 소동은 분란이라 할 만하지. 그렇고말고.

신랑이 바뀌는 분란이 났을 때는 뭐랬다더냐? 딸 혼인시키러 갔는데 신랑이 바뀌다니. 너 시아버지는 그 괭이도령이 이렇게 말했을 때 가슴이 콱 막히는 기분이지 않았겠냐. 제 아들들이 무슨 내기를 했지 않겠느냐고 짐작할 뿐이라 했을 때. 그런 일은 그전에도 있었던 일 아니냐고 했을 때. 분란이 대를 이어 일어나는데 너 시아버지가 어찌 고민에 빠지지 않을 수 있었겠느냐. 안 그래도 생각 많은 사람인데 그 생각 중에 태반이 고민이 되기 시작한 것이야.

*

새 사돈네에서는 아무런 분란 없이 내 아들을 받아주었구나.

마을에서도 짝을 찾지 못할 일은 아닌데 호랑이가 물어온 사내를 신랑감으로 봐주었구나. 호랑이를 조상님네로 믿은 까닭이지. 호랑이가 신랑을 찾아준 것이라 믿은 까닭이지. 아, 그렇게 믿을 수밖에 없는 일이었지. 놀랍고 신기한 일이어서 내 입으로 다시 이야기해보고 싶구나.

너 친정 식구들도 얼마나 놀랐겠느냐.

아무리 호랑이를 선조로 모시는 사람들이라도 그 큰 짐승과 마주쳤는데 놀라지. 놀라고말고. 사다리를 타고 올라도 별을 딸 만큼 높이 올라야 할 윗대의 선조가 호랑이인 것이지 어디 품에도 안겨본 할아버지가 호랑이냐. 선조로 모신다는 건 무슨 제사 같은 때나 그렇게 모신다는 것 아니냐. 그런데 그냥 마주쳐버리면 심장이 덜컥 내려앉지. 그건 그냥 무시무시한 짐승이지 뭐.

그 짐승이 사람 하나까지 물고 나타났으니 오죽했겠느냐. 안 봐도 다 짐작이 갈 일이다. 그런데 그 호랑이가 물어온 사람을 내려놓고는 아무런 일도 없었다는 듯 돌아서 가버리더라 이것 아니냐. 사람은 숨이 붙어 있을 뿐만 아니라 멀쩡하더라 이것 아니냐. 혼이야 빠진 듯했지. 그래도 살이 찢기지도 뼈가 부러지지도 않았더라 이것 아니냐. 그러니 새아가 너는 오래 놀라지는 않았지. 너희 친정 식구 모두 오래 놀라지는 않았지. 사내의 빠진 혼이 돌아오자 어찌 된 일인지 캐물었겠지. 그리고는 호랑이가 두 남녀를 짝지어 주려고 한 일이라는 결론을 얻었지. 내 아들도 죽다가 살아난 일로만 생각되던 그 일이 산신 같은 호랑이가 나선 일이리라 믿게 되었겠지. 그러고 너희는 혼인을 하게 되었지.

그런데, 나야, 어미인 나야 어찌 알 수 있었겠느냐. 너희가 찾아오기 전까지 어찌 짐작이나 할 수 있었겠느냐. 막둥이가 숨이 턱에 차도록 달려와, 호랑이가 나타났다고, 제 형이 호랑이에게 물려갔다고 울며 소리치던 그때부터 놀란 채, 지금까지 내내 놀란 채 지내왔다. 너희가 내 앞에 떡하니 나타났을 때도 놀랐지. 호랑이에게 물려가 죽은 줄 알았던 자식이 한 해 만에 멀쩡한 모습으로 환하게 웃으며 나타났으니 놀라지 않을 수 없었지. 꿈인 줄 알았다. 꿈인 줄만 알았다. 그런데 그게 다 실제 일이더구나.

몇 번이나 듣고도 꿈만 같았다. 이제야 무슨 일인지 좀 헤아릴 수 있게 되었구나. 새아가 너희 집안에서는 호랑이를 선조로 모신댔지. 그래, 그런 경우를 나도 어릴 적에 들은 적이 있다. 어느 골짜기 어느 마을 사람들은 아득한 옛적의 제 조상이 곰이라거나 또 무슨 짐승이라거나 한다는 소리를 말이다. 무슨 우뚝 솟은 산이라거나 별나게 생긴 바위라거나 한다는 소리도 있다더라. 내 친정 집안에 그런 별난 선조 있다는 이야기는 못 들었다만 말이다.

대홍수가 휩쓴 뒤 사람이 귀하고 귀해지지 않았겠냐. 짝지을 처녀나 총각 찾는 일이 하늘의 별 따기만큼이나 어려운 일이 되었고 말이다. 이번 일은 조상님들께서 너 친정이 처한 곤경을 그냥 보아 넘기지 않았다고 믿을 만할 일이다. 나도 믿지 못할 일이 아니다. 내 자식을 물어서는 너희 집까지 데려가 놓은 게 그 힘세고 영험한 짐승이 그저 제 재주 자랑하기 위해 한 일이겠느냐. 너희 둘을 신랑 신부로 짝지어주려고 한 일이라는 것 나도 이제는 믿는다. 그러니 내가 너희 혼인을 허락하지 않을 이유가 없지. 혼인을 허락 못 할 이유도 없지. 허락하고 또 축복할 일이지. 새아가 너와 내 아들이 맺어진 것은 결국 하늘의 뜻이니 말이다.

그 옛날에 너 시아버지와 내가 짝이 될 수 있었던 것도 그러고 보니 짐승이 도운 일이었구나. 새들이 도왔지. 새들이 도왔어. 물난리 났을 때 구해준 은혜 갚느라 도운 것인데 이것도 다 하늘의 뜻이었는지 모르지.

좋은 때구나. 밤늦게 나와 앉았어도 좋은 때구나.

아직 무는 벌레 없고 바람에 실려 오는 건 꽃향기이니 참 좋은 때구나. 이렇게 불 밝혀 이야기까지 하니 나는 한없이 좋다. 먼 길 와서 곤한 신랑이랑 신부랑 붙잡아 놓고 한참 이야기를 했구나. 먼 길 짚어 돌아가야 할 사돈네 총각도 생각하지 않고 정말 길게도 이야기하고 있구나.

내일 하자. 남은 것은 내일 하자. 시아버지 무덤에 가 절하고 나서 그때 또 하자.

그곳에 나무도 한 그루 서 있다.

*

이 나무를…….

이 상수리나무를 아버지 같이 느꼈는지도 모르지.

물 위를 떠돌다가 이곳에 왔을 때 나무도령은 제 아버지도 함
께 살게 되는 줄 알았다. 그런데 아버지는 아니라고 했지. 두 아
이와 짐승들을 내려놓고는 물을 따라 그대로 흘러가버렸다지.
이 상수리나무를 찾기 시작한 게 멀리 보자면 괭이도령이 홍이
와 함께 이곳을 떠나간 뒤가 아닌가 싶다. 그 무렵부터 오다가다
이 나무 아래로 와 앉았기도 하고 그랬을 것이다. 이 나무에 이
마를 맞대고 뭐라 뭐라 중얼대기까지 한 것은 딸아이 시집을 보
낸 다음부터의 일이다. 그건 나도 똑똑히 알고 있지.

홀어머니와 함께 살던 아이 적에 너 시아버지는 오막살이 부
근 고갯마루의 한 나무를 자주 찾아갔나 보더라. 세상을 뜨기에
앞서 홀어머니는 그 나무가 바로 아이의 아버지라고 알려주었다
지. 그리고 자신이 그 나무를 어릴 적부터 자주 찾은 일과 처녀
적에 하루는 그 나무 아래에서 정신을 잃고 깨어난 뒤로 임신을

120

한 일까지. 아이는 그때야 제 아비가 나무라는 것을 알게 되었어. 어미는 마지막 때가 오면 나무 아버지 곁을 지키라고 당부하고 세상을 떴다지. 물난리가 나기 불과 얼마 전의 일이다. 물난리 때 뿌리가 뽑히며 쓰러진 나무 아버지와 함께 너 시아버지는 물 위를 떠돌게 되었고 마침내 여기까지 오게 된 것이지. 나무의 정기로 태어난 아이가 대홍수 때 아버지인 나무의 도움으로 살아남아 짐승들과 또래 아이를 구해 이곳으로 와 우여곡절 끝에 나를 짝으로 맞았고 이렇게 한집안을 이루었지.

그것이 너 시아버지의 한평생이었다.

*

사돈네 마을에서는 그리 믿는구려.

사돈네 사는 마을에서는 물난리가 사람의 죄 때문에 생긴 일이라고 믿는구나. 그래, 당연히 그렇게 생각할 만하지. 나무도령도 그렇게 생각했지.

그런데 나무도령의 아버지는 아니라고 하셨다지. 다음 세상에서는 사람의 죄에 의해 세상이 물에 휩쓸릴 재앙을 당할 수도 있지만, 이번은 아니라고 하셨다지. 나무도령은 물 위를 떠돌던 그때부터 벌써 다음 세상의 일을, 앞날의 일을 생각하고 있었다.

읍성에 대해서는 들어보았느냐? 다 옛날의 이야기로 들리겠지. 그러나 그건 앞날의 이야기일 수가 있다. 살아남은 사람들이 이제 서로 찾아 나서 만나게 될 터. 그렇게 해서 어울리기 시작하면? 여기저기에 마을이 생기겠지. 드디어는 읍성까지 생겨날 것이다.

열두어 살쯤에 나무도령은 읍성에 가서 살게 되었다고 한다. 홀어머니 하시는 일로 하여. 읍성은 나무도령 눈에는 온갖 사람이 다 살고 온갖 것이 다 모이는 곳. 놀라운 곳. 두어 해 사는 동안 나무도령은 장터 구경이 좋았다고 한다. 흥겹고 와자한 것이. 어른들이 사는 맛이라고 하는 게 바로 이런 것이겠구나 하고 혼자서 생각해봤다지. 그런데 언제인가부터 알게 되었지. 그 흥겨움과 와자함을 마음껏 제 것 삼아 즐길 수 없는 사람이 있다는 사실을. 나무꾼은 손등과 얼굴이 긁혀가며 해온 나무로 한 됫박 곡식이나 겨우 얻지. 그런 나무꾼에게는 함부로 넘겨다보고 또 어울려 흥겨워할 수 없는 곳인 거야. 장터가 말이다. 그 장터가 있는 읍성이 말이다. 읍성은, 장터는 자식 많은 부모를 위해 맏딸이 부엌데기로 팔려가는 곳. 주정뱅이가 마지막 술을 퍼마시고 이튿날 새벽 죽어 발견되는 곳. 남의 집 높은 담을 넘은 도둑이 목매달려 구경거리가 되는 곳.

물 위를 떠도는 동안 무슨 생각을 했는지 아느냐?

후회할 일이 있대도 머리 검은 짐승을 구해놓고서 나무도령은 어떤 생각을 했는지 아느냐?

새로운 세상을 생각하고 있었다. 나무 아버지에게 제가 생각한 새로운 세상에 관해 이야기했다. 후회하지 않기로 했다며. 다 자신이 감당해야 할 일이라며.

나무도령은 떠올렸더랬다. 두어 해 살아본 읍성이기도 하고 혼자 제 마음껏 꾸며보는 읍성을. 나무도령은 제가 살아본 읍성을 바꿔보려 한 것이다. 장터의 흥겨움과 왁자함은 그대로 되살려 보려 했다. 하지만 없애야 하거나 가져와야 할 것이 한둘이 아녔다지. 부인에게 줄 노리개에 돈을 펑펑 쓰는 부자 나리에게는 얼마나 기부를 하라 해야 할지, 한 짐 나무를 지고 온 나무꾼에게는 얼마의 곡식을 주어야 마땅할지, 부엌데기로 팔려가는 여자아이에게는 어떤 앞날을 약속해야 위로가 될지, 도둑과 주정뱅이는 또 어떻게 설득해야 할지 막막했다지. 아직 모르는 것 투성이였으니까. 차차 배워야 할 일이었으니까. 어머니를 모시고 살아볼 만한 읍성 같은 세상을 만들자면 어지간한 공을 들여서는 안 되겠구나 싶어 한숨을 내쉬고 말았더랬지. 자기도 모르게.

지금은 그저 이 물이 빠지고 나면 천지간의 모든 것 어울려 맑은소리 내는 세상을 만들어 보겠다는 다짐만 해본다고 했지. 제 나무 아버지에게 그리 말했지. 그리고 고맙다는 소리를 했지.

그때 고마워했으나, 후회할 일이었다. 감당해야 할 일이었다. 괭이도령이 새로 살 곳 구해 떠날 때 나무도령은 그때껏 못하고 있던 말을 했다.

"우리가 서로의 짝이 정해지던 때 오늘과 같은 일은 이미 정해져 있었다. 그래도 갑작스럽구나. 우리 짝을 찾아 하나는 동쪽 방으로 하나는 서쪽 방으로 가던 그때 나는 너한테 이런 소리를 하려 했다. 혼인하고 나면 우리는 헤어지게 될 것인데, 누가 이곳을 떠나게 되든 처음 만나던 때의 반가움, 함께 어울려 살아가던 때의 정, 모두 잊지 말고 다시 만날 일을 기다릴 수 있게 되기를 바란다고 말이지. 그게 내 소망이라고 말이지. 그 말을 이제야 하는구나. 우리 둘은 어느 쪽이든 잘못을 저지를 수 있는 사람이야. 그런 만큼 용서할 수 있는 마음을 가지는 게 중요해. 그래야 우리는 새 세상의 부끄럽지 않은 조상이 될 수 있어."

괭이도령은 웬 난데없고 또 갈피도 잡히지 않는 소리냐는 듯 멀뚱히 쳐다보더래. 그런데 그건 잠깐이고 곧 전날처럼 당연하다는 소리를 하더라지.

당연한 소리 길게 하면 헛소리가 되는 법! 그리 받아쳐, 더 말을 못 붙이게 하더라지.

*

124

다음 세상······.

다음 세상에서는 사람의 죄에 의해 세상이 물에 휩쓸릴 재앙을 당할 수도 있으리라는 것. 나무도령은 그 사실을 아버지에게서 들어 알면서도 아이를 구해주었어. 물론 그 아이가 배신과 모함을 새 세상에 끌어들이리라는 것까지 바로 깨닫지야 못했지.

할머니의 두 손녀 중 누구를 제 짝으로 맞는 게 좋을지 따지면서부터 그 사람 마음에서는 배신과 모함이 자라났다고 봐야 할 일이다. 배신과 모함이 틀림없다. 한때의 시기나 질투로도 볼 수 있겠지만, 어쩜 그렇게 마무리될 수도 있었을지 모르지만, 짝이 정해진 뒤 그 사람은 더는 예전 낯빛이나 예전 말투로 우리를 대하지 않았지. 할머니까지도 그리 느끼도록 했다고. 할머니의 계산이 빗나가 약속을 지킬 수 없게 된 사정이 서로 간에 낱낱이 따져 다 밝혀진 뒤에도 계속 그랬다니까. 어느 날 나는 홍이가 남몰래 훌쩍이는 모습을 보았고, 또 어느 날 나무도령은 그 사람이 숲에서 도끼로 나무를 마구 찍어대는 소리를 들었지. 할머니는 보지 않고도 듣지 않고도 위태로움을 감지하고 우리에게 몸조심을 당부하기도 했어. 할머니는 분가할 짝한테 내어 주리라 요량한 것보다 훨씬 큰 몫을 약속하기로 고심 끝에 결정하셨지.

오랜 세월이 흘러 세상을 뜨던 해에 할머니가 한 말이 있다.

그 말이 기억나는구나. 그때 할머니는 뜬금없이 홍수를 이야기 했어. 여름이 멀었는데도 왜 이렇게 더우냐면서. 홍수 때 세상이 물에 잠겼던 것만이 아니라 아무래도 땅이 기울어진 듯하고 했지. 그동안 하늘을 살펴본 바라 했어. 땅이 기울면서 여름은 더 더워지고 겨울은 더 추워지게 되었다고. 아마 손부채질을 하며 그랬을 거야. 그리고, 더 뜬금없이 혼인 때의 분란은 결국 다 자기 잘못이었노라고 덧붙였지.

누구 잘못인지야 알 수 없는 노릇이지. 굳이 따지자면 다 홍수 탓. 땅까지 기울었다는 때의 홍수 탓이라고 할 수밖에. 여하튼 혼인 때의 분란으로 머리 검은 짐승에 대해 너 시아버지는 제대로 알게 되었다. 그렇게 알게 된 다음 혼란스러웠지. 하지만 결국은 기꺼이 그것을 감당할 작정이었고, 그리해 그날 괭이도령에게 그런 말까지 했던 것이지. 그러나……

끝내 너 시아버지는 그 사람과의 사이에서 처음 만나던 때의 반가움과 함께 살던 때의 정을 회복하지 못하고 말았다.

배신과 모함. 그것은 너 시아버지가 꿈꾼 새 세상에 죄가 스며 든 일이었다. 시작부터 그리되었던 것. 언제인가 다시 읍성이 생 겨난다. 그때 분명하게 드러날 일을 나무도령은 미리 내다봤고 앞당겨 고민했다. 사람의 마음에 죄가 이미 씨앗처럼 담겨 있는 것인지 아니면 세상살이가 사람의 마음에 죄를 심어 자라나게 하는 것인지 하는 문제까지 따져 답을 얻고자 고민했다. 누구나 다 죄를 지을 수 있는 것. 나는 그리 생각한다. 처지가 달랐다면 우리가 그 부부처럼 그러지 말았으리란 법 없다고 본단 소리다. 집안을 이루고 마을을 이루고 읍성을 이루며 사는 일은 결국 죄 지을 수 있는 우리를 서로 감당하며 살아가는 일이지 싶다. 사실 감당한다는 말은 너 시아버지가 제 나무 아버지와 함께 물 위를 떠돌던 때, 그때부터 한 소리구나.

새 세상의 첫 사람이었다. 너 시아버지는 새 세상의 첫 사람인 것을 늘 의식하며 산 사람이었다. 온갖 고민이 달려들 수밖에. 그래도 지나치게 빠져드는 듯해 나는 걱정하며 여러 번 타박했다.

아, 그사이 이 어미도 물이 많이 들었나 보다. 이리 길게 다 이야기하는 게 너희 아버지의 고민이 고스란히 다 옮아와서가 아니겠느냐.

나는 그저 놀기 좋아하던 계집아이였다. 그랬을 뿐인데…….

*

부모하고 떨어지는 일이었다.

나는 놀 일만 기다리는 줄 알고 좋아라하며 이곳에 왔지. 할머니와 손녀 둘만 사는 이곳에 일꾼들이 온갖 것 다 지고 왔지. 그것도 몇 번씩이나. 가마솥은 어디에 쓰려고 하느냐면서도, 도끼며 쇠스랑은 또 어디에 쓰려고 하느냐면서도 부모님은 다 실어 보내주었지. 온갖 연장, 온갖 재료. 그때마다 나는 넋을 빼놓고 구경했다. 나한테는 여기가 읍성이었지. 마냥 신기하고 마냥 재미난 읍성이었지. 그런데 마지막에 나무도령이 왔던 것이다.

온갖 생각을 다 싸 짊어지고 말이다.

딸을 시집보내고 너 시아버지는 조금씩 허깨비처럼 변했다. 이제 생각해 보니 그렇구나. 이 나무를 붙들고 중얼댄 것도 그때부터다. 우리 맏아들과 저 막둥이한테 모르는 게 있으면 이 나무 붙들고 물어보라고도 했다. 아비가 알려주지 못한 것 하늘이 알려줄 것이라고 했다. 이 나무를 타고 하늘이 내려온다고 했다. 그 소리까지 했는데, 무덤을 어디에 쓰라고 하지는 않았지만, 이 나무 올려다볼 수 있는 곳에 쓰지 않을 수가 있었겠느냐? 약초 캐고 나무하는 일이 너 시아버지 젊은 시절 일이었지만 아무것이나 함부로 캐고 함부로 베고 하진 않았다. 다 제 아버지를 생각나게 했을 터이니…….

허깨비처럼 변해가던 아비가 한 말이었다. 그랬는데도 그 말을 믿었는지 어쨌는지 너 신랑이 일하다가는 이 나무 아래에 가끔 와보곤 한 모양이다. 뭐라고? 아버지의 목소리를 들었다고? 처음엔 한숨 소리 같은 것만 들렸는데, 하루는 서로 맞서 싸우는 힘이 세상을 휩쓸 것이라는 소리를 들었다고? 서로 맞서 싸우는 힘이 세상을 휩쓸 것이다. 이게 무슨 소리냐? 다른 소리는, 다른 소리는 들은 게 없느냐? 함께 어울려 살려는 힘이 영영 묻히지 않도록 애쓰라는 소리도 들었다고? 아, 네 아버지가 한 소리가 틀림없겠구나. 네 아버지는 저 세상에서도 고민을 떠안고 있구나. 네 아버지가 틀림없다. 그 소리는······.

그냥 와 보게 되다가, 드디어는 그런 소리를 꿈도 아닌 생시에 들었구나. 그날은, 그날은 또 무슨 조화였을까. 무슨 조화에서인지 이 나무 아래 누워 눈을 붙였던 모양이구나. 그리고는 호랑이가 나타났던 것이지.

후유.

이제, 그만하자.

*

어느새 사돈총각 떠날 날이 되었구려.

그래, 그동안 누이가 큰 고생은 하지 않고 살 만한 집인지 확인은 좀 되었소? 사돈네 사는 마을처럼 사람이 많지 않아 쓸쓸하겠지만, 영영 그렇지는 않을 것이오. 먼저 자식들이 태어날 테고 여기 우리 막둥이도 그사이 혼인을 할 터이니······.

여기 찾아오는 동안 호랑이가 나타났다 사라졌다 하면서 길을 열어주었다니 돌아가는 길에도 나타날 수 있는 일이니 크게 걱정은 하지 않겠소. 아, 그리고 찾아오는 동안 온갖 표시를 다 해놓았다니 참말로 잘했소. 호랑이를 조상님으로 두지 않은 사람들한테도 길이 있어야 할 터이니 말이오.

그래도, 그래도 조심해서 가시오. 누이가 잘 지내리라는 소식 가지고 말이오. 우리 막둥이가 반나절은 함께 갈 것이오. 심심하지 않게 말이오. 반나절밖에 안 되지만 말동무 삼으시오. 아, 그때 우리 막둥이한테 좋은 말 좀 해주시오. 저놈 저것 당장에라도 짐 싸들고 먼 세상으로 떠나볼 마음이 뱃속에서 마구 부풀어 오르고 있는 눈치인데 조금만 더 여기 머물라고 충고해 주시오. 한 반년쯤 지나 제 형수 친정 나들이할 때 저도 사돈네 사는 동네도 가보고 해서 세상 경험을 해 본 뒤 결정을 하라고 타일러 주시오.

나는 사돈총각한테 그것만 부탁하오. 누이 일은 나한테 다 맡기시오. 이 시어머니는 마냥 즐겁게 놀기만 하는 게 좋은 계집아이였다지 않았소. 시아버지가 하던 고민 냉큼 떠넘기지 않을 테니 말이오.

그 고민이야 앞으로 다 같이 해야 할 고민. 어디 누구 혼자만 떠안을 고민이오!

북녘땅
곰녀

이제 네가 떠나갈 때가 가까웠구나.

다 자랐으니 당연히 떠나가는 것이지. 사방이 흰 눈과 찬바람으로 가득한 철을 긴 잠으로 보내고 깨어나서는 두 달을 온전히 함께 했다. 멍한 상태로 주린 배를 채우기 위해 아직 찬 계곡도 뒤졌어. 나무에 올라 막 돋아나는 새순을 뜯기도 했고 말이지.

이제 흉한 모습은 아니지. 볼이 홀쭉했다. 어깨의 뼈는 툭 튀어나왔고. 이제 그런 흉한 모습은 아니지. 너도 그렇고 나도 그렇구나. 너야 털까지 윤기가 흐르고 눈도 맑다. 나야, 나야 어디 너만 할 수 있겠느냐. 내 나이가 좀 많으냐. 헤아릴 필요 없다. 헤아려 무엇 하겠느냐. 이제 이 어미는…….

뭘 헤아려야 한다면 너에 관한 걸 헤아려야지. 네가 어느 철에 태어나 몇 해를 보냈는지도 나는 다 헤아릴 수 있다. 너는 우리 종족의 대개가 그러하듯 어미가 긴 잠에 빠져 있는 동안에 태어 났지. 아, 그때야 나도 잠깐 깨어나지. 잠자리에 그대로 뒹굴면 서도 너를 받아내어 숨을 쉬고 따뜻한 피가 흐른다는 것을 알아 보았다. 너는 벌거숭이에 눈도 뜨지 못한 채 태어났다. 앞도 못 보면서 내 젖꼭지를 찾아 물더니 몇 달을 그것 빨며 자랐지.

어느새 너는 이렇게 단단하게 자랐구나. 어느새 너는 떠나갈 날을 헤아리게 되었구나. 미안해할 필요 없다. 미안해하다니!

우리 종족에서 그해에 태어난 자식들은 다 그 어미를 떠났다. 너는 내가 오래 품에 안고 있었던 셈이지. 내가 너에게는 가르쳐 줘야 할 게 많다고 생각한 까닭이야.

뭔가 남은 것 같은 생각이 들 때도 있지. 그렇다만 그건 다 이 어미가 괜스레 하는 생각. 미련이다. 너는 어디 하나 모자라는 게 없다. 우리 종족의 사내로서 혼자 살아갈 힘과 지혜를 모두 갖췄다. 그러니 떠나갈 날을 헤아리려무나.

하루가 다르게 저 나뭇잎이 짙어질 터. 숲은 빽빽해질 터. 슬 쩍 몸을 숨기듯 떠나가려무나. 네가 보이지 않으면 술래처럼 찾 아 나서려는 마음이 솟아날지 모르지. 하지만 크게 한번 목청을 울려 소리치고 나면 그만일 것이야. 그때 너는 돌아보지 마라. 네 길을 가도록 하여라.

한 보름쯤 남았을지도 모르지. 더 빨라도 상관없다. 네 마음이 이끄는 대로 움직이면 된다. 다만, 오늘만 잠시 이 어미 앞에 앉아 귀 기울여 듣도록 하여라. 아직 해가 하늘 가운데로 떠오르지 않았다만 따뜻하구나.

함께하면서도 묻어놓았던 일, 이젠 이야기하마.

*

그래, 맞아. 그 일.

헤아리려 해도 헤아릴 수 없는 때의 일, 너로서는 긴 잠을 잘 때의 흐릿한 꿈처럼 이제는 다 뭉개져 버려 너 혼자서는 도저히 반듯하게 펼쳐놓을 수 없는 시절의 일.

그 일은 네가 이 세상에 태어나기 전부터 시작되었구나. 그때도 이 어미는 한창때를 넘긴 상태였다. 누가 늙은 암곰이라고 부른대도 뭐라 할 수 없는 나이였지. 물론 지금보다야 훨씬 젊은 나이였다만, 이미 나이를 먹을 만큼 먹었고, 웬만한 일도 다 겪었다는 뜻이야.

몇 차례 다른 자식들도 낳아 떠나보냈다. 그런 때, 다 늙은 암곰인 내가 어떤 꿈을 품었는지 짐작하느냐? 나는 사람이 되고 싶었다. 어찌 된 영문인지 나는 사람이 되고 싶었어. 나는 사람이…….

어떤 때 우리는 꿀을 먹고 싶기도 하지. 벌들이 떼로 달려들어 죽을 둥 살 둥 침을 쏘아댄다는 걸 알면서도 먹고 싶은 것을 참지 못할 때가 있지. 온몸을 흐뭇하게 하는 향기. 입과 목구멍까지 녹이는 달콤한 맛. 우리는 그런 것엔 어른이고 아이고 할 것 없이 모두 약하지. 운 좋게 벌통을 발견하면 우리는 허겁지겁 달려들고 말아. 코와 입술이 퉁퉁 부어오르는 걸 각오하고 벌통에 머리를 처박고 만다니까. 언젠가 네가 꿀이 먹고 싶어 미칠 지경이 되고 만 적이 있잖아? 앞서 어찌 한번 조금 맛을 봤지. 그러고서는 자는 밤에 그걸 생각해내고서 보챈 적이 있잖느냐? 꿀을 먹고 싶다고, 꿀을 찾아내라고. 그래, 너도 기억하는구나. 그런 건 잊기 어렵지. 며칠을 네 머릿속에 꿀 생각이 가득했어. 그런데 어디에서도 벌통이 보이지 않으니 미칠 지경이 되었지. 언제 한번은 머루며 다래가 너를 미치게도 했구나. 머루 철도 지나고 다래 철도 지나서 새삼 너는 그것들을 먹고 싶어 했다. 그럴 때 당장은 어찌할 수 없다는 걸 자신이 따져본대도, 또 누가 알려준대도 무슨 도움이 되지 않지.

그때 내가 그랬구나. 사람이 되고 싶다니! 무슨 해괴망측한 소리냐고 나 자신에게 일렀다. 그런데도 그 마음은 떠나가지를 않아. 낮잠에 빠졌다가 흐뭇한 향과 달콤한 맛을 기억해내고 벌통을 찾아 헤매듯 나는 산속을 헤매고 다녔다. 벌통을 찾자면 가봐야 할 곳이 대략 정해져 있다만 사람이 되자면 어디를 찾아가봐야겠어? 그런데도…….

아, 나는 헤매고 다녔다. 그냥 앉아 있을 수는 없었거든.

너한테 몇 번이나 얘기했듯, 새끼 곰이었을 때 나는 사람들에게 쫓긴 적이 있다. 무리 지어 사냥 나온 사람들에게 쫓겨 심장은 마구 뛰다 못해 입으로 튀어나올 것만 같았지. 자주 악몽으로 나를 괴롭히게 될 일이었다. 그때껏 사람을 제대로 겪은 건 그 일 하나가 전부였다. 그런데도 어찌 내가 사람 되기를 바라게 되었을까?

엉뚱한 생각을 다 했구나 하고 머리를 냅다 흔들었다. 얼마 지나서 보니 내가 또 그 생각이야. 이놈이 내 머릿속에서 떨어져 나갈 조짐을 보이지 않아. 이리 뒹굴 저리 뒹굴 하며 털어내 버리려고 해도 안 돼. 어린 곰이었을 때 어른 곰들한테 들은 이야기를 떠올리며 그 생각을 몹쓸 생각으로 만들어보려고도 했지. 무리를 이끄는 자의 자식이 사냥 왔다가 찢어진 옷가지만 남기고 사라진 뒤 수백의 사람들이 낮에는 북을 치고 밤에는 횃불을 켜 들고서 산속을 대엿새 동안 헤집어놓았다고 한다. 끝내는 저희가 신령을 떠받드느라 세운 돌탑을 허물었다. 봉우리 여럿까지 태웠다. 패악을 부린 것이지. 어른 곰들도 전해 들은 일이라는 그 일은 사람을 제일 경계해야 하리라는 충고를 담은 무서운

이야기로 다듬어졌고 우리 곰들뿐만 아니라 산속 모든 짐승에게 전해졌지. 그 이야기를 떠올리며 나는 나 자신이 얼마나 몹쓸 생각을 하고 있느냐고 타일러도 봤다. 그런데 안 되더구나. 어쩔 수 없이 산속을 돌아다니게 되더구나. 덤불을 헤치고 달리기도 했어. 굵직한 나무둥치에 몸을 부딪쳐 보기도 했지. 그랬다만 그 생각은 요지부동이야.

사람이 되고 싶다!

그 생각은 발바닥에 박힌 가시가 아니었지. 내 혀가 도저히 닿을 수 없는 곳에 박힌 가시였어. 사라진 듯하다가도 어느새 느껴지는 가시. 때로는 온몸을 찢어놓을 듯 아프게도 한 가시.

온갖 곳을 헤매고 다니다 마침내 나는 이 산의 꼭대기에 잘 자란 소나무 아래로 갔지. 하늘에 닿을 듯 뻗어 오른 게 아니라 거센 바람과 맞서느라 뒤틀린 채로 우람한 그 소나무. 눈도 못 뜬 네가 이 어미의 젖꼭지를 찾아 물 듯 무언가가 이끄는 힘이 있어 산꼭대기로 올라간 게 아닌가 싶다. 나는 그곳에서 기도를 시작했다. 이 곰이 사람이 되고 싶어 합니다. 부디 사람이 되게 해주십시오.

그때는 긴 잠을 위한 준비를 해야 할 철이었다.

높은 나무 위에서 일부러 떨어져봐 안 아파야 제대로 준비가 되었다는 소리가 있잖느냐? 몸 전체가 둥글둥글하다는 느낌이

들 정도로 살을 찌워야 추운 철을 넘기고 깨어날 수 있다는 소리, 내가 너한테도 한 소리이지 않느냐? 그런 소리를 듣고 자랐고 또 했으면서도 그때 나는 기도에 빠져 있느라 부지런히 먹고 살을 찌우는 일을 아예 잊다시피 하고 말았지. 다친 탓에 또 나이 탓에 힘이 달려 살을 충분히 찌우지 못한 경우에는 긴 잠을 자다가 영영 깨어나지 못하기도 하지.

그러나 그해 겨울 나는 죽지 않고 위대한 생명을 만났다. 그때야 그냥 어지러운 꿈을 꾸었다고 생각했다. 하지만 뒷날 나는 내가 위대한 생명을 만났다는 것을 깨달을 수 있었다.

긴 잠에서 깨어났을 때 나는 기진맥진한 상태였다. 숨이 붙은 채 깨어났다만 곧 뼈가 가죽을 뚫고 나와 죽으리란 생각마저 들었어. 그러나 이번에도 나는 이 산의 꼭대기 잘 자란 소나무 아래로 갔지. 이번에는 엉금엉금 기다시피 하여 그곳으로 찾아갔고 기도를 이어갔다. 문득 긴 잠에서도 내내 기도하고 있었단 생각이 들더구나. 문득 고개를 들어보니 구름이 봉우리로 내려오듯 위대한 생명이 내게로 오고 있었어. 아, 그때, 위대한 생명은 내 머리 위를 맴돌기도 하고 내 온몸을 감싸기도 하고, 또 멀리 떠나가다가 단숨에 코끝으로 돌아오기도 했지. 한순간 봉우리를 넘나들고 또 한순간 골짜기를 오르내리는 구름처럼 말이다.

곰이 사람이 되고 싶어 합니다. 부디 사람이 되게 해주십시오.

반나절 정도 뜨거운 기도가 계속되었다. 그러던 중 나는 이제 정말 뼈가 가죽 아래 폭삭 주저앉는구나 하는 느낌을 받았다. 다음 순간엔 어딘지 온몸이 가벼워졌다. 머릿속이 맑아지기도 했다. 드디어 나는 자리에서 일어났는데, 이런 것이 제대로 선 것이라는 생각을 했고, 내가 변한 것을 깨달았지.

곰이 사람이 되었느니라. 늙은 암곰이 기도하여 사람 처녀가 되었느니라. 이 어미가 사람 처녀가 되었다고 방금 이야기했다. 너는, 너는 그러니까 이 어미가 사람 처녀일 때 낳은 자식이다.

너를 떠나보낼 때가 닥쳤다는 것을 알고서 비로소 그 일을 털어놓는 것이다. 그러니 잘 들으려무나.

사람 처녀로 변하였을 때 이 털가죽은 벗고 입을 수 있는 한 벌 털옷이었다.

나는 빠르게 기력을 회복할 수 있었고 내내 놀랍기는 했지만 머릿속이 맑았다. 봄이 한창이다 싶을 때도 갑작스레 큰 눈이 내리고 그러지 않느냐? 내가 사람이 되고 얼마 뒤에도 눈이 내렸지. 그때 그 산에는 사냥을 나온 한 무리에서 떨어져 길을 잃고 만 사내가 있었지. 눈에 갇혀 먹지도 못하게 되어 거의 정신을 놓은 사람 사내가 있었지.

내가 그 사람을 구하였지. 나는 이미 기력을 다 회복했지. 그랬기에 눈에 갇힌 그 사내를 안고 동굴로 데리고 올 수 있었지.

너를 뱃속에 갖게 된 것은 이미 반은 죽은 것이나 마찬가지인 그 사내에게 마실 것과 먹을 것을 줘 온전히 살려낸 다음의 일이지.

*

나는 사람이 되고 싶다는 소망을 이뤄 들떠 있었다.

나는 당연히 곰으로 살아왔다. 사람살이에 대해서는 어릴 적에 어른들에게 얼마간 들은 것 말고는 없었다. 그런데도 사람이라면 어찌해야 할지 저절로 알게 되더구나. 몹시 신기했다. 앉을 때는 어찌 앉고 설 때는 어찌 서는지 절로 알게 되더구나. 또 앞발을 사람의 손으로 쓰는 것에도 큰 어려움 없이 적응했어. 곰이 털가죽을 벗으면 사람이 되고 사람이 털가죽을 쓰면 곰이 된다던 위대한 생명의 목소리를 듣고는 고개를 끄덕였지. 그래도, 물에 비친 내 모습을 봤을 때의 놀라움이란……

그래도, 그래도 내가 사람이 된 것을 온전히 느낀 것은 그 사람 사내를 만난 다음의 일이야. 고름을 풀고 매고 할 수 있는 털옷이 문득 어색하기도 하던 어떤 날, 나는 조난해 의식까지 잃은 사냥꾼 남자를 발견했지. 그때 나는 내가 완전히 사람이 되었는지에 대해 제법 강렬한 의혹을 가지며 조심스럽게 다가갔단다. 긴 창이 옆에 있었다. 저 긴 창과 빠르고 정확한 화살에 대해서는 들은 이야기도 있고 또 내가 실제로 위험에 빠졌던 일이 떠오르기도 해 무척 긴장했다. 내가 어린 곰이었을 때 바위들 틈으로 쓱 들어오던 창은 오랫동안 마치 내 심장을 찌르는 환영으로 괴롭혔으니 어찌 긴장하지 않을 수 있었겠느냐. 나는 크게 숨을 몰아쉬고는 내가 사람이 되었다는 것을 확인할 수 있도록 위대한 생명이 기회를 준 것으로 생각하려 했다. 그때야 나는 의심과 두려움을 어느 정도 떨쳐낼 수 있었고, 얼어붙은 듯한 남자를 품에 안을 수 있었지.

벌써 가슴이 두방망이질하고 있더구나.

내 체온이 전해지고도 한참 만에야 사냥꾼 사내는 깨어났어. 사내는 창을 잡으려 하지도 도망가려 발버둥 치지도 않았지. 대신 자신이 살아났다며 안도하는 낯빛이었어. 금방 다시 정신을 놓아버렸지만 말이야. 긴장이 풀린 까닭이었지. 나도 그때는 한숨을 몰아쉬었다. 그리고 그를 안아 들고 굴로 데려갔어.

정신을 차린 그는 물을 찾더구나. 무엇이라도 먹을 것을 주면 고맙겠단 소리에는 기도하는 동안 모아놓았던 음식을 찾아 가져다주었지.

일어나 앉을 만큼 되어서야 비로소 남자는 그릇도 숟가락도 없다는 것을 의식하는 눈치야. 내 옷이 가죽옷 한 벌뿐인 것도 비로소 안 눈치이고 말이지. 그래도 남자는 자기가 산속에 사는 처녀 덕분에 살아난 것으로 믿고 있었어. 나로서는 그것이 완전한 사람이 되었음을 확인한 일이었지.

며칠이 지나자 사냥꾼 사내는 높은 산에 불도 피우지 않은 채 처녀 혼자서 살아가는 것을 신기해하고 그 연유도 캐묻더구나. 나는 어렸을 때 버려졌는지 길을 잃었는지 혼자 살게 되었다고만 했어. 남자는 내가 홀로 산속에서 건강하고 또 아름답게 자란 것을 놀라워하며 함께 사람 사는 곳으로 내려가자고 하더구나. 그때 나는 사람이지만 산속에서 사는 게 좋다고 분명하게 말했더랬지. 어떻게 그런 말을 하게 되었는지는 그때 나는 제대로 알지 못한다. 단지 그렇게 말이 나왔을 뿐이다.

나긋나긋한 말투. 밉지 않은 모습.

뭐 그런 것에 끌린 것일까? 남자는 적당한 때를 봐서 내려갈 생각이라며 동굴에 계속 머물렀어.

나는 물었다. 산 아래에서는 어찌 사느냐고.

남자는 순록치기로 살던 조상들의 삶과 사냥을 하며 사는 이즈음의 삶을 재미나게 이야기해주었지. 주로 농사를 하며 산다는 남쪽 땅의 삶을 상상하고 그리워하기도 했지. 또 남자는 산속에서 사는 게 생각보다 좋다고도 했어. 그리하여 곰녀와 사냥꾼은 산속 동굴에서 함께 지내게 되었지.

봄날을 보내며 산속 생활의 즐거움에 남자는 푹 빠진 눈치이더구나. 나는 진즉 그가 부모와 처자를 둔 사내임을 알았다. 그런데도 그가 내내 산속에서 살게 될지도 모른다고 기대하게 되었어. 하루는 남자가 잃어버린 창을 찾아 나서려 하더구나. 나는 창이 없어도 어렵지 않게 사냥할 수 있으니 새삼 찾으려 애쓰지 말라고 했지. 뭐든 사냥해야 할 때면 나는 곰처럼 능숙했거든. 아니, 잠시 아예 곰이 되었지. 나는 창이 없이도 아무런 탈 없이 사냥을 했지. 그동안의 동굴 생활을 통해 나를 믿게 된 남자는 고개를 끄덕였어. 그리고 또 어떤 하루. 밤에 잠을 자려고 자리에 누웠다가 허리를 안는 거야. 부모와 처자가 있는 처지임을 다시 털어놓은 뒤, 그렇지만 이렇게 아름다운 처녀를 만나 목숨을 구했으니 좋은 인연으로 이해해주리라 믿는다고 하면서 말이지. 함께 마을로 내려가도 좋겠다는 소리를 흘리고 드디어는 손을 올려 가슴을 안는 거야. 여름이 시작되던 때, 나는 그와 부부의 인연을 맺었다. 그때 뱃속에 두 아이를 가졌지. 그 하나는 바로 지금의 너구나.

우리 곰들이 긴 잠을 자는 겨울. 그러나 그때 나는 잠을 자지 않았다.

북풍이 휘몰아치며 횡횡 울부짖고 능선과 계곡이 뼈처럼 허옇게 얼어붙는 동안에도 나는 눈을 말똥말똥 뜨고 있었지. 그가 피운 불이 동굴 벽에 만들어내는 그림자보다 더 신기한 온갖 일이 펼쳐지더구나. 그가 들려주는 사람들의 이야기가 말이야. 나는 넋을 빼앗겼다. 그러던 중 산통을 느끼고 두 아이를 낳은 것이지.

남자는 달수가 차지 않았는데 아이가 나온 것에 몹시 놀라워했다. 의아해했다. 그러나 두 자식 모두 건강하다는 것을 알고 기뻐했어.

*

남자는 싱글벙글했어.

나 또한 남자와의 생활에 만족해했다. 두 핏덩이는 보들보들한 살덩이가 되고 입가에 벙긋 웃음까지 만들어내더구나. 간지럼을 타서 사지를 비틀어대다가 발길질하며 장난을 걸어오게 되기까지는 오래 걸리지 않았다. 그 애들을 지켜보노라면 환한 기운이 온몸에 차올랐다. 그 남자도 그랬고 나도 그랬다. 우리는 앞날이 어찌 되려는지 내다볼 것도 없이 하루하루를 기쁘게 보냈어. 그런데 그 기쁨을 깰 자가 다가오고 있었구나. 물소리 가득한 계곡과 떡갈나무 우거진 비탈을 거쳐…….

남자의 창을 찾아낸 것은 바로 그자였다. 창을 들고서 그는 한참 주변을 수색하다가 곰처럼 살아가고 있는 남자를 발견했어.

한 마을 사람인 둘은 곧 서로 알아보게 되지.

남자는 그동안의 일을 털어놓고는 그자를 동굴로 데려왔지. 저녁을 잘 대접받았다며 고마워한 그자는 잠자리까지 폐를 입힐 수는 없다며 부근에서 불을 피워 밤을 지내겠다고 우기더구나. 한밤에 잠이 깬 나는 남편이 없다는 것을 깨달았지. 옛 동료를 보러 간 것이겠거니 하며 다시 잠을 청하려 했다. 그런데 여러 가지 좋지 않은 생각이 드는 거야. 결국, 나는 동굴을 나와 그자가 불을 피웠던 곳으로 조심스럽게 다가갔단다. 남편은 역시나 그자에게 와 있었어.

그자는 산 아래에 전에 없이 큰 군장이 나타나 위세를 떨치고 있으며 자신들 마을도 그의 지배를 받게 되었다는 둥, 그리고 그 군장을 한동안 사람들이 두려워했으나 살림살이가 좀 풍족해질 새로운 기회를 맞을 수 있다며 기대도 하기 시작했다는 둥 나로서는 잘 알아듣지 못할 소리를 하고 있었어. 아주 먼 곳에서부터 여러 군장을 무릎 꿇리며 온 그자는 왕이라 불린다고도 했어. 군장 중의 군장, 이제 왕이라 불리는 새로운 지배자는 한 해의 거의 절반을 전쟁으로 보내며 땅과 재물을 불려간다고 했어.

남자는 선대로부터 전해온 이야기에서 예견한 큰 지배자가 마침내 나타난 것 같다며 놀라워했지. 그자는 마을 사람들도 그런 말을 한다며, 왕의 전쟁을 도우면 약탈품을 나누어 가질 수 있다고 했어. 남자는 그자에게 살림살이가 풍족해질 새로운 기회란 바로 그걸 말하는 것이냐고 확인했어. 그리고는 전쟁을 돕는 일은 목숨을 내놓을 위험을 무릅쓰는 것이지 않으냐며 우려를 하기도 했어. 그리고 자기는 산속에서 별 부족함 없이 살고 있노라고도 했어.

그때 그자는 헛기침을 하곤 이러더군.

"우리는 사냥하다가 낭떠러지에 떨어져 죽기도 하는 신세 아닌가. 길 잃고 짐승에게 물려죽기도 하고 말일세. 그런 신세 생각하면 차라리 재물을 제대로 얻을 수 있으니 위험을 좀 더 무릅쓸 수도 있지 않느냐 싶기도 해. 우리 같은 젊은 자들 생각은 그쪽으로 생각이 더 기울어 있지. 어쨌든 여러 변화가 일어나는 세상이네. 내가 하고픈 말은 여러 변화가 일어나는 세상에 자네가 부모 처자를 내버려두어서는 도리가 아니라는 것이네. 그리고 자네가 어떻게 하다가 그리 홀려버렸는지 모르겠는데……."

몰래 귀를 기울이던 나는 드디어 그자가 남편에게 너는 지금 곰하고 사는 것이라고 하는 소리를 듣게 되었지. 그자는 내가 누구인지를 알고 있었던 것이야.

그사이 나는 나도 모르게 상당히 곰에 가까워진 것인가 하고 지난 일을 되돌아봤어. 산속 생활에 익숙해진 남자가 별로 개의치 않는 눈치이자 나는 편하게 행동했고 그러면서 곰의 모습을 많이 드러내게 되었을지도 모르겠다 싶었어. 그래도 그자가 한 눈에 알아봤다는 말은 의아했어. 틀림없는 곰이라고 몇 번 목소리에 힘을 주더니, 그자는 사람이 곰하고 살 수는 없다고 빨리 함께 달아나자고 설득하더구나.

두 발로 일어난다고 곰을 산속 사람이라 생각하는 것은 케케묵은 믿음이라더구나. 겨울 동안 긴 잠에 빠졌다가 봄이 되어 깨어나는 것을 죽었다가도 되살아나는 영원한 생명의 한 모습이라 생각하는 것도 다 옛사람의 믿음이라더구나. 그자는 남자가 아직 우매한 믿음이 남아 있어 곰을 곰으로 보지 못한다는 소리를 하려 한 것이었어.

남편은 풀쩍 뛰었지. 처음엔 내가 곰일 리가 없다고 했지. 차차 곰일 수도 있겠다는 쪽으로 기울었어. 그러나 두 자식을 두고 달아날 수는 없는 일이라고 하더구나. 그자는 당장 결정할 수 없으면 며칠 곰곰 생각해보라며, 곰이 모든 걸 눈치채고 죽이려 들지 모르니 조심하라고 하는 거야. 그리고 자식이라지만 그게 어디 사람이냐는 소리도 하는 거야.

물어뜯어 버리고 싶은 순간이었다. 나는 가까스로 참았지.

이튿날 아침을 먹으러 온 그자는 칭찬하더구나. 내가 산속에서 혼자 자랐다는데도 예의가 바르고 음식 솜씨도 좋다고. 남자들이 다 넋을 잃을 만큼 아름답다고.

속마음을 숨기고 입에 발린 소리를 하는 그자. 나는 두려움을 느꼈다. 한편 나 또한 그자처럼 행동해야 한다는 것을 느끼고 끔찍해했지. 그자는 아침을 먹고 나더니 다음에 함께 사냥할 곳을 찾아보겠다며 남편을 데려가려고 했어. 나는 막아설 수 없었단다. 당장 남편이 그 길로 달아나리라고는 생각하지 않기도 했지만 달리 마땅히 어찌할 방도가 없어서이기도 했으니까. 으르렁거렸다간 내 정체가 다 드러날 터이고 말이야.

두 사람은 저녁에 돌아왔어. 둘 중에 남편의 행동이 눈에 띄게 어색하더구나. 아이들을 안아주는 것도 예전 같지가 않아. 그날 밤 나는 남편이 잠든 것을 확인한 뒤 그자를 찾아갔단다. 그를 깨운 뒤 나는 조용한 목소리로 온 식구가 잘살 수 있도록 내일 아침 떠나달라고 했지.

그자는 고개를 끄덕이더구나.

새벽녘 나는 조심스러운 발걸음 소리를 알아채고 눈을 떴어. 창을 든 그자가 동굴로 들어서더구나. 나는 벼락같이 몸을 날려 그를 덮쳤다. 분노대로라면 그를 갈가리 찢어 죽였을 것이야. 하지만 기겁하게만 해놓고는 다시는 이 산속을 기웃거리지 말라는 경고와 함께 쫓아버렸다.

해가 하늘 한가운데로 올라 너와 나를 비춘 지도 한참 되었구나. 그래, 그늘로 옮겨가자. 아니, 이참에 기지개를 켜고, 좀 쉬는 것도 좋겠구나. 낮잠을 한숨 자두는 것도 좋겠구나. 그래, 우선은 뭘 먹어두는 것이 좋겠구나.

먹고, 쉬고 그러자. 이야기가 아직 한참 남았으니…….

*

그래.

그것으로 모든 게 마무리되었을 리가 없지.

먼저 남자의 부모 처자가 가만있지 않을 일이지. 마을 사람들도 곰과 짝을 맺고 살고 있다는 기이한 소식을 제 눈으로 직접 확인하고 싶어 할 것이고 말이지. 또 남자를 구하는 데 제힘 보태는 것을 당연한 의무처럼 받아들이려 하리라. 이쯤 헤아리고 나자 나는 너를 낳기도 한 그 굴에 그대로 머물 수가 없더구나.

다른 거처를 찾아봐야겠다는 말에 남자는 묵묵히 동의했어.

남편의 옛 동료를 쫓아낼 때 나는 곰이었다. 털가죽을 완전하게 뒤집어쓴 곰이었어. 봉우리를 몇 개나 넘어 찾아낸 거처에서 나는 그자의 일에 대해서는 뭐라고 더 말하지 않았단다.

인동덩굴로 빽빽한 비탈의 그 새 거처에서 지내던 하루는 내가 부모 처자에 대해 넌지시 말을 건네 보았단다. 남자는 대수롭지 않다는 듯이 받아넘기더구나. 나는 그게 속마음을 숨기는 것이며 어쩌면 나와 진지하게 이야기를 나누고 싶은 마음이 없다는 것일지도 모른다고 생각했어.

　하루는 남자가 먼저 묻더구나. 식구가 모두 산을 내려가 사람들과 함께 사는 것은 어떻겠냐고 말이야. 나는 대답 대신 지금 내가 어떻게 보이느냐고 물었단다. 남자는 얼른 대답하지 못하더구나. 혹시 곰으로 보이느냐고 물어도 대답을 하지 못해. 나는 결국 남자의 동료였던 그자가 왔을 때의 일을 이야기했어. 그자가 다녀간 뒤 더는 예전 같은 눈길로 나를 쳐다보지 않는다고 했어. 아이들을 안는 손길도 예전의 그것이 아니라고 했어. 그랬더니 이러더구나.

　"이보게. 나는, 나는 이곳 산속 생활이 몹시 힘들다네."

　나는 당신이 지금 힘들어하는 것을 이해한다고 우선 말했다. 그리고 곰녀인 나와 사람 사내가 만나게 된 것은 하늘의 뜻이었노라고 말을 이었지. 위대한 생명이 한 말과 그 당시의 우연스럽게 여겼던 일들이 결코 우연이 아닌 듯하다며 여러모로 추측해본 하늘의 뜻도 이야기했어. 그러면서 나는 처음으로 내가 곰이었음을 분명하게 털어놓았을 것이다.

　남자는 묵묵히 듣기만 하더구나. 위대한 생명이 전한 하늘의 뜻을 받들자는 내 마무리 말에도 대답을 하지 않더구나. 얼마 뒤 그가 굴 밖으로 나가더구나. 그리고 들려온 것은 괴성이었다. 나는 동굴에서 뛰쳐나갔지. 남자는 그때까지도 머리를 감싸 쥔 채 괴성을 질러대고 있었어.

"왜 진작 곰이라고 하지 않았소?"

나를 향해 돌아선 남자가 내놓은 소리였어. 두 눈은 횃불을 켠 듯했지.

"내가 그 동굴에서 깨어났을 때 당신이 곰이라고 하였다면 이런 일은 없었을 것 아니오?"

원망하는 소리였지. 하늘이 다 뜻한 바가 있어 이루어진 일이라고 하지 않았느냐고 나는 말했다. 남자는 고개만 가로저을 뿐. 얼굴은 눈물과 콧물로 범벅이 되어 있었지.

*

따져보면 분명한 일. 그런데도 나는 헛된 희망을 품었지.

나는 남자가 부모 처자에 대한 그리움을 떨쳐내지 못하리라는 판단을 하였을 때도 새로운 희망을 품었단다. 그때 나는 남자에게 산에서 내려가고 싶으면 내려가도 좋다고 했어. 단, 자식들이 아비와 어미를 어느 정도 알 수 있을 만큼 자랄 때까지는 기다려 달라는 조건을 달아서.

내 부탁에 남자는 묵묵부답이었어. 그런데도 그가 속으로 고개를 끄덕였으리라 생각했구나, 나는. 비록 곰을 통해 낳은 자식이지만 자식은 자식일 터. 그동안 두 아이를 어르며 싱글벙글하던 남자에게서 자식 사랑이 완전히 사라질 리는 없는 일. 얼마만 참으면 산에서 내려갈 수 있도록 놓아주겠다는데 남자가 굳이 위험을 무릅쓸 리는 없다고도 나는 믿었어.

남자의 자식 사랑을 짐작하게 하는 일도 그즈음 하나 있었단다.

네 누이가 무슨 연유에서인지 열이 오른다 싶더니 하룻밤 사이에 위태로울 지경이 되었을 때. 아, 안절부절못하던 그 남자. 그 남자는 불덩이가 된 네 누이를 안고서 제 몸으로 열이 옮겨왔으면 좋겠다고도 하더구나. 나는 네 누이 일로 울었고 그 남자 일로 또 울었다.

여하튼 네 누이 몸에서 열이 내린 뒤 남자는 침울한 상태에서 벗어나 있더구나. 나는 좋은 조짐이라고 생각했지. 여하튼 남자는 내가 사냥을 나가면 혼자서 다른 먹을거리를 구해놓기도 하고 아이들과도 놀아주는 눈치였지. 아이들에 대한 애틋한 사랑이 내게도 왜 없었겠느냐만, 그 무렵 나는 남자에게 아이를 온통 맡겨놓다시피 했다. 아이들에게 빠지면 산 아래를 한동안 잊을 수 있으리라 기대한 것이지. 하루는 사람들이 자기를 구하러 왔을지도 모른다며 예전에 살던 동굴에 다녀와 보자고 하더구나.

나는 괜스레 흔적을 남길 수도 있다며 꼭 그럴 필요가 있느냐고
했다. 그런데 두 아이를 안은 채 남자는 이러더구나. 사람들이란
끈질겨서 좀체 포기하지 않는다고. 반드시 다시 올 것이라고. 그
에 대한 대비가 필요하다며, 그러자면 사람들이 다녀간 모습을
꼭 살펴볼 이유가 있다고 하는 거야. 나는 결국 고개를 끄덕였
다.

　예전에 우리가 살던 굴에 사람들이 이미 다녀갔더구나. 사람
들은 그곳에 불을 질렀고 주변을 마구 헤집어놓았어. 타다 만 나
무와 바위의 그을음, 그리고 그때껏 떠도는 탄내……

　나는 그곳에 그대로 살았을 경우 당했을 일을 생각하며 끔찍
해했어. 남자는 사람들이 짐승을 어떻게 사냥하며, 한번 놓쳤다
고 그대로 포기하지 않는다는 등등의 이야기부터 시작해 아주
무시무시한 자들임을 밝혀나가더구나. 나는 안아서 데려간 두
아이의 귀를 막고 싶었단다.

　남자는 사냥꾼 시절의 자기 창을 기어코 찾아내더구나. 내가
뭐라고 하기도 전에 그는 다시 사람들이 찾아오면 식구들을 지
키는 데 필요한 요긴한 물건이라고 하더구나. 나는 그 창이 꺼림
칙했지만 사람들의 집요하고 잔혹한 심사를 생각하고는 남자가
그것을 가지고 가는 것을 막지 않았단다. 동굴로 돌아온 그 날부
터 남자는 아이들에게 사람에 대해 자주 이야기하더구나. 산속

사람이 아닌 산 아래 사람들을 험담하는 것이 주된 내용이었지. 나는 산 아래 사람들도 산속 사람처럼 좋은 구석이 있다고 슬쩍 끼어들었어. 그리고 산속 사람과 산 아래 사람이 까마득한 옛날에 한 약속을 지키며 살아야 할 것이라고도 했지.

아들아, 너는 이제 산속 사람이 우리 종족을 가리킨다는 것을 잘 알 것이다.

그래, 산속 사람은 곰이지. 곰. 특히나 그때의 우리가 산속 사람이었지. 곰이든 산속 사람이든 우리는 산 아래 사람과 한 형제다. 산속과 산 아래에 따로 살면서 많은 것이 잊혔지만 함께한 약속이 있다. 나는 곰이 먹이가 부족하더라도 사람의 마을로 들어가서는 안 되며, 사람들이 함부로 산을 넘보아서는 안 되고 형제인 곰을 사냥해야 할 때는 정해진 때 정해진 곳에서만 그리해야 하며, 넋은 깨끗이 씻겨 돌려보내기로 했다는 약속을 들은 적이 있어.

오래전 사람들은, 우리 곰이나 호랑이 가운데 어떤 것들은 온갖 생명이 자유로운 혼령으로 풀려나기 전에 마지막으로 거쳐가는 몸이라 믿었다. 신령이라 생각한 게지. 때로는 위대한 생명의 현신, 나아가 하늘의 현신으로 받들기까지 했다. 부싯돌로 불을 자유자재로 다룰 수 있게 되면서일까. 창과 활을 사용하면서일까. 우리를 신령이 아니라 다른 모든 짐승과 마찬가지인 사냥감으로 보기 시작한 것은. 우리 곰과 사람이 서로 약속하게 된 것은, 보다 못한 위대한 생명이 나선 까닭이었지.

남자는 자기도 어른들로부터 그 비슷한 이야기를 들은 적 있다며 긴 창과 빠른 화살을 가진 사람은 약속을 심각하게 생각하지 않았으리라고 맞장구를 쳤어. 나한테는 맞장구를 치는 것으로 들렸지.

그래.

나는 남자가 아예 우리와 살기로 한 것일지도 모른다는 기대까지 하게 되었지.

그러고 살펴보니 남자는 이제 산속 사람이 다 된 듯했어. 머루와 다래를 따고 계곡에서 물놀이를 할 때는 산속 생활의 즐거움에 빠져 산 아래로 돌아갈 생각은 아예 접어버리고 말겠다는 생각까지 하는 듯했어. 그런데 그게 다 곰녀인 나의 마음을 안심시키기 위한 계략이었더구나. 호두와 도토리를 주울 수 있는 때가 되기도 전에 벌써 나는 혼자 멀리 사냥을 가기도 했지.

그날, 그날은 애초 생각보다 멀리 나가지 않고 사냥에서 돌아온 날이었다. 굴에는 아이들만 있고 그가 없었어. 순간 가슴이 철렁하더구나. 내가 부근의 인동덩굴을 여러 더미 짓뭉개며 외쳐 불렀으나 그는 나타나지 않았지.

나는 망연자실해했다. 정신을 차렸을 때 나는 깨달았다. 남자가 창을 되찾음으로써 자신이 산 아래에서 태어나 자란 사람임을 다시 의식했으리라는 걸. 곰에 대한 두려움을 떨치고 달아날 결심을 할 수 있었으리라는 것도. 그리고 나는 목을 뒤로 젖혀 울었을 것이다. 그리고 나는 두 아이를 안고 남자를 뒤쫓기 시작했지. 산 아래로 달리듯 하며 내려갔어. 개암나무와 호두나무 그리고 오갈피나무가 내 곁을 지나가더구나. 남자와 부부의 인연을 맺고 긴 잠이 드는 철에 불 피운 동굴에서 두 아이를 낳아 지금까지 온 일이 빠르게 머릿속을 지나가더구나. 이제 산속 사람이 되기로 작정한 듯했던 남자. 그의 배신에 나는 분노했어. 두 아이의 아비를 그대로 앞발로 쳐 죽여 버릴 기세로 달려갔단다. 칡덩굴을 뛰어넘으면서…….

드디어 남자를 찾아냈을 때, 그는 뗏목을 타고 강을 거진 반 건넌 참이더구나. 아이들을 내려놓고 강물로 뛰어든다면 반드시 못 따라잡는다고는 할 수 없었다. 그러나 그 강물을 나는 건널 수가 없었다. 내가 무섭게 울어대는 사이에 남자는 뗏목을 필사적으로 몰았다. 그리고 강 건너에 당도했지. 강가 자갈밭에 서서 한숨을 돌리는 그에게 나는 외쳤어.

"사람과 곰이 부부가 되는 일은 어렵지요. 하늘이 뜻한 바가 있어 이루어진 일입니다. 나는 우리가 한평생을 함께 하는 것이 하늘의 뜻인지는 모르겠습니다. 지난번 일로 나는 그건 어려

울지도 모른다고 각오하고 있었습니다. 당신에게 들은 사람들 이야기를 곰곰 생각해보면 사람인 당신이 산속 생활에 만족하기는 더욱 어렵다 싶습니다. 당신이 내내 산속에서 살기를 바란다는 소리는 그래서 감히 하지 못한 겁니다. 하늘의 뜻이라면 따를 수밖에요. 그러나 우리 이 두 자식은 생각해야지요. 하늘이 당신과 나를 한 부부가 되게 해 두 자식을 낳게 한 것은 다 뜻한 바가 있어서가 아니겠어요. 이미 나는 당신에게 산에서 내려가고 싶으면 내려가도 좋다고 했어요. 다만 자식들이 아비와 어미를 어느 정도 알 수 있을 정도로 자랄 때까지는 기다려 달라는 조건을 달아서요. 하늘의 뜻을 받들 수 있도록 우리가 해야 할 일을 합시다. 그때까지만 우리와 함께 지내요. 그 뒤에는 마음껏 떠나서도 좋아요."

나는 애원했지. 소용이 없었다.

다급해져서 나는 아이들이 아직 더 자라야 한다고 했다. 돌아와서 얼마만 더 지내면 된다고도 덧붙였다. 산과 산 사이에 강이 흘렀어. 산과 산 사이에 메아리가 쳤어. 남자는 고개를 내젓기만 하더구나.

마지막에 그는 돌아갈 수 없다고 분명히 말하고 이별을 고했어.

*

너의 아비…….

너의 아비는 그렇게 강을 건너서는 다시 오지 않았다.

그때 나는 하늘을 물어뜯을 듯이 입을 벌리고 울부짖었구나. 울음은 흐르는 물을 건너 그쪽 산에 부딪혀 깨졌어. 나는 무엇을 어찌해야 할지 알 수가 없었지.

산에서 내려가는 일은 있어도 그 물을 건너서는 안 된다는 소리를 들으며 자랐다. 그 물을 건너면 사람들 세상. 곰으로서든 사람으로서든 산속에서 살도록 운명이 정해진 나는 감히 뛰어들 수가 없었지. 사람들의 창을 받아내면서까지 뛰어들고 싶은 마음인데도 뛰어들 수가 없었어. 그것은 위대한 생명의 무서운 명령이어서 거역할 수 없었으니까. 위대한 생명은 산들바람이나 은방울꽃으로도 나타나지만, 우레와 섬광으로도 나타난단다.

그래, 오죽 힘들었겠냐?

자칫 했으면 그때 나는 너희를 찢어 죽였을지도 모른다. 그때의 내 분노만 생각한다면 그런 일이 일어나지 않은 게 이상할 정도야. 나는 너희를 찢어 강 건너로 던졌을지도 몰라. 누구 하나를 나는 번쩍 치켜들어 시위하듯 흔들어 보이기까지 했던 것 같다. 아, 틀림없이 그랬던 것 같구나.

곰에게 남겨진 두 자식.

어찌 처리할 것인가. 아무런 결정도 못 한 채로 나는 물가에서 나무 둥치를 찾아내 하나를 앉혔어. 그 애는 울어대다가 나무를 꼭 붙들었어. 나는 그 애를 물에 띄웠지. 그때 다른 하나는 어찌해야 한다는 생각이 없었어. 물에 띄워 보낸 아이를 보고 너희 아비가 움직였어. 신기하게도 그때 나무둥치는 물을 따라 흘러가지 않고 내가 민 힘을 받아 그대로 물을 가로지르는 듯했어. 너희 아비는 무슨 사태인지 몰라 어리둥절해하다가 물로 뛰어들어 네 누이를 받아내려고 버둥거리기 시작했어. 그때 나는 모든 것을 정했지. 하나는 산 아래 사람 사내가 길러라. 하나는 산속의 암곰이 기르마.

마음이야, 그리 정했지만, 나는 울고 있었어. 이 어미에게 네 누이를 강 건너로 보낸 일은 결국 어미의 반쪽을 찢어내 던진 일이었던 것이지. 아픈 일이었지.

그리 아픈 일인데, 그가 그냥 사라져버릴 태세였다면? 아, 나는 무서운 명령을 거역하고 강을 건넜을 것이다. 그 전에 남은 아이 하나를 찢어 먼저 하늘에 던졌을 것이다. 그리고 사람들 세상을 부숴버리려 달려갔을 것이다. 왕이라 불리는 자. 그자를 물어뜯으려 했을 것이다. 끝내는 나도 창을 받아 혀를 빼물게 될 처지라는 것을 알면서도 분노에 휩싸여 물을 건넜을 것이다.

일이 그렇게 되었다면? 남자를 잃은 슬픔에 암곰이 미쳐 자식과 제 목숨까지 내던진 일로 사람들 이야기에 오르게 되었을지도 모르겠구나. 그 땅이 변하거나 그 사람들이 멀리 다른 땅으로 옮겨가 농사짓는 사람들이 되거나 한다면 이야기도 엉뚱하게 바뀔 수 있는 법. 그러나 그건 우리가 어찌할 수 없는 일. 우리가 해야 할 일은 우리가 겪은 대로 제대로 이야기하는 것일 터.

지금 이야기가 제대로 되고 있느냐?

천만다행이다. 내가 기도하여 사람 처녀가 되어 너를 낳은 일이 그렇게 허무하게 마무리되어서는 안 되지. 나에게는, 또 너에게는 위대한 생명이 준 사명이 있으니 말이다.

그래, 나는 너를 안고 굴로 돌아왔다. 너 하나만 안고 돌아온 뒤 나는 내 사명을 좀 더 분명하게 깨닫게 됐어. 곰이 털가죽을 벗으면 사람이 되고 사람이 털가죽을 쓰면 곰이 된다던 위대한 생명의 목소리를 전하는 것이었지. 산 아래 사람에게도 전하고 산속 곰에게도 전하는 것이 내 사명이었다. 사명을 이루기 위한 평생의 일이 너희 아비 때문에 어그러졌다면 좀 어그러졌지만 영 어그러진 것은 아닌 것 같구나.

내가 그동안의 일을 통해 내 사명을 너에게 알리고 전하였듯 어느 날 저 산 아래에서도 너희 아비가 네 누이에게 말할 것이다. 자신이 산속에서 길을 잃고 쓰러졌다가 웬 처녀의 도움을 받은 일과 부부의 인연을 맺어 두 아이를 낳은 일을. 사실은 자신이 암곰과 지낸 것을 알고 놀란 일을. 그리고 산 아래 두고 온 부모 처자에 대한 그리움으로 달아나 돌아온 일을. 우리 곰보다 사람은 더디 자라니 네 누이가 제 내력을 알게 되는 것은 더 세월이 흘러야 하리라. 그때 그 사람 사내도 위대한 생명의 목소리를 듣고 또 생각해본다면 아이들이 좀 더 자랄 때까지 산속에서 머물지 못하고 서둘렀음을 아프게 깨달을 것이다. 그래도 내 다른한 아이에게도 곰과 사람이 하나의 같은 생명임을 분명하게 깨우쳐줄 것이다. 그도 그런 이야기를 영영 모르는 사람은 아니었으니 말이야.

그 사람 손에서 자랄 내 아이. 그 아이는 사람이 궁지에 처하면 곰을 만나 지혜를 얻어가야 한다는 사실을 깨닫고 대대로 전할 것이다. 사람들 원하는 대로 산을 넘볼 수는 없으며, 곰을 사냥하더라도 정해진 때 정해진 곳에서만 사냥하여야 하며, 넋은 깨끗이 씻겨 돌려보내야 한다는 사실을 전할 것이다.

이미 앞서 나는 이야기했다. 사람이 우리를 신령이 아니라 사냥감으로 보기 시작한 일을. 그 일과 함께 사람이 서로 사냥감으로 삼는 전쟁을 일으키기 시작했다는 것도 기억하여라. 전쟁을 통해 다른 무리를 집어삼킨 무리는 아주 큰 무리로 불어나 곳곳에 읍성을 만들고, 모두를 이끄는 군장에게 머리를 조아려 복종

한다지. 이제 저 산 아래에서는 절대적인 권한을 가지게 된 군장이 위대한 생명의 목소리나 하늘의 뜻을 대변한다고 공공연히 주장하고 있다. 그러나 그것은 사람들끼리의, 그것도 일부 사람들의 주장일 뿐. 위대한 생명의 흐름 가운데 생겨난 온갖 형제들을 조금의 거리낌도 없이 사냥감으로 삼게 된 악독한 마음은 산속과 산 아래를 모두 황폐하게 만들며 신음과 비명으로 가득 차게 할 것이다.

위대한 생명과 대화하는 중에 나는 이런 앞날도 언뜻 보고 경악했다. 사람이 우리 곰을 가둬 길들여서는 재주 부리게 하고 깔깔대더구나. 형제로서 주는 선물인 우리의 쓸개를 제 한 몸의 보신을 위해 마음대로 끄집어내기도 하더구나.

위대한 생명이 나를 사람으로 만들어 두 아이를 주었다. 자신의 목소리를 제대로 전할 대변자로 삼기 위한 것. 나는 늦게야 내 사명을 제대로 알았다. 바로 네 누이를 사람 세상으로 떠나보내고 나서 너 하나만을 안고 동굴로 돌아온 다음. 그것도 그 당장은 아니었다. 한동안 나는 네 아비에 대한 원망으로 너에게서 사람의 흔적을 지우기에 바빴다. 네가 산속의 곰으로 제대로 살아가도록 하기 위한 것이기도 했지만 내 원망의 마음이 크게 자리 잡고 있었음을 부인할 수는 없겠구나.

내가 나의 사명을 제대로 깨달은 것과 너를 떠나보내야 한다

고 생각하기 시작한 것은 앞서거니 뒤서거니 하며 일어난 일이
다.

내가 너를 떠나보내려 하며 옛일을 짚어보는 까닭을 이젠 알
리라 믿는다.

너는, 너는 위대한 생명의 목소리를 남김없이 듣고 새겨라. 그
리해 이 산속에서 대대로 전해지도록 하여야 할 것이다.

그래, 해가 산 너머로 사라진 지도 제법 되었구나. 바람이 차
지는 않다. 뭐?

달이 떴구나.

*

이런 순간이 좋더구나. 나이가 들면서 나는…….

둥글게 차오르는 달이 은은한 빛을 뿌리는 때. 능선과 나무와
바위는 그 윤곽을 부드럽게 드러낸 채 제 숨결을 고르는 때. 바
람이 불어도 무엇 하나 흐트러지지 않고 문득 서로가 서로에게
스며드는 순간이지. 그럴 때 나는 이런 바위에 엎드려 눈앞의 모
든 걸 물끄러미 바라보곤 해. 가깝거나 먼 곳에서 들려오는 소리
를 가만 듣기도 해. 생각은 하지 않아. 예전에는 보고 듣는 것과
함께 생각이 어지럽게 떠돌았다. 이제는 그것들에 휩쓸리지 않

는다. 모든 게 나타났다가 사라지는 것을 그냥 살필 수 있게 되었어. 문득 내가 누군가의 내쉬고 들이쉬는 숨결이 된 듯도 하지. 아예 내가 하늘과 산을 들이쉬었다 내쉬는 듯도 하지. 위대한 생명과 한몸이 된 듯 착각하는 걸까? 모르겠구나. 모르겠어. 여하튼 그럴 때 이 바위에서는 도저히 볼 수 없는 것이 보여. 한 순간에 봉우리를 넘는 구름인양 말이야. 먼 남쪽의 언덕과 시냇물을 보기도 해.

어찌 눈치를 채느냐? 그럴 때 너는 멀찍이 떨어져 나가잖느냐? 너는 너 나름대로 그 순간을 즐기지. 그러나 너는 곧 하품하며 잠들 자리를 찾아들거나 아니면 마음껏 네 힘을 쏟아낼 것을 찾아 내달리곤 해. 그래, 너는 아직 그럴 때지. 무슨 소리가 나도 뒤쫓아 가야 하고 무슨 냄새를 맡아도 살펴봐야 하는 때지. 도토리를 따야 할지 물고기를 잡아야 할지 다 따져봐야 할 때. 또 있는 힘껏 포효하며 살아야 할 때.

내일 해가 뜨는 대로 네가 떠난대도 나는 아무 상관 없다. 해야 할 이야기는 이제 다 한 셈이니…….

긴 잠에서 깨어나서 두 달을 함께 보냈다. 가을철만이야 못하지만 그새 너도나도 볼이 홀쭉하고 어깨의 뼈가 툭 튀어나온 흉한 모습은 아니지. 너는 털까지 윤기가 흐르고 눈도 맑다. 벌거숭이에 눈도 뜨지 못한 채 태어난 네가 이렇게 단단하고 장대하게 자랐구나. 이제 너는 떠나갈 날을 헤아리게 되었구나. 미안해할 필요 없다. 미안해하다니!

내가 너를 오래 품에 안고 있었던 까닭은 바로 오늘 이 이야기를 하기 위한 것. 오늘 이 이야기를 알아들을 만큼 지혜를 길러주기 위한 것. 낱낱이 다 알아듣지 못해도 괜찮다. 내가 답을 주었다고 생각하지 말고 너는 살아가면서 너대로 풀어야 할 문제를 받았다고 생각하는 게 차라리 좋겠구나. 어떤 문제도 네가 생각하고 또 생각하다 보면 위대한 생명은 가만있지 않을 것이다. 분명히 목소리를 내어 무언가를 너에게 들려줄 것이다.

아, 이번 봄엔 너하고 멧돼지를 잡았구나. 새끼도 아닌 걸, 제법 큼지막한 그걸 너하고 내가 잡았어. 잘 먹었지. 배불리 먹었지. 오래 기억하게 될 것은 그놈을 잡을 때 우리가 하나가 된 듯 움직여 오래 끌지도 않고 제압한 일이다. 나도 참으로 오랜만에 온 힘을 턱과 앞발에 모았고 포효를 했다. 그리고 나는 너를 떠나보내어도 좋다고 생각하게 되었지. 너는 이미 우리 종족의 사내로서 혼자 살아갈 힘과 지혜를 모두 갖췄어. 떠나갈 날을 헤아리려무나. 나는 이제 사람들에게 내 털가죽을 선물로 내주어도 아무 상관 없다.

머루까지 함께 따먹지 않으리라는 걸 나는 안다. 다래까지 함께 따먹지 않으리라는 걸 나는 안다. 하루가 다르게 나뭇잎이 짙

어지며 빽빽해질 숲이 문득 너를 숨길 것이다. 그리고 너는 영영
내 눈앞에서 사라질 것이다. 그렇게 너는 떠나갈 것이다. 사람이
되고 싶다는 꿈을 갖게 된 뒤 기도를 하면서부터 서서히 알게 된
내 희망이자 사명은 내 두 자식이 위대한 생명의 보살핌을 받으
며 이루어 내리라 기대하마.

한 자식은 사람들 속으로 이미 떠났지. 이제 네가 떠나야 할
차례. 산속 어디론가 떠나야 할 차례구나. 너는 떠나도 이 어미
와 같은 산에 있는 셈이야.

그만 울음을 거두어라.

노루야
노루야

내 동생입니다.

벼랑으로 내려와 나를 찾아낸 노루가 내 동생입니다. 까무러친 나를 혓바닥으로 핥고 콧등으로 두드리던 노루가 내 동생입니다. 나는 당신의 아내이고요.

노루가 내 동생이었고, 나는 당신의 아내이지요. 당신이 쏜 화살에 맞아 나자빠졌다가, 짐승으로 변하며 죽은 저 요물이 아니라, 내가 진짜 당신의 아내이지요. 두 해 전 숲 속에서 처음 만나 당신을 따라 이 집으로 와 나는 혼례를 올리고 당신의 아내가 되었습니다. 그때도 노루는 내 동생이었습니다. 내내 내 동생이었습니다. 노루야, 노루야 하고 내가 불러댄 것은 그러니까 동생아, 동생아 하고 불러댄 것이지요. 당신 앞에서 차마 그리 부르지 못해 노루야, 노루야 한 것이지요. 그러면서 운 것이지요.

벼랑으로 내려와 나를 찾아내 "누나, 누나!" 하고 소리치는 순간 노루는 사람이 되었습니다. 당신도 놀라고, 나도 놀라고, 노루였던 내 동생도 놀라고, 그랬습니다. 다시 사람으로 변한 노루가 틀림없는 내 동생입니다. 이제 뛰던 가슴도 많이 가라앉았습니다. 아프긴 해도 뼈가 부서진 것 같진 않습니다. 하루나 이틀만 지나면 훌훌 자리를 털고 일어날 수 있을 겁니다.

이제 내 동생이 노루가 된 사연을 다 말하겠습니다.

*

나하고 세 살 터울로 동생은 태어났습니다.

아버지와 어머니, 그리고 이 누나의 귀여움을 받으며 자랐지요. 그랬습니다만 다섯 살도 채 되기 전에 더는 어머니의 품에 안길 수 없게 되었습니다. 어머니가 세상을 뜨고 말았지요. 동생이 겪은 첫 슬픔입니다. 이 누나에게도 같은 슬픔이었고요.

그러나 우리 오누이가 그때부터 내내 슬픔에 빠져 있었던 것은 아닙니다. 아버지는 오래잖아 새어머니를 맞으셨지요. 새어머니는 원래 어머니만큼이야 아니지만 우리 오누이를 보듬어주셨고요. 아버지는 마을의 남정네들이 그러하듯 온갖 부역에 불려다니면서도 손발이 부르트도록 밭 갈아 온 식구가 먹을 것 크게 부족하지 않게 했습니다. 나무를 잔뜩 해서 지고 간 날은 기름진 것도 가져오고 하셨으니 우리 오누이에게는 든든한 아버지였지요. 새어머니도 크게 다르지 않았을 겁니다. 원래 어머니가 아니라 아버지가 새로 맞아들인 어머니라는 생각이 늘 있어 내가 마음 한구석으로는 그 공을 낮추어 보았을지 모르지만 말입니다. 새어머니도 우리가 자라는 동안에 포근한 어머니였습니다. 그런데…….

모든 게 달라진 것은 가뭄이 덮치면서부터였습니다.

가뭄과 함께 달라진 게 어디 한두 가지입니까. 누구는 자식을 잃고, 누구는 부모를 잃고, 누구는 고을이나 나라를 잃기도 한 게 다 그 가뭄이 시작되면서 허다하게 생겨나는 일이 되고 말지 않았습니까. 무서운 가뭄의 시작은 우리 오누이에게는 먼저 부모를 잃는 일이었지요.

우리 오누이가 살던 고을에서는 그해 봄이 시작되면서 한 차례 비가 반나절 정도 내리고는 그것으로 그만이었지요. 가뭄이 시작되었습니다. 가뭄은 여름 장마철도 넘기고 가을 추수철까지 계속되었습니다. 아무리 부지런히 밭을 가는 농사꾼이라도 거둘 수 있는 것은 한 소쿠리에 지나지 않았지요. 하늘이 돕지 않으면 곡식이 어디 제대로 익을 수 있는 일입니까. 밭에서 제대로 거둘 게 없자 사람들은 산과 들로 나가 온갖 풀뿌리며 나무껍

질로 허기를 달래어야 했지요. 어려운 때는 옛날에도 있었다며 참고 이겨낼 수 있으리라는 노래나 이야기가 많이 생겨났습니다. 사람들은 해가 바뀌면 비가 내리고 땅은 온갖 먹을 것을 길러 내리라 생각했습니다. 문제는 사람들이 목이 빠지라 하고 기다린 이듬해에도 가뭄이 계속된 것이었습니다. 이제 이건 보통일이 아니게 되었지요. 한 해 동안의 가뭄도 결코 쉬운 일이 아니었는데 말입니다.

이제 다들 죽게 되었다는 흉흉한 소문도 돌기 시작하던 때 저위 나리들께서는 물이 풍부한 땅을 찾아 나서는 일을 계획한 모양입니다. 아버지는 마을의 다른 한 사람인가와 함께 그 일에 뽑혀 가게 되었지요. 이 마을 저 마을에서 뽑힌 여러 사람이 함께물이 흐르는 땅을 찾아 나섰습니다. 모두들 좋은 소식을 기다리며 그것으로 목마름과 배고픔을 견뎠습니다. 그런데 좋은 소식은 오지 않았지요. 어느 누구 하나도 돌아오지 않았지요. 마을에서는 대놓고 끔찍한 일을 당했으리라 하고 수군거리기 시작했습니다. 그 추측이 보기 좋게 깨지기를 바랐습니다. 그러나 아버지는 끝내 돌아오지 않았습니다. 우리 오누이가 아버지를 잃은 일은 그러합니다.

언제인가부터 새어머니는 신세를 한탄하기 시작했습니다. 괴로워하였습니다. 그리고는 점차 우리 오누이를 미워하기 시작하고 여러 이상 증세를 보이기도 했지요.

새어머니는 비를 부른다며 혼자 칼춤을 추기도 하고 아버지의 혼을 맞이한다며 나무에 올라가 밤새 소리치기도 했지요. 그런데 늘 비를 부르지도 아버지의 혼을 맞이하지도 못한 채 실망하여 엉엉 울곤 하셨습니다. 그 끝에는 다른 사람으로 바뀌어 우리 오누이를 무섭게 노려보곤 했답니다.

언제인가부터 새어머니는 이상 증세를 보일 때만 아니라 시시콜콜 트집 잡고 온갖 어려운 일을 떠맡기는 사람이 되어 있었습니다.

내가 어머니를 잃었다는 것은 바로 그렇게 해서입니다. 내 동생도 마찬가지였지요.

집을 나오자고 한 것은 누이인 나였습니다. 못 살겠다고 달아나자는 동생을 그동안 몇 번이나 달랬습니다. 그러던 내가 하루는 먼저 동생에게 집을 떠나자고 하게 되었습니다.

그리고 우리 오누이는 떠돌이가 되었지요.

*

마을을 벗어나 아예 다른 국읍으로 들어가 봐도 물이 많은 곳은 없었습니다.

무시무시한 가뭄은 우리 국읍만 덮친 것이 아니었지요. 나리들이 보내 물을 찾아 나섰던 아버지 일행이 돌아오지 못한 것은 물이 메말르면서 인심까지 메말라버려 흉악해진 세상에서 끔찍한 일을 당한 까닭이라는 사실을 절로 알겠더군요. 떠돌이가 된 우리 오누이를 반기는 곳은 어디에도 없었습니다. 급히 일손이 부족한 경우 얼마간 머물게 해주고는 내쫓듯 해버리기 일쑤였지요. 그동안 하늘은 간간이 비를 뿌리긴 했지요. 밭을 갈아 그곳에서 키운 작물에 의지해 사는 사람들의 목숨 줄이 완전히 끊어지지는 않도록 말입니다. 하지만 떠도는 사람들이 늘어 마을이 비고 마침내 국읍도 더는 국읍이라 할 수 없게 되는 곳이 많아졌습니다.

　어떤 곳에선 아주 오래전 옛날에 대홍수가 있었다며 떠들썩하게 그 일을 이야기하고 있었습니다. 비를 바라며 하는 소리인가 싶었는데 그게 아니었습니다. 그때는 하늘이 세상을 물에 잠기게 하더니 아무래도 이제는 땡볕으로 태워버릴 기세가 아니냐는 소리를 하고 있었던 것이었습니다. 그러면서 하늘이 노한 것을 풀려면 갓난아기를 바쳐야 한다느니 처녀 아이를 바쳐야 한다느니 해댔습니다. 옛일을 돌아보고 앞일을 내다보는 중에 그렇게 흉흉한 말들이 생겨나더군요.

　가는 곳마다 흉흉한 소문이 떠돌았습니다. 언제인가부터 우리는 짐승 발자국에 고인 물을 먹어서는 안 된다는 소리를 듣게 되었습니다. 비가 제대로 내리지 않은 지 몇 해째. 안개비도 드물고 이슬비는 더 드물어 자주 먼지로 뿌옇게 흐려지는 세상이었지요. 이미 그때는 산이고 들이고 간에 마르지 않은 샘이 거의 없게 되고 산과 산 사이를 지나 들을 유유히 흘러가는 강물은 아예 사라져버린 세상이었지요. 새벽에 일어나 이슬을 받아 마시는 게 하루의 일 중에서 무엇보다 중요한 일이 된 세상이었지요.

마을은 물론 사람을 만나는 게 왠지 두려웠습니다. 그러면서 우리 오누이는 산과 숲에서 지내게 되었습니다. 열매와 풀뿌리를 주로 먹으며 벌레는 물론 작은 짐승까지 드디어 잡을 수 있게 되었지요. 한동안은 아예 산짐승처럼 살았다고 해야 할지도 모르겠습니다. 문득 이러다 내가 진짜 산짐승이 되는구나 하는 생각도 했지요.

부모님과 함께 살던 때를 떠올리며 옛 모습을 자꾸 의식하던 하루는 내가 비명을 지르게 됩니다. 동생이 짐승 발자국 같은 것에 고인 물을 먹으려는 모습을 보고서 그리 된 것이지요. 나는 곰인지 늑대인지 모를 짐승의 발자국에 고인 물을 마시고 네가 그런 짐승이 되면 나를 가만 두겠느냐고 소리쳤지요. 곰이 사람을 가만 두겠느냐고, 늑대가 사람을 가만 두겠느냐고 야단을 쳤지요. 동생은 짐승 발자국 같지 않다고 투덜대면서도 그 물을 마시겠다고 고집을 부리진 않더군요. 그때는 아직 목이 덜 말랐던 겁니다. 그리고 하루 내내 우리는 제대로 물을 마시지 못하게 됩니다.

그때 우리 오누이가 들어간 그 산에서는 마르지 않은 샘이 좀체 눈에 들어오지 않았습니다. 배가 고프기도 했지만 당장은 목마른 게 문제였습니다. 아마 한 번 더 내가 동생을 막아낼 수 있었을 겁니다. 그러나 노루 발자국에 고인 물을 발견하고 허겁지겁 무릎을 꿇는 그때의 동생은 이 누나도 막아낼 수가 없었지요. 노루가 되더라도 누나를 물어 죽일 일은 없지 않으냐는 거예요. 나는 네가 노루가 되고 말면 더 이상은 같이 살 수 없게 된다고 했습니다. 그런데도 동생은 너무도 분명한 노루 발자국을 앞에 두고서도 꼭 짐승 발자국이라고 할 수 없겠다고 우겼습니다.

나는 울면서까지 말렸습니다. 동생 눈에도 눈물이 고여 있더군요. 내가 잠시 멍하니 멈춰 있는 동안 동생은 그 물에 입을 대고 마셔버렸어요.

그리고 그만 노루가 되어 버렸지요. 나를 바라보고 저 자신을 쳐다보고 어리둥절해하던 새끼노루 한 마리. 그때의 그 모습을 잊을 수가 없습니다.

"동생아, 동생아."

나는 노루가 된 동생의 목을 끌어안았지요. 그때는 꼭 참고 있던 울음이 목구멍으로 마구 밀려 올라오고 있었습니다. 해가 지고 밤이 와 산속이 캄캄해질 때까지 우리 오누이는 울었습니다.

오래 슬퍼할 일의 시작이었습니다.

*

그때부터 나는 동생 곁에서 한시도 떨어지려 하지 않았습니다.

열매라도 찾는다고 혼자 덤불을 헤집고 들어갔다간 동생을 영영 잃어버릴 것만 같았거든요. 아차, 하는 순간 동생이 노루 무리를 따라 떠나버린다면 저는 어찌 되겠습니까? 산속에서 혼자 어떻게 견디겠어요? 동생도 겁이 나기는 마찬가지였던 모양입니다. 동생도 제 곁에 바싹 붙어 다녔지요. 아예 머리를 이 누나의 다리에 붙이고 다닐 때도 있었습니다. 겁에 질린 한편으로 누나의 만류를 뿌리친 저 자신을 자책하고 또 아무리 해도 벗어버릴 수 없는 짐승의 몸을 한탄하였을 겁니다. 그런 동생을 보고, 그런 동생을 생각하면 내 두 눈에서는 주르르 눈물이 흘러내리곤 했습니다.

이전부터 그랬듯 우리 오누이는 산속을 걷고 걸었습니다. 마실 것과 먹을 것을 찾아 걸었고 사나운 짐승의 눈을 피해 걸었습니다. 걷다가 어두워지면 우리는 바위 밑이나 큰 나무 둥치 곁에서 서로 부둥켜안고 잠을 잤지요. 이전과 크게 다를 바 없는 나날 같았습니다. 그러나 다른 게 있었지요. 다시는 사람 사는 곳으로는 갈 수 없게 된 일 말입니다.

마을로 가면 사람들이 노루 동생을 가만둘 리가 없는 일이었습니다. 산속에서도 사나운 짐승의 눈을 피해야 했지만 그래도 마을을 찾아갈 수는 없었지요. 동생도 그런 사정을 모를 리 없는 눈치였어요. 동생은 우리가 잠자리로 삼기 좋은 바위 틈새를 찾아냈습니다. 언덕에 있는 동굴 비슷한 그곳을 집으로 삼아 꽤 오래 살았습니다. 달이 둥그렇게 부풀어 올랐다가 가뭇없이 사라지기를 몇 번이나 되풀이하는 동안 우리는 죽지 않고 살아남았습니다. 그리고 나로서는 생각지도 못한 동생의 모습을 보게 됩니다.

이 누나가 목을 안고 재워줘야 겨우 잠이 들고 바람 소리만 크게 나도 불안해 고개를 내밀던 동생이 그리되리라고는 생각지도 못했지요. 하루는 먹을 것을 찾으러 나갔다가 동생이 제게서 뚝 떨어져 있는 걸 깨달았습니다. 나는 황급히 동생을 불렀지요. 어떨 때는 내가 허겁지겁 동생 곁으로 뛰어가곤 했지요. 그것은 시작이었을 뿐입니다. 어느새 동생은 정말 노루처럼 숲을 뛰어다니고 싶어 했습니다. 노루의 몸이 되었으니 마음까지도 노루의 것이 되는 모양이었습니다. 새끼노루이지만 그 동생이 뛰어다니고 싶어 하면 이 누나도 어찌할 수가 없었습니다.

그 무렵 당신은 그 일대 산으로 자주 사냥을 나오곤 했습니다. 내가 동생을 어떻게 해서든 말리고, 말리는 게 안 되면 조심하라고 당부라도 한 것은 이빨과 발톱이 날카로운 짐승과 마주치는 일이 생길까 봐서 그랬던 것입니다. 그런데 사람도 산속에 와 있곤 했지요. 우리는 몰랐지만 그 무렵 당신은 시종과 함께 사냥을 하러 산속에 자주 오곤 했지요. 마침내 노루 동생은 당신과 마주치게 됩니다.

전에도 숨을 할딱이거나 겁에 잔뜩 질린 모습으로 돌아오곤 하는 때가 있었는데, 아마도 사냥에 나선 당신을 멀찍이서 보고 내빼왔던 것 같습니다. 그런데도 동생은 이 누나하고 바위 틈새에 웅크린 채 내내 살 수는 없었는지 수풀을 헤치며 뛰어다니곤 했습니다. 그러다 당신과 마주친 것이지요. 당신은 당신 나름대로 노루의 흔적을 하나하나 챙기면서 포위망을 좁히던 중이었습니다. 엉뚱한 곳으로 따돌리려는 노루의 계략을 당신은 훤히 짚어내고 길목을 지키며 몰이를 계속했지요. 당신과 시종과 사냥개는 제 노루 동생을 벌써 올가미로 낚아챈 듯이 몰아붙인 모양입니다. 동생이 이 누나가 있는 언덕의 바위 틈새로 달려왔을 때는 눈알은 금방이라도 빠질 듯이 커져 있었고 네 다리는 땀에 흠뻑 젖은 채 마구 떨리고 있었지요.

나는 무슨 일이냐고 동생에게 물었습니다. 동생이 숨을 가쁘
게 몰아쉬느라 대답하지 못하는 사이 개 짖는 소리가 와락 달려
들고, 이제 어디로도 내빼지 못하게 된 동생에게 당신은 활을 겨
누었습니다. 당신이 숨을 좀 빨리 가다듬었으면 화살은 활을 떠
나 동생의 목이나 가슴에 박혔을 것입니다. 그때 나는 아무런 생
각도 없이 소리쳤습니다.

"잠깐만, 잠깐만요!"

이게 내가 당신에게 처음 한 말입니다. 당신이 제게 처음 한
말은 무엇입니까? 이게 어찌 된 일이냐고 하셨습니까? 너는 누
구냐고 했습니까? 나는 그때도 뭘 제대로 생각하지 못한 채 그냥
지껄였던 것 같습니다.

"이 노루는 살려주세요. 제 동생과도 같은 노루입니다."

"노루가 동생이라 했느냐?"

그때 당신은 그리 말했습니다. 그리 말할 때, 무슨 소리인지
모르겠다, 사연이 있다면 말해 보아라, 하는 표정을 지었던 것
같습니다. 나는 어느새 당신 앞을 가로막고 나서 있었지요. 그런
채 나는 동생이나 다름없는 노루이니 살려달라고 몇 번 더 말했
을 겁니다.

그리고 이 누나는 저 동생을 위해 당신에게 거짓말을 했습니

다. 사나운 짐승들에게 동생을 잃고 슬픔에 빠져 있던 중 다친 노루를 발견해 구해주고는 그동안 동생으로 삼아 함께 지냈다는 이야기였지요.

*

당신은 거수의 아들이었습니다.

하늘의 재앙으로 황폐해지기 전에는 이 일대에도 국읍이 있었고 당신은 그 국읍을 다스리는 거수의 아들이었습니다. 당신을 따라 처음 이곳으로 왔을 때, 이 덩그러니 큰 집을 보고 나는 당신이 예전에 무슨 나리님이었거나 그 자제였거니 생각했습니다. 그런데 국읍을 다스리는 거수의 자제였더군요.

오랜 가뭄은 많은 것을 바꾸었습니다. 물이 흐르는 땅을 찾아 집을 버리고 떠나는 사람들이 늘어나니 마을이 사라지고 끝내는 국읍까지 사라지기도 했습니다. 남아 있는 마을도 더는 예전 같은 마을이 아니고 남아 있는 국읍 또한 예전 같은 국읍이 아니었습니다. 흉흉한 소문이 돌고 끔찍한 일이 아무렇지도 않은 듯이 벌어졌습니다. 우리 오누이는 부모를 잃고 떠돌이가 되었다가, 그 중 하나는 노루가 되고 말았지요. 사람이 노루가 되는 일까지 생겨나고 만 것입니다.

당신은 양식을 구하고자 사냥에 나선 것이 아니었습니다. 짐 승 가죽을 벗겨 옷을 해 입고자 한 것도 아니었습니다. 사냥이 양식을 보태기도 하고 옷가지를 만들어내기도 했지만, 당신은 훨씬 더 거창하게 겨냥하는 바가 있어 틈나는 대로 시종과 함께 활을 메고 사냥개를 앞세워 산과 들로 나다녔던 것입니다. 당신 이 사냥하러 다니는 까닭을 제대로 알게 되었을 때 저는 가슴이 오그라드는 듯했습니다. 아니, 내가 가슴팍에 활을 맞은 듯이 아 파했습니다. 그날, 당신이 제 노루 동생을 몰이해 쫓아온 그 날, 제 노루 동생은 숨이 끊길 위험에 맞닥뜨린 것이었습니다.

당신은 제 애원을 그냥 귓등으로 넘겨버릴 수가 없었다고 했 습니다. 뒷날 그렇게 말했습니다. 제 눈빛도 마음을 움직이는 데 큰 힘이 되었다고 했지요. 이제 와 생각해보면 그때 저는 사람 꼴이 아니었을 겁니다. 산짐승의 몸으로 바뀌지는 않았지만, 그 때 제가 제대로 사람 꼴을 하고 있었을 리 없지요. 불쌍히 여겼 나 봅니다. 사람 꼴을 하지 못하고 있는 내게 사람 꼴을 돌려주 려고 따라나서라고 하셨는가 봅니다. 그때 저는 고마워하는 것 보다 제 동생 목숨 살릴 일에 더 신경을 썼지요. 노루 동생을 잘 보살펴주겠다고 약속한다면 따라나서겠다고 했지요.

"알겠다. 내 그 노루는 헤치지 않으마. 약속하마."

당신은 선선히 그렇게 말했습니다. 사냥개는 멀찍이 쫓아버리고서 말입니다.

당신이 거짓 약속을 하였더라도 그때는 사실 우리 오누이가 달리 선택할 길은 없었지요. 산속이 아니라 사람들 사이에서 살아야 할 것을 생각하니 머릿속이 어지럽더군요. 그런데 당신은, 이곳에 와서 본 당신은 약속을 지켜줄 선한 사람이었습니다. 또 그만한 힘도 가진 사람이었습니다. 나리님이나 그 자제는 되겠다 싶은…….

이 집에 왔을 때 저는 분명히 짐승 꼴이었을 겁니다. 짐승이라도 억센 짐승이 아니었지요. 짐승이라도 활기 넘치는 짐승이 아니었지요. 그저 겁먹은 눈빛으로 당장에라도 숨어들 곳만 찾을 듯한 먼지투성이 짐승이었지요. 다른 많은 사람도 그랬을지 모르겠습니다. 세상이 어찌 돌아가는지 제대로 헤아리지 못하고 있었으니 말이지요. 제게 무슨 일이 생겨나면 우왕좌왕하기만 하였으니 말이지요.

부엌데기로 살아도 그 어느 때보다 마음이 편했습니다. 제 노루 동생을 위해서는 튼튼한 우리를 만들어주고 제가 집안일 하는 틈틈이 동생이 좋아할 먹이를 구해오는 것도 눈치 보지 않고 할 수 있도록 해주셨으니 말입니다.

당신은 저를 집안 일꾼으로 내버려두지 않았습니다. 겁먹은 짐승 꼴을 간신히 벗었다고 생각했는데, 하루는 먼저 세상을 뜬

아내의 자리를 대신 맡아달라고 하셨습니다. 절로 코를 감싸질 역한 냄새를 풍기는 짐승이었다는 사실을 상기하고 두 볼이 화끈 뜨거워지는 모습에 어디 불이 났느냐며 시침을 떼시다가, 다시 빈 옆자리를 채워달라며 청혼하셨습니다.

그날은 제가 노루 동생을 우리에서 데리고 나와 마당에 뛰어놀게 했더랬지요. 갑작스레 마음이 요동쳐 "동생아, 동생아" 하고 외쳐 불렀더랬지요. 당신은 어딘가로 나갔다가 돌아온 길에 그 광경을 보았고, 아무래도 숨기고 있는 사연이 있는 듯하다고 했습니다.

"아닙니다. 산속에서 잃어버린 동생이 생각나서 그만……."

그렇게 얼버무렸지요. 그리고 다시는 그런 모습 보이지 않겠다고 했습니다.

그런데, 그날 당신은 저녁상을 물리고도 한참 뒤 나를 부르셨지요. 노루 동생 이야기가 나오기에 조마조마해했습니다. 그런데 당신은 입가에 미소를 짓고서는 동생 생각이 나면 언제든 노루 동생을 부르라고 했지요. 노루 동생을 마당에서 뛰어놀게 해도 좋다고도 했지요.

그날 당신이 한 말은 그것만이 아니었습니다. 저를 아내로 삼고 싶다며 당신은 먼저 세상을 뜬 처에 관해 이야기했고, 이제 빈자리를 메워달라고 했습니다. 나는 그때 숨도 제대로 쉴 수가 없었습니다.

당신은 우람한 덩치는 아니지만, 힘이 있는 분이었습니다. 어떤 일을 머릿속에 그려 실제가 되게 할 때의 힘도 있는 분이었습니다. 흉악한 세상의 흉흉한 소문들과 함께 떠돌면서 저는 무엇 하나 제대로 단호히 정하지 못하고 마음만 끓이기 일쑤였습니다. 이 집에 와 당신을 지켜보는 것만으로도 많이 안정되었지요. 겁먹은 짐승 꼴을 벗었다는 건 바로 그런 뜻이겠습니다. 그런데, 겁먹은 짐승 꼴을 간신히 벗었다고 생각했는데, 당신에게 그 소리를 들었으니, 숨을 제대로 쉴 수가 없는 일이지요.

그 무렵 나는 이미 알고 있었습니다. 당신이 국읍 거수의 아들이었음을. 당신이 물려받을 수 있었던 국읍이 속절없이 무너져 내린 일은 당신의 아내가 된 뒤 제대로 들어 알게 되었지요. 당신 아버지는 거수로서 책임을 다하기 위해 비를 내려달라는 기도를 오래 올렸고 그게 아무런 효험을 보지 못하자 자신을 제물로 바쳤다지요. 산 사람, 그것도 거수 자신을 제물로 바친 제사에도 하늘이 꿈쩍하지를 않자 읍민들은 돌팔매질을 받은 새떼처럼 흩어져 버렸습니다. 병을 얻은 당신 아내를 치료해 줄 의원 하나조차 찾을 수 없게 일대가 빈 땅이 된 것은 순식간의 일이었노라고 당신은 이야기했습니다.

그리고 나는 당신이 목숨을 건 듯이 사냥에 열심인 까닭도 알게 되었습니다. 떠돌이 술사를 통해 당신은 짐승들이 요사한 짓을 저지른 까닭에 가뭄이 계속된다는 생각을 하게 되었습니다. 천지간의 삿된 기운이 짐승으로 나타나 세상을 어지럽힌다는 말을 당신은 그동안의 여러 일로 거의 틀림없는 사실로 믿게 되었다고 했습니다. 별난 한 마리 짐승만이 아니라 여러 짐승이 날뛰고 있다고 하셨고, 그런 짐승은 새로 생겨나기도 한다고 하셨습니다. 당신이 여태의 사냥만으로 활을 놓을 수 없는 까닭은 바로 그러해서인 것이지요.

이 오랜 가뭄을 멈추게 할 사냥. 당신에게는 그것이 곧 국읍을 되찾는 길이기도 합니다. 이곳에서 그리 멀지 않은 곳에 사람들이 돌아와 살고 있습니다. 이곳을 떠났던 사람도 있고 다른 곳에서 온 사람도 있다고 합니다. 어쨌든 그들이 머물러 사는 것은 이 땅이 조금씩 예전처럼 돌아가는 조짐이 아닐는지요? 당신이 부모를 잃고 떠돌던 계집아이를 받아들인 것은 제가 집안일로 덜 힘들도록 마음 쓴 것이었었습니다. 나는 집안일에 도움을 받을 수 있어서가 아니라 그동안 겪은 일을 서로 마음껏 털어놓을 수 있는 말상대로 삼을 수 있어서 고마워합니다.

당신의 사냥이 국읍을 되살아나게 할 것도 같습니다. 분명히 말씀드리지만, 나는 당신의 믿음을 터무니없다고 생각하지는 않았습니다. 그러나 조마조마했다는 것은 말씀드려야겠습니다.

당신도 제 노루 동생을 의심스러운 눈으로 보신 적이 있을 겁니다.

다행히 제 동생은 내내 순한 노루였지요.

*

당신의 믿음이 터무니없다고 생각한 적은 없었는데…….

아닌가 봅니다. 아닌가 봅니다. 나는 당신이 하는 생각을 깊이 헤아리지는 못한 모양입니다. 우리 오누이에게 이런 일이 생기고, 당신과 나 사이에 또 이런 일이 생기리라고는 꿈에서도 내다보지 못했습니다. 천지간의 삿된 기운이 짐승이 되어 이 집에 들이닥쳤고, 그것이 이미 오래전에 떠나온 새어머니와 관계된 것일 줄이야…….

다시 떠올리는 것만으로 목이 죄어오는 듯합니다. 하지만 더늦기 전에 반듯하게 정리를 하여야 할 듯합니다. 그 일은 다른 누가 아닌 제가 해야 할 일이지요. 당신이 아직 돌아오지 않았던 오늘 낮부터 당신이 돌아와 한바탕 소동이 마무리된 지금까지의 일을 이야기해보겠습니다. 다시 가슴이 뜁니다만, 내일로 미루지 않고 이야기하겠습니다. 이야기하고 싶습니다. 그저께 당신이 사냥을 간다고 할 때 나는 그저 당신이 무사히 돌아올 수 있기만 바랐습니다. 늘 그랬지요. 산속에서 짐승을 쫓다가 보면 몸이 상할 수 있는 일이지요. 예사롭지 않은 짐승들을 상대할 때도 있다 하셨으니 집에 앉아 있는 나는 걱정할 수밖에 없지요. 무사히 돌아올 수 있게 해달라고 손 모아 기도합니다만, 그래놓고도 온갖 걱정을 하는 것이 아낙이지요.

"나 없는 동안에 아무나 집으로 들이지 마시오."

그저께 사냥을 떠나면서 당신은 그렇게 한마디 했습니다.

무심히 툭 던지듯 한 말이었습니다. 이제 생각해보니 당신에게 무슨 예감 같은 게 있었던 듯도 합니다.

당신은 떠났고 이 집에는 이제 오누이만 남게 되었습니다.

우리 집에 들이닥칠 무서운 일은 조금도 생각지 못하고 나는 한동안 완전히 잊고 있던 걱정거리를 끄집어내었습니다. 평소 나는 당신이 사냥을 나갔다가 다치지나 않을까 조마조마해하는 한편으로 또 동생이 예전 산속에서처럼 노루의 마음에 따라 날뛰게 되지는 않을까 싶어 조마조마해했습니다. 다행히 여태 그런 일은 없었지요. 동생이 우리를 뛰쳐나가려 한 일은 없었습니다.

동생은 저 때문에 누나가 어려운 처지에 빠질 수 있다는 것도 알고 있었나 봅니다. 그래서 순하고 순한 노루 행세만 했던 것이지요. 아무리 노루라도 순하고 순할 수만은 없지요. 우리에 갇혀

사는 일이 답답하지 않을 리 없겠지요. 내가 수시로 노루 동생이 마당에서 놀 수 있도록 한 것은 그 때문입니다. 그저께는 동생을 우리에서 데리고 나왔다가 잊고 있던 걱정을 새삼 했지요. 혼자 눈시울이 뜨거워지기도 했습니다.

웬 할멈이 찾아온 것은 내가 점심을 먹고 난 다음이었습니다. 동생이 마당에서 노는 모습을 다시 지켜보던 때였을 겁니다. 문을 제법 크게 두드린다 싶었는데 할멈이 짚고 온 지팡이로 탕탕 친 것이었습니다.

"남은 밥 있으면 좀 주시오. 몇 날 며칠을 굶었다오."

문틈으로 그리 말하고서 할멈이 웬 노루가 마당에서 뛰어노는 거냐고 해요. 나는 괜한 말이 밖으로 나돌아서는 안 된다 싶어 두말하지 않고 문을 열어주었습니다.

할멈을 집 안으로 들이고는 얼른 노루 동생을 우리에 들어가게 했지요. 예사 짐승 몰듯이 우리로 급히 몰아넣었답니다. 그러고선 할멈에게 기진맥진한 놈을 데려다 얼마간 먹였더니 떠나지도 않고 집 안에 머물게 되었다고 둘러댔지요. 할멈은 나보고 마음씨도 곱다며, 그렇게 마음씨가 고우니 자기도 집 안으로 불러들인 게 아니겠느냐고 해요. 나는 그 말엔 별달리 대꾸도 않고 일하는 애와 함께 얼른 상을 봐 마루에 앉은 할멈에게 내주었습니다.

밥을 먹으면서도 이리저리 말을 건네더니 할멈은 은비녀 어쩌고 하더라고요. 얼마 뒤 할멈이 은비녀를 보답으로 내놓을 수 있으면 좋겠다고 하기에 나는 손사래를 치며 그걸로 앞으로 먹을 것이나 구하라고 했어요. 그런데 밥상을 물릴 때쯤 되자 그 은비녀를 잃어버렸다는 거예요.

"떨어뜨린 곳은 잘 봐두었어. 나는 눈이 어두워 찾지를 못해. 색시가 나서 주기만 한다면 당장에 찾을 수 있을 거요."

그러고 할멈은 은혜를 잊지 않을 거라는 둥, 이 집 형편을 담 밖으로 퍼 나르는 일도 없을 거라는 둥 하는 거예요. 나는 할멈을 그저 좀 수다스러운 사람으로만 생각하고 입막음이나 해두자 싶어 따라나서게 되었던 겁니다. 그래서 이 뒤 고갯마루까지 가게 되었는데, 그동안 잘 몰랐던 가파른 벼랑이 그곳에 있더군요. 할멈은 잘 봐두었다는 자리를 좀체 찍어주지 못하고 저를 이리저리 데리고 다니는 거예요. 그러면서 나도 모르는 사이 그곳으로 몰아갔던 겁니다.

다 계산한 일이겠지요. "여긴가, 저긴가" 하고 중얼거리던 할멈이 등을 와락 떠밀었습니다. 그때 나는 순간적으로 목이 뒤로 확 젖혀졌고, 한참 뒤에나 비명을 질렀던 듯이 생각됩니다. 그러나 그럴 리는 없겠지요. 그 당장 비명을 질렀을 텐데, 여기에 이런 벼랑이 다 있었구나 하고 막 알게 된 그곳으로 떨어지고 말았지요.

그리고 온몸이 깨지는 아픔과 함께 정신을 잃었고요.

*

그 뒤의 일은 내가 다 볼 수는 없었지요.

그래도 이야기는 할 수 있을 것 같습니다. 동생이 이미 이야기해준 대목도 있고 나대로 추측할 수 있는 대목도 있고 하니 말입니다. 그때 할멈은 재주넘는다는 여우처럼 그 자리에서 홀떡 홀떡 재주를 넘었던 것일까요? 그 당장에 할멈은 나하고 같은 모습을 한 색시가 되었던 것일까요? 아, 할멈이 이 집으로 다시 왔을 때는 내 모습을 하고 있었군요. 재주를 홀떡 홀떡 넘었건 다른 요술을 부렸건 간에 내 행색을 하고 할멈은 이 집으로 다시 돌아왔습니다. 나는 벼랑 아래에 까무러쳐 있었고요.

할멈은 당신을 기다렸습니다. 돌아온 당신은 속을 수밖에 없었겠지요. 일하는 아이가 나로 둔갑한 할멈에게 완전히 속아 넘어가서는 제 흥에 겨워 당신이 언제쯤 돌아올 것인지, 또 요즘 집안 형편은 어떤지 미주알고주알 읊은 다음이었으니까요.

무슨 일인가가 일어났다는 것을 먼저 알아챈 것은 내 노루 동생이었습니다. 나로 둔갑한 할멈이 저녁밥을 준비한다며 일하는 아이를 데리고 부산을 떨었습니다. 그동안 노루 우리에서는 문이 긁히는 소리가 시작되었습니다. 아, 그때 당신은 목을 빼 흘깃 쳐다보았군요?

노루가 울어대는 소리까지 내자 당신은 우리 안을 들여다보기도 했습니다. 무슨 까닭인지는 알 수 없었지요. 그저 배가 고파 그러느냐, 조금만 기다려 보라 하고 달래기만 했지요. 당신 앞에서도 순하기만 하던 노루 동생은 점점 더 야단이었습니다. 발굽으로 문을 긁고 목을 빼 울어대고…….

"노루가 배가 많이 고픈가 보오. 저 노루 먹을 것부터 먼저 챙겨주시오."

당신은 어쩌지 못하고 부엌에 대고 그리 한마디만 하고 물러나려 했지요. 그런데 깜짝 놀랄 소리가 나왔습니다.

"저놈의 짐승. 원, 시끄러워서 견딜 수가 있나."

당신 아내의 입에서 나올 소리가 아니었지요. 당신은 무슨 영문인지 모른 채 두리번거리다 한마디 했습니다.

"동생한테 그 무슨 말이오? 혹시 그동안 무슨 언짢은 일이라도 있었던 거요?"

당신이 점잖게 말했는데도 당신 아내 행색의 여자는 계속 저러면 내쫓아버리든지, 아니면 이참에 잡아먹어 버리든지 해야겠다고 중얼거렸습니다. 당신은 그동안 무슨 일이 있었겠거니 하

194

면서도 아내의 전에 없던 말에 그저 혀만 찼습니다. 혀만 찰 수밖에 없었지요.

그때 노루 동생은 다 알고 있었던 겁니다. 처음엔 저도 무슨 일이 일어났는지 제대로 몰랐다지만 그때는 이미 다 알고 있었다지요. 결국, 저 동생은 우리를 부수고 이 누나를 구하러 달리기 시작했습니다. 순하디순한 제 노루 동생이 온몸을 던져 우리를 우지끈 부수게까지 되었으니 저로서는 얼마나 애가 탔던 것이겠습니까? 이마며 어깨에 피멍이 들면서…….

노루 동생은 누나를 찾아 고갯마루로 달렸고, 당신이 뒤따라 잡았을 때는 벼랑에서 아래를 내려다보며 울어대었습니다. 벼랑 아래를 살피던 당신은 사람 옷 같은 것을 발견하고는 아래로 내려갔습니다. 내려갔더니 여자가 하나 쓰러져 있는데 살펴보니 당신 아내인 나였지요.

방금 집 안에 있었던 아내가 어느새 앞질러 왔단 말인가! 또 그새 몸을 날려 벼랑 아래 떨어졌단 말인가!

당신은 얼이 빠져 머리만 내저었습니다. 노루는 노루대로 당황해 울어대었고요.

당신이 기함할 일은 잠시 뒤에 벌어졌습니다. 벼랑 위에서 당신을 불러대는 소리가 들렸는데 그곳에도 당신 아내가 있었던 것이지요. 벼랑 아래 죽은 듯이 누운 아내와 벼랑 위에서 당신을 불러대는 아내…….

"이게, 이게 무슨 일이냐?"

그때 당신은 너무 놀라 사람에게 묻지 않고 짐승에게 물었습니다. 피멍이 들면서 우리를 부수고 이곳으로 달려온 노루에게 물었습니다.

제 노루 동생은 다시 한 번 울어대고는 제 뺨을 핥았습니다. 콧잔등으로 어깨를 흔들기도 했고요. 뺨을 핥고 어깨를 흔들기를 얼마나 했습니까?

내가, 내가, 당신의 아내인 내가 깨어났지요.

죽은 것만 같던 이 누나가 숨을 내쉬며 깨어나니 노루는 감격해 외쳐댔습니다.

"누나! 누나!"

노루 동생에게서 사람의 목소리가 터져 나왔지요. 그다음 순간 동생은 당신과 내가 보는 앞에서 사람으로 변하였습니다. 우리를 부수느라 피멍이 든 자국은 그대로여도 사람으로 변하였습니다.

사람 동생의 이마에서 시작해 콧등을 타고 한 줄기 피가 주르르 흘러내렸던 것도 같습니다. 나는 입술을 달싹여 "동생아, 동생아" 하다가는 다시 정신을 놓았지요.

아, 그때 새파랗던 입술에 붉은빛이 돌아오더라지요. 당신은 그때 그런 기미까지 용케 다 알아채셨군요.

여기까지 이야기했으니 다 이야기한 셈이지요.

하지만 아직 남은 게 좀 있습니다. 그건, 그건 내일 해도 좋겠습니다. 저 요물을 불태운 뒤…….

그때도 늦지는 않겠습니다. 그래요, 이제 눈 좀 붙일게요.

*

할멈이 이 집으로 다시 온 까닭은 무엇일까요?

벼랑 아래에서 돌아가는 일을 살피던 할멈은 무슨 생각으로 달아나지 않고 이 집으로 왔을까요? 당신을 속이고 자신의 정체를 숨길 수 있다고 생각했던 것일까요? 아니면 달리 갈 길이 없어 제 몸을 던진 것일까요? 불태워져 온 사방에 재로 뿌려지리라고는 물론 생각 못 했겠지만…….

문을 걸어 잠그고 할멈은 집 마당에 서 있었습니다.

당신이 나를 업고 돌아왔을 때 할멈은 당신도 나도 얼른 들이려 하지 않았습니다. 가짜를 내다 버리면 들어오게 하겠다고 당신에게 말했지요. 당신은 그때 모든 걸 차근차근 따져 밝혀보자며 우선은 문을 열라고 하였지요. 당신이 다그쳐댔다면 할멈은, 그때도 내 행색을 하고 있던 할멈은 어쩌면 재주를 홀떡 홀떡 넘고는 담 너머로 꽁무니를 뺐을지도 모릅니다. 그러나 할멈은 마지막 수를 부려보기로 했나 봅니다. 문을 열었고, 당신이 나를 마루에 눕히는 것도 가만 내버려두었고, 그리고는 따져보자고 했습니다.

당신이 할멈과 나 사이에 서서 둘을 돌아보며 할 말이 있으면 하라고 했을 때 이미 활을 들고 있었나요? 사실 그때 당신은 알고 있었을 것입니다. 누가 진짜 아내이고 누가 가짜 아내인지를. 노루 동생이, 이제 사람이 된 노루 동생이 누구 곁에 있는지만 보면 그건 당장 알 수 있는 일이었으니까요.

할멈은 제가 꾸며낸 계책을 저 자신이 당한 듯이 교묘하게 말했습니다. 나는, 나는 입을 열 힘이 없었습니다. 그때까지는 입을 제대로 열 힘이 없었습니다. 내게서 아무런 말이 나오지 않자 당신은 활을 들어 올렸지요. 그러자 그때껏 당당하던 할멈은 질린 낯빛이 되어 슬금슬금 꽁무니를 뺄 듯이 몸을 비틀었습니다. 당신은 이제 진짜와 가짜를 분명하게 가르겠다고 하고선 화살을 날렸습니다. 화살은 허공을 가르고 날아 할멈, 여전히 나와 똑같은 행색을 한 할멈의 가슴에 박혔지요. 화살을 맞은 할멈은, 당신 아내의 행색에서 할멈으로 변하였습니다. 다시 웬 아낙으로 변하였습니다.

그 아낙이 우리 오누이의 새어머니더라는 것은 동생이 그 순간에 똑똑히 봐두었습니다! 그러고도 다시 짐승으로 변한 모습에서도 우리 새어머니의 모습은 숨길 수 없더군요. 나는 그렇게만 확인했지만, 틀림없는 새어머니였습니다.

동생이 그 순간에 똑똑히 봐두었습니다! 그 아낙이 우리 오누이의 새어머니더라는 것을!

다시 짐승으로 변한 모습에서도 우리 새어머니의 모습은 숨길 수 없더군요. 틀림없는 새어머니였습니다. 무슨 짐승 발자국에 고인 물을 마셨기에……

늑대도 여우도 아닌, 어디서 보지 못한 짐승, 기이한 짐승의 모습으로 숨이 끊긴 요물은 오늘 불에 탔습니다.

불에 완전히 타 남은 재를 당신은 시종들과 함께 온 사방에 뿌리고 왔습니다.

*

아침부터 구름이 두껍게 낀 하루입니다. 아, 드디어…….

드디어 비가 오는군요. 비가 옵니다. 비가 와요. 담장을 두드리고 지붕을 두드리는 비. 이 마당을 흠뻑 적실 비가 옵니다. 마을 곳곳에 물길을 만들 비가 옵니다. 가랑비만 되어도 감사할 일인데 장대비입니다. 도대체 얼마만입니까. 이 비를 시작으로 앞으로는 때맞춰 비가 와서 들판으로 강물이 흐르고 곳곳에 샘물이 다시 솟아나겠지요.

이제부터는 누가 노루 발자국에 고인 물을 먹더라도 노루가 되는 슬픈 일은 없겠지요. 하늘의 진노를 풀기 위해 갓난아기나 처녀 아이를 바치는 무서운 일은 없겠지요.

가뭄으로 뒤숭숭하던 시절 읍민들 가운데서 차출되어 물이 풍부한 땅을 찾아 나섰던 아버지가 사라지자 새어머니는 신세를 한탄하며 괴로워하다가 점차 우리 오누이를 미워하기 시작하고 여러 이상 증세를 보이기도 했습니다. 우리 오누이의 뒤를 끈질기게 밟아와 이윽고 당신의 집에 찾아왔을 때 그녀는 마녀나 요물이라 해도 상관없을 것으로 변해 있었습니다. 제 노루 동생에게 정체가 발각되고 당신의 화살을 맞고 죽은, 늑대도 여우도 아닌, 어디서 보지 못한 짐승, 기이한 짐승의 모습으로 불태워진 그 여자는 당신이 마지막으로 사냥할 짐승이었습니다.

천지간의 삿된 기운이 짐승으로 나타나 세상을 어지럽히기도 한다는 당신의 말. 어쩌면 나는 그동안의 흉흉한 소문과 비슷한 것으로 생각할 때가 많았던 것 같습니다. 그런데 아니었군요. 아니었군요. 천지간의 삿된 기운이 무엇인지 나는 아직 잘 모르겠습니다. 그래도 새어머니의 경우를 볼 때 원망과 한탄과 저주가 바로 그것과 관련될 수 있다는 생각을 하게 되었습니다.

비가 오고 이 땅에는 사람들이 하나둘 모이기 시작할 것입니다.

　이 땅에 다시 국읍이 서면 당신은 거수가 될 수 있을 겁니다. 우리 오누이를 따뜻하게 거두었듯 헐벗은 사람들을 거두시기만 하면…….

나무꾼과
선녀

누워만 있을 수는 없는 일이지.

일부러 네가 이 못난 놈을 찾아왔는데 내가 누워 있을 수만은 없는 일이지. 그리고 나도 이상하게 그새 정신도 좀 차렸다. 한 모금이나마 물을 마신 덕인가 봐. 기운도 좀 돌아왔고 말이지. 그래서 일어나 앉았으니 다시 누우란 말은 말아라. 그래, 그래.

너를 보는 순간, 아차! 싶었다. 무심하고 무정한 놈. 나란 놈을 꾸짖었지. 힘 붙어 있을 때 산으로 가 너를 한 번이라도 찾아보고 멀리서나마 눈인사라도 보냈어야 했는데 하는 생각이 들었던 게지. 이 한 몸 힘든 것 때문에 다른 건 살필 겨를 없이 살아왔던 게지. 산 것 같지 않게 산 게지. 이제 와서 너한테 또 무슨 뾰족한 수가 있겠느냐 매달리려고 그러는 게 아니다. 뾰족한 수가 뭐가 있겠어. 하늘 문이 이리 닫히고 저리 닫히고 했는데 수는 무슨 수. 너한테 또 도움받으려고 하는 것 아니야. 무슨 염치로 또 도와 달라고 하겠어. 다 끝난 일인데…….

아, 이제 와 내가 너한테 원망을 하려고 하는 것도 아니다.

원망이라니. 당치도 않은 소리. 너 아니었으면 내가 어찌 그 호사를 누릴 수가 있었겠느냐. 이 못난 자식 걱정하던 어머니 얼굴 어찌 환히 펴지게 할 수 있었겠느냐. 가슴에 불이 붙어 이리 뛰고 저리 뛰게 될 일, 하늘 올려다보며 땅을 치고 울 일이 기다리고 있었지만, 호사는 호사였지. 호사를 다 누리지 못한 건, 끝까지 누리지 못한 건 다 내 잘못이었지. 처음엔 네가 당부한 말 못 지켜 그리되었고, 두 번째는 또…….

내가 너를 마지막으로 봤던 게, 그게 언제 적 일이냐?

이젠 헤아리지도 못하겠구나. 바로 엊그제 일 같기도 하고 수십 년이 지난 일 같기도 하고. 하늘나라로 갈 방도를 네가 알려 준 때, 그때. 많은 세월이 흘러 네가 먼저 나를 찾아왔구나. 머잖아 이승을 하직하리라는 것 알고 찾아왔구나.

너, 그 뿔 참 우람하다. 너희는 얼마나 사는지 모르겠다. 네가 절대 작지는 않은 나이일 테지. 그런데도 너는 조금도 늙어 보이지 않는구나. 양쪽으로 멋지게 뻗어 오른 뿔이 마치 왕관 같구나. 네가 숲을 달려가면 나뭇가지며 칡넝쿨이 저희 몸을 비틀어 길을 내어줄 것만 같구나. 나는 오늘 저녁 숨이 끊어진다 해도 이상할 것 없게 늙어버렸는데 너는 지금 당장도 한달음에 이 금 강산 상상봉에 올라설 수 있을 것만 같구나.

물 한 모금 더 마시마.

영영 숨 끊어지기 전에 지난 일이나 다 되짚어 보았으면 한다. 무슨 부탁도 원망도 않으마. 너는 그저 듣기만 해다오.

*

참으로 오랜만이야. 그래도 내가 너를 알아보지 못할 리가 없 다.

너희에게 우리가 어찌 보이는지 모르겠다만 우리한테 너희는 다 한 얼굴을 한 것 같긴 하지. 나무하러 갔다가 수풀 너머로 한 두 번 눈이 마주치기만 했다면 다 한 얼굴로 보이겠지. 그런데 너하고 나야 그런 사이가 아니지. 처음 만난 건 그 날이구나. 그 날……

그때 너는 아직 뿔이 나지 않은 사슴이었다. 나는 이 크고 큰 산기슭 외딴집에 사는 나무꾼이었지. 늙은 어머니와 사는 가난 뱅이 나무꾼이었어. 농사지을 땅이라곤 애초에 없는 집이었으 니 부지런히 나무를 해야 했지. 그걸로 근근이 먹고는 살았지. 아무리 말려도 어머니는 쑥이니 냉이니 씀바귀니 하는 산나물을 캐오곤 하셨고, 나는 나무하러 간 길에 눈에 띄는 대로 머루니 다래니 하는 것들도 따오곤 했어. 산수유니 마가목이니 하는 것의 열매도 따오곤 했어. 어머니와 그런 것 나눠 먹으며 한세상 살 만하다 생각하기도 했다. 그래도 이런저런 소문 들려오곤 하면 한숨이 나오곤 했어. 외딴곳에 사는지라 뭘 굽고 지지고 하는, 맛난 냄새가 바람에 실려 오진 않아. 그래도 누구네가 집을 어찌 키웠는지 식구는 또 어찌 불렸는지 하는 소문은 들려왔거든. 금은보화를 횡재한 얘기는 딴 세상 소식으로 흘려들을 수 있었지만 그런 소문은 한숨이 나오게 했어.

나야, 늙은 어머니 모시고 사는 나야 한숨을 쉴 수 없었지. 한숨은 어머니 몫이었다.

어머니는 한숨 내쉰 뒤엔 산신령님한테 맘씨 고운 처녀 하나가 들어올 수 있도록 해달라고 손을 모아 빌곤 하시더라고. 그러고도 내 나이 서른이 차도록 신부를 맞을 일이 생기지 않았고, 어머니는 자신이 당장 죽어도 원이 없으니 며느리 하나 얻을 수 있게만 해달라고까지 비셨어.

그날도, 어머니는 나보고 조심해서 다녀오란 소리를 하는 가운데 신령님한테 애원하듯 비셨을 거야. 지게로 한 짐 가득 나무를 할 작정이었으니 밥도 한 덩이 챙겨 나선 날이었다. 너를 만난 건 여기저기 흩어진 나무를 지게에 실을 수 있게 한 자리로 모으고 있을 때였지. 아마도 챙겨간 밥도 진작 먹었고 눈도 잠시 붙인 다음이었을 거야.

너는 그때 후다닥 소리와 함께 나타났다. 눈치 없는 산짐승과 마주친 일이야 그동안에도 왜 없었겠느냐. 대개는 내가 정신을 차리기도 전에 짐승이 놀라 냅다 뛰어 달아나지. 그런데 그때 마주친 사슴 한 마리는 멈칫하는 듯하더니 숨을 몰아쉰 뒤 나를 쳐다봤지.

애처로운 눈빛이었다.

"나 좀 살려주세요. 사냥꾼이 쫓아와요."

*

나는 먼저 화살을 봤는지도 모르겠다.

애처로운 네 눈빛을 보기 전에 나는 먼저 화살을 봤는지도 모르겠다. 네 뒷다리 허벅지에 꽂힌 화살을 말이다. 뭘 어쩌겠다는 요량도 없이 나는 엉겁결에 나뭇단 뒤를 가리켰을 것이야. 그리고 너도 나를 어찌 믿었는지 나뭇단 뒤에 얼른 무릎을 꿇고 앉았지. 고개까지 땅바닥으로 떨군 너를 숨기기 위해 나는 먼저 나뭇단을 더 높였다. 그리고 허겁지겁 칡덩굴을 끌어다 네 몸을 덮었다.

잠깐 사이 내 심장이 쿵쿵 뛰기 시작했다. 나는 그걸 드러내지 않기 위해 애를 쓰고 있는데, 내 나이쯤으로 보이는 사내 하나가 멧돼지처럼 거친 숨을 내뿜으며 달려왔지.

겨우 숨을 돌리곤 그 작자가 물었지. 사슴 한 마리 못 보았느냐고. 분명히 이쪽으로 달아났다며 말이다.

"아, 뭐가 나뭇가지를 와지끈 부러뜨리며 튀어나왔는데, 그게 뒷다리엔가 어디에 화살을 맞은 사슴이더군요."

그 작자는 틀림없다며, 뒷다리에 화살을 맞은 그 사슴이 틀림없다며 고개를 끄덕였어.

"저 숲으로 뛰어들어갑디다."

다음 순간 그렇게 말하며 엉뚱한 곳을 가리킬 때 어찌 된 일인지 그동안 왈칵대던 내 심장이 차분해져 있더구나.

그것이 내가 너를 구한 일이었다. 앞뒤 재고 뭐고 할 것 없이 엉겁결에 한 일이었을 따름이다.

내가 일러준 곳으로 사냥꾼은 냅다 뛰어갔다. 나는 그런 그자를 쳐다보곤 한마디 했을 것이다. 조용한 산을 왜 소란스럽게 하느냐고 말이다. 평소 마주치면 얕잡아 보는 듯한 눈빛을 보내곤 했는데, 평소의 내 감정이 그렇게 툭 튀어나왔지 않나 싶다.

어쨌든 나는 그 작자를 엉뚱한 곳으로 따돌렸고, 나뭇단에서 나온 너는 고개를 끄덕끄덕 숙이며 고마워했지. 너 식으로 절을 했는지도 모르겠구나. 그래, 그때 너는 아직 뿔이 나지 않은 사슴이었어. 혼자 나다닐 만큼 자라긴 했지만, 지금의 이 우람한 뿔은 돋아나지 않은 사슴이었어.

너도 나도 놀랐는데, 우리 둘 다 놀라움을 좀 가라앉힌 뒤에 나는 너보고 앞으로는 조심하라고 했던 것 같고, 너는 목숨을 구해줘 정말 고맙다는 소리를 몇 번이나 했던 것 같고 그렇구나. 그리고 어찌해서인지 네가 나한테 보답하고 싶다고 했던 것 같구나.

맞느냐? 뭐든 보답을 하고 싶다고 했지?

아, 그래, 그때 나는 일 없다며, 우연히 도울 수 있어 나도 기분 좋다며, 화살을 빼줄 테니 앞으로 사냥꾼 눈에 띄지 않도록 조심해서 살라고만 했지. 네 뒷다리 허벅지에 박힌 화살을 빼고 내 옷을 뜯어 상처를 싸매주다가 서른이 다 차도록 장가도 못 간 내 신세타령을 했던가 보다. 그 소리를 너는 유심히 들었던 게지. 우리 어머니 한숨 소리가 네 귀에 들렸던 셈이지.

너는 절뚝거리는 다리로 선 채 다시 고맙다고 하곤 이랬던 것 같다.

"이쪽 봉우리 너머로 계곡이 있지 않습니까. 나무하러 그곳까지 한두 번이라도 가보셨다면 계곡이 아름답다는 건 느끼셨을 겁니다. 계곡을 따라 물이 흘러가며 곳곳에 탕을 만들어놓았는데 그 중 삼층폭포 아래 물이 많을 때는 하나의 탕이 되고 물이 적을 때는 두 개의 탕이 되는 곳이 있습니다. 보는 이에 따라 달리 볼 수 있겠으나 하늘나라에서는 그곳을 제일 좋은 탕으로 치는 모양입니다. 그곳이 바로 보름달이 뜨는 날 하늘나라 선녀들이 내려와 목욕하는 곳이지요. 보름날 밤 하루만 내려오니 날을 잘 맞춰 가보십시오. 선녀들은 날개옷을 벗고 물속으로 들어갑니다. 그때 눈에 띄지 않게 재주껏 한 벌을 감추세요. 그 날개옷이 없으면 선녀들이라도 하늘로 올라가지 못할 겁니다. 옷을 찾지 못한 선녀는 남을 테고, 나무꾼님은 그 선녀를 잘 달래어 보십시오. 우선 집으로만 데려가면, 그 선녀는 이 땅에서는 천애 고아나 다름없으니 오래잖아 혼인을 허락할 겁니다."

나는 그때 네가 하는 그 소리가 무슨 소리인지를 제대로 알아챌 수가 없었어. 무슨 어려운 문제를 내는 소리여서가 아니라 꿈같은 소리더라 이 말이야.

꿈결에서나 들을 법한 그 소리가 내 정신을 번쩍 들게 한 것은 마지막 순간이었지. 네가 덧붙인 이 한마디 때문이었지.

"나무꾼님, 이것 하나는 명심하세요. 아이 셋을 낳을 때까지는 무슨 일이 있어도 날개옷을 내주면 안 된다는 것 말입니다."

*

아이 셋을 낳을 때까지는 무슨 일이 있어도 날개옷을 내주면 안 된다.

명심하라던 그 소리를 듣는 순간, 꿈같은 얘기가 내 일로, 나한테서 이루어질 수도 있는 일로 단박에 바뀌는 느낌이 들었다고 해야 할 것 같다. 이상하게도 그 소리를 듣는 순간 그렇게 되더구나.

보름날이야 어머니도 나도 다 손쉽게 셈할 수 있는데 나는 딴전을 피우며 때때로 확인하곤 했어. 애타게 기다렸단 소리지. 보름날이긴 한데 날 흐려 달이 나오지 못해도 선녀는 어김없이 내려오는지 어쩌는지 하는 궁금증까지 일어났으니 어지간히도 애를 태웠단 소리지. 층층폭포를 미리 확인해 놓은 것도 물론이었고, 틀림없는 보름날인 그날 일찌감치 탕을 내려다볼 수 있는 곳 바위 뒤에 자리 잡은 것도 물론이었지. 전에 이미 너한테 한 번 했던 이야기다만 그냥 들어다오. 그때는 다른 급한 사정이 있어 대충 이야기했다만 오늘은 좀 더 상세하게 이야기하마. 기억을 떠올리면 모두 다 어제나 그제 일 같아진다.

내가 옷가지 한 벌까지 챙겨간 건 이제야 털어놓는 것이겠구나. 그래, 선녀에게 입힐 옷 한 벌까지 챙겨서 나는 그곳에 갔느니라. 날개옷을 잃어버리고 어찌할 바 몰라 할 선녀에게 몸 가릴 뭐라도 내놓자면 준비해야겠다고 그동안 생각해놓았던 것이지. 온갖 계산을 하고 상상을 하느라 내 가슴은 한참 전부터 쿵쾅거렸지. 보름달이 하늘 한가운데 환하게 떠올라 어디에도 가로막히지 않고 탕을 환하게 밝혀놓는 시각이 되기 전까지 온갖 계산과 상상을 하느라 가슴은 연신 두방망이질이었단 말이다.

폭포 아래 탕이 한순간 보석을 뿌린 듯이 환해진 순간!

내 입은 절로 딱 벌어졌고, 선녀가 내려온다면 바로 이럴 때가 아니겠는가 하는 생각도 번뜩 들었고, 그리고는 아나나 다를까, 하늘에서 너울너울 춤을 추듯 선녀들이 내려오고 있었지. 바위에 딱 붙어 지켜보던 나는 그때 제대로 숨도 못 쉬었을 것이야.

그날 네가 일러주고 또 짐작한 대로 일이 풀려나갔다. 그리해 내가 혼자 남아 울고 있는 선녀와 마주할 수 있었다만 그때까지는 한참 시간이 걸려야 했지. 다섯 명의 선녀가 탕 주변의 너럭바위에 내려앉았는데, 뒷날에야 아는 것이지만 두 집의 처자들이 함께 내려온 것이더구나. 내 아내가 된 선녀들 쪽은 세 자매였지. 나머지 둘은 이웃집 처자들이었고.

처음에야 뭐 그런 게 눈에 띌 리가 없지. 선녀들은 어디 그냥 산골 처자들처럼 찧고 까불며 한참을 뭐라고 뭐라고 이야기를 나눠. 나는 오로지 날개옷만 생각하고 있는데 목욕할 기미가 좀체 안 보이더라고. 그 선녀들은 목욕도 목욕이지만 그렇게 모여 앉아 이야기꽃을 피우는 것도 큰 즐거움이었나 봐.

드디어 선녀 하나가 날개옷을 스르르 벗기 시작하더라고. 앞서거니 뒤서거니 다른 선녀들도 날개옷을 벗어. 그리곤 나뭇가지나 바위에 옷을 걸쳐놓곤 물속으로 들어가는 것이야. 멀찍이서 처자가 물에 들어가는 그림자만 봐도 한순간 가슴이 설렐 텐데 그때 나야 오죽했겠나. 달빛이 비껴 들어오긴 했어도 탕은 별나다 싶을 정도로 환했거든. 나는 그냥 바위와 한몸이 되어 있었다고 해야 할 거야. 내가 몸을 숨기고 있는 바위도 금방 환히 달빛에 드러나고 그러면 선녀들이 수풀에 숨었다 솟구쳐 오르는 새들처럼 날아가 버릴 것만 같았거든. 물장구치는 소리 사이로 또 까르르 웃음을 터뜨리는 소리가 들려와.

내가 슬금슬금 움직이기 시작한 것은 한참이나 시간이 흘러서였어. 너무 긴장해서인지 이상하게도 그때 나뭇가지에 걸린 걸 걷어왔는지 바위 위에 걸쳐놓은 걸 걷어왔는지 하나도 기억이 안 나. 어쨌든 소리가 안 나도록 천천히 움직여 날개옷을 가지고 원래의 바위 뒤로 돌아왔을 때는 땀에 흠뻑 젖어 있었지.

달이 다른 산봉우리 쪽으로 기울고 환한 달빛 대신 요란한 폭포 소리가 주변을 가득 채우고 있다 싶을 때쯤 해서 선녀들은 탕에서 나오더군. 그때까지도 나는 바위와 한몸으로 숨죽이고 있었지.

너럭바위 위에서도 까르르 웃어대는 소리가 나오고 이어 흩어져 제각기 옷을 찾아 입는다 싶더니 드디어 옷이 안 보인다느니 잘 찾아보라느니 하는 소리가 나왔어.

탕에서 나온 뒤로 주변을 두리번거린다 싶던 선녀가 있었어. 내가 혹시 싶어 지켜봤던 그 선녀가 역시나 옷을 입지 못한 채 당황해 하더군. 별 대수롭잖게 대꾸하던 다른 선녀들도 이게 웬일이냐고 걱정을 하기 시작해. 주변을 함께 찾아보기도 하고 말이야. 그런데 돌아갈 시간이 다 되었는지 먼저 두 선녀가 하늘로 날아오르더군. 삼 남매의 두 언니가 막내의 옷을 찾아 주변을 뒤졌으나 끝까지 함께 할 수는 없는 노릇이었나 봐.

너럭바위에서 몸을 솟구친 채로 두 언니는 어떻게 하느냐고 안타까워했지. 그렇지만 두 언니마저 떠나가고 마침내 혼자가 되자 막내는 울음을 터뜨리더구나.

선녀가 탕을 제법 벗어난 데까지 뒤지고서 털썩 주저앉았어. 그때는 하늘이 희부옇게 밝아올 때였지. 내가 몇 번이나 틈을 보다가 그 선녀 앞에 나선 것은 새삼 다시 엉엉 울어대고 있을 때였는데, 그때는 이미 해가 산봉우리를 넘어와 이슬이 다 사라진 뒤였어.

"이 깊은 산중에 웬 처자요?"

눈길을 바로 보내지 못하고 내가 말했지. 나는 흠칫하고선 웅크리는 선녀에게 무서워하지 말라고 하고선, 전날 약초를 캐러 나섰다가 이쪽 골짜기로 넘어오는 길이라느니 어쩌느니 하는 소리를 정신없이 지껄였을 것이야.

"지난밤에 하늘나라에서 내려왔다가 날개옷을 잃어버려 혼자 남게 된 처자이옵니다."

이윽고 그 선녀가 그런 소리를 하더구나. 드디어는 나도 우선 우리 집으로 가서 차차 돌아갈 길을 생각해보자고 권하게 되었지. 다 계산한 소리를 하는데도 얼굴이 뜨거워지더구나.

그리고 나는 산중으로 이틀씩 사흘씩 다니다 보니 여벌옷이 있다며 내 옷을 내놓았지.

*

산 능선을 둘이나 넘어 집으로 돌아가 나는 어머니께 적당하게 둘러댔어.

내 서툰 거짓말을 따지고 들지 않고 어머니는 그 당장에 혼자서 두 손 모아 산봉우리를 향해 절을 하시더군. 선녀야 무슨 뜻인지 모를 행동이었지만 나야 다 짐작할 수 있는 일이었지.

"드디어 너한테 색시가 생길 모양이다. 어떤 일이 있더라도 붙잡도록 해라."

이건 나와 따로 있게 되자 어머니가 하신 말씀이다. 나도 그걸 어찌 모르겠느냐. 그렇지만 그 당장에 내가 나설 수는 없었지. 나는 한 달은 기다릴 작정이었어. 집으로 오는 길에 나는 선녀에 게 다른 선녀들이 날개옷을 가지고 내려올 수도 있지 않겠느냐 고 했어. 위로랍시고 한 그 말에 선녀는 분명하게 고개를 내젓더 군. 하늘나라에서는 그동안 선녀들이 땅으로 구경 다니는 일을 눈감아 주긴 했지만 탐탁하게 여기진 않았대. 여벌이 있는 것도 아닌 날개옷을 잃어버린 건 선녀로서 큰 잘못이래. 선녀는 자기 가 땅에 남게 된 것을 죄에 대한 벌로 생각하는 눈치였어. 그런 선녀였지만 다음 보름날이 되자 나보고 층층폭포 아래 탕까지 동행해 달라고 하더군. 선녀가 내 아내가 되기로 마음먹은 것은 그곳에 다녀온 다음이었지.

하늘나라 선녀라는 걸 알 리 없는 어머니는 그동안에 처녀의 곤란한 처지를 깊이 캐묻지 않는 대신 다 살 길이 있을 것이라는 말을 틈나는 대로 했어. 살길이라는 게 나하고 혼례를 올리는 것 임을 굳이 숨기지 않을 때도 있었어. 한 달 만에 다시 찾아간 층 층폭포 아래에서 제가 지은 죄를 확인한 선녀는 어머니에게 여 러 번 종용 받았던 답을 마침내 나한테 내놓은 것이지.

며칠 뒤에 나는 선녀와 혼례를 올릴 수 있었어. 신방에 들었을 때 선녀는 이러더군.

"제가 오갈 데 없는 신세이면서도 어머니의 권유에 오래 가타부타 답을 하지 않았던 것은 나무꾼님이 짐작하시듯 나무꾼님이 가난해서도 무식해서도 아닙니다. 이곳은 저에게 하나부터 열까지 낯선 곳입니다. 이곳에서 제가 잘살아갈 수 있을지 자신이 없었던 것입니다. 그동안 저는 내내 그 걱정만 했습니다. 하늘나라로 못 돌아가는 신세가 슬프기도 했고요. 목숨을 끊지 않을 거라면 이제 이곳에서 살아야 할 운명임을 받아들였습니다. 그러니 그동안 혹시 품었을지도 모를 서운함은 내려놓으시고 저를 이곳의 풍속에 따라 신부로 맞이해 주십시오."

나는 감격했지. 앞뒤도 잘 정돈하지 못한 채 나는 주워섬겼지. 그저 아무 걱정 말라고, 하나부터 열까지 다 잘 알 수 있도록 도와줄 것이라고, 어머니 모시고 오래오래 함께 살자고. 말은 뒤죽박죽이었지만 내 마음을 따뜻하게 담아 한 말이었어.

나무꾼은 그렇게 해서 선녀를 아내로 삼았다. 호사의 시작이었지.

가난한 살림살이를 남김없이 까발리는 게 부끄러웠으나 머리 맞대 서로 의논하고 부지런히 일을 했다. 첫 아이를 가져 선녀의 배가 불러올 때 나는 하늘로 두둥실 떠오르는 기분이었지. 선녀 아내야 수다스럽게 뭐라고 하진 않았지만, 입가엔 분명히 웃음이 걸려 있더구나. 첫 아이가 태어나고 둘째 아이도 태어났어.

딸 하나에 아들 하나가 자라면서 뒤집고, 기고, 서고, 이윽고 아장아장 걷는 동안 우리 집에서는 웃음소리와 박수소리가 이어졌지. 어디 부잣집에서는 맛난 음식 냄새와 아랫것들 다스리는 호령 소리가 아무리 길어도 닷새를 넘기지 않고 이어지듯이 말이다.

날개옷을 숨긴 일은 평생을 가슴에 묻어두어야 할 비밀이었다. 너는 아이가 셋 태어나기 전까지는 절대 털어놓지 말랬지만 나는 평생 그럴 작정이었어. 셋째 아이가 금방 생기지 않는 것에는 신경도 쓰지 않았지. 그런데 그 일을 어찌해 나는 스스로 털어놓고 싶은 생각을 하게 되었을까? 가난뱅이 남편이 달리 자랑할 게 없어서 그걸 자랑거리로 삼고자 했던 것일까? 그즈음은 선녀의 얼굴이 볕에 타고 손발이 거칠어진 것에 내 마음이 많이 쓰이던 때였어. 내가 그리 생각한 때문인지는 모르지만, 선녀의 얼굴에 때때로 그늘이 드리우는 듯도 했지. 어리석게도 그때 나는 뭐로든 선녀를 기쁘게 해주고 싶었을 것이다. 그랬을 것이야.

이제 와 따져 무엇 하겠느냐. 네 당부를 어기고 그만 날개옷 꺼내 보이고 만 것을. 놀란 선녀에게 나는 너와 내가 처음 만난 날을 이야기했다. 화살에 맞고 쫓기던 너를 내가 구해준 것과 네가 은혜 갚는다며 나한테 해준 말까지 말이다.

그쯤 이야기하니 선녀는 더 이야기하지 않아도 좋다더구나.

다 지나간 일이라며, 자기는 날개옷 구경만으로 만족한다더구나. 너무 원망은 말아 달라며 나는 하늘나라가 그리울 때면 언제든 꺼내 구경하라고 했어. 그리고 그걸 아내 손에 넘겨주었지.

뒷날에야 알게 되는 것이지만, 그때는 선녀도 자기가 그 옷 입고 다시 하늘나라로 올라가게 될 줄은 몰랐다더구나. 그런데 그걸 가끔 꺼내 입어보게 되면서는 하늘나라 부모와 형제 생각으로 가슴이 먹먹해지곤 한 모양이야. 하루는, 마침 보름달이 뜬 하루는 날개옷을 입었다가 밖이 환한 것을 깨닫고 마당으로 나와 빙글빙글 돌아보았지. 그러다 갑작스레 도저히 참을 수 없게 되었던 것이야. 방으로 들어온 선녀는 잠에 곯아떨어진 첫째와 둘째를 각각 한 손에 안고는 다시 마당으로 나와 하늘로 둥실 떠올랐지.

내가 번쩍 눈을 뜬 것은 어머니의 놀라 외치는 소리를 듣고서였다.

*

층층폭포 아래로 달려간 것은 너를 다시 만난 다음이었지.

달빛을 받으며 하늘로 떠오른 채 아내와 두 아이가 얼마를 머뭇거리다가 가뭇없이 사라지는 것을 본 뒤 나는 땅에 주저앉았지. 그 뒤 며칠 땅을 치며 후회했고, 그동안 밥 한 숟가락 뜨지 않은지라 결국은 몸져눕게 되었는데, 어머니가 너를 찾아보라고 하기도 했지만 나도 달리 매달릴 곳이 없는지라 차츰 정신을 차리면서는 그리 생각해 둔 터였지.

봄부터 여름까지 산속을 헤매고 다닌 끝에 너를 만났다. 그때 이미 너는 뿔이 보기 좋게 나 있었지. 뿔이 자라났더라도 내가 너를 못 알아볼 리 없지. 살려달라고 할 때의 네 눈빛, 보답하겠다고 할 때의 네 눈빛을 마음에 담아두었으니. 그동안의 일을 다 듣고서 안타까워만 하는 너에게 나는 무슨 수가 없겠느냐고 매달렸지. 너는 당부를 왜 귓등으로 넘겼느냐고 새삼 탓하진 않았다만 고개를 절레절레 내저었어. 이제 선녀가 더는 내려오지 않는데 어쩔 수가 없지 않으냐는 뜻이었지. 그런데도 나는 그때, 내가 다 죽게 되었으니 제발 살려달라고 했다.

너는 그 소리에 마음이 움직였느냐? 마뜩한 낯빛은 분명히 아니었다만 너는 이런 말을 흘렸어.

"두어 해 전 지나가다 보니 두레박이 내려오더군요. 선녀들이 내려오지 못하는 대신 두레박을 내려 물을 길어 올리나 봅니다. 선녀들에게는 잊을 수 없게 좋은 물인 모양입니다. 때는 보름날 밤입니다. 보름날 밤 커다란 두레박이 내려오면 그걸 타고 하늘나라로 올라갈 수 있을는지 어쩔는지요. 아, 편지는 보낼 수 있겠지요. 그곳에서 제대로 받아줄지는 장담 못 할 일입니다만. 해 보자면 그것까지는 해볼 수 있겠군요. 소식이라도 주고받을 수 있으면 참 다행일 텐데…….”

너는 그렇게 소식 주고받을 방법 정도를 알려주었지.

하지만 나는 그 당장 두레박을 타고 하늘나라로 올라갈 작심을 했단다. 하늘나라 선녀가 우리 집에 와서 나무꾼과 부부의 인연을 맺고 살 수 있었으니 나무꾼이 하늘나라에 올라가기만 한다면 그곳서 못살 법도 없다 싶었지. 아니, 그때는 뭐 그런 것 따질 정신이 없었겠는데 그래도 나는 하늘나라로 갈 작정이었어.

보름날 밤, 나는 층층폭포 아래로 달려갔어. 그곳을 비추는 달빛은 예전만은 못했지만 환하더구나. 선녀들이 내려왔을 시각 때쯤이라 짐작되는 때, 아니나 다를까, 하늘에서 정말로 두레박이 내려오더구나. 아주 큰 두레박. 나 하나 올라타는 건 문제 없을 만큼 컸어. 하늘에서 줄을 움직이는지 두레박이 춤을 추는 듯하더니 물을 그득 담아. 그리고는 쑥 올라갈 태세야. 나는 그때를 놓치지 않고 두레박에 올라탔어. 두레박은 높이높이 올라갔지. 먼저 층층폭포가 아래로 내려다보이기 시작했고 이윽고는 물이 많아 크게 하나가 된 탕이 아슴아슴 멀어져 종지만 해지다가 사라졌지.

탕이 작아져 사라진 뒤부터인지 두레박이 구름을 뚫고 올라간 다음인지부터 나는 기억을 할 수가 없어. 두레박을 힘줘 붙들고 있긴 했다만 정신을 잃었던 것이겠지.

나는 내 아내인 선녀와 두 아이가 내려다보는 가운데 깨어났어.

두레박에 담겨 올라온 나를 그곳에서는 목숨을 버리려다가 탕의 물과 함께 올라온 것으로 생각했나 봐. 그렇지 않았다면 나는 그곳에서 살 수가 없었지. 하늘나라의 법도란 지엄해. 내가 생각한 것처럼 어찌해볼 수 있는 일이 아니더군. 그런데 우여곡절이 있긴 했어도 다행히 나는 그곳에서 한 가족을 이뤄 살 수 있도록 허락받았어. 물론 나는 아내와 두 아이에게는 무슨 일이 있어도 다시 만나겠다는 작심으로 두레박에 오른 일을 털어놓았지. 그리곤 그날 다시는 헤어지지 않을 것이라 다짐도 했구나.

하늘나라라도 구름 위에 떠 있는 세상이 아니야. 사람 세상처럼 땅으로 된 세상이었어. 그곳에서도 먹고살기 위한 일을 해. 그러나 이 세상만큼 고생해야 하지도 않고 또 욕심을 부리지 않아도 되었어. 대신 그곳 사람들은 마음을 밝고 맑게 하고 격한 감정에 휩쓸리지 않도록 잔잔하게 다스리는 것에 많이 신경을 써. 어려운 처지의 것들에 남모르게 도움 주는 일을 중히 여기기도 해. 한때는 땅의 사람들에게 도움 주는 일을 많이 했다지. 그때는 하늘과 땅 사이에 서로 오가는 일도 제법 있었다더구나. 그러나 여러 부작용이 일어난 모양이야. 땅에서나 맞을 풍속이 별난 오락거리처럼 하늘나라에 퍼지고 했다지. 즐거움도 그곳에서는 그윽한 것이던데 말이야. 한편 땅에서는 하늘의 권위와 힘을 사칭하는 자들이 나타났어. 그리해 제 욕심을 차리는 자들. 그런 자들이 빈번하게 나타났어. 고심 끝에 하늘에선 문을 닫자고 결정했다지. 그곳에서 살면서 차차 알게 된 일들이다. 차차 알게 된 일들.

당장은 식구가 다시 모여 살게 된 것에 온통 마음이 가 있었지.

하늘나라에서 식구가 다시 모여 살게 된 것도 호사였다. 웃음소리와 박수소리 연방 터져 나오는 나날이었다. 선녀 아내와 나무꾼인 남편 사이에 셋째 아이가 아들로 태어나기도 했지.

그 셋째 놈이 태어남으로써 나는 우리 가족이 다시는 헤어지는 슬픔을 겪게 되지는 않으리라 단단히 믿었다. 그곳에서는 가난뱅이 나무꾼의 살림과는 비교가 안 되게 풍족하게 먹고 입을 수도 있었으니 나는 날개옷을 내놓는 실수를 꼭 나쁘지만은 않은 실수라고 때로 생각하게도 되었지.

그러나 행복한 나날은 어머니를 애써 지워놓은 다음에 가능한 것이었어. 웃음소리와 박수소리에 꽤 오래 덮어놓을 수는 있었지만 내가 영영 어머니를 잊을 수는 없는 일이더구나. 나는 젊어서 혼자된 어머니의 지극정성으로 살아남은 외동자식이었지. 한번 태어난 세상에서 허무하게 일찌감치 죽거나 버려져 거지로 떠돌지 않을 수 있었던 것은 자신의 배는 곯으면서도 나를 먹여주고 자신의 누더기는 기울 새도 없이 내 옷을 지어준 어머니 덕이었지. 잊고 있던 어머니가 드디어 기억나는 거야.

외딴집에서 어머니는 아들인 내 생각에, 또 선녀 며느리와 눈에 넣어도 아프지 않을 손주들 생각에 가슴이 도려내지는 듯한 슬픔에 젖어 하루하루를 보내고 있었어. 사슴아, 사슴아. 너는 아는지 모르겠다만, 하늘나라에서는 이곳 사람 세상의 일을 마음만 먹으면 알 수가 있더구나. 속속들이 다는 아니라도 거의 다 알 수가 있어. 날이 바뀌고 철이 바뀌길 몇 번이었느냐. 그만큼 애태웠으니 이제는 죽어서 돌아올 수 없게 되었겠거니 생각하면 좋을 텐데!

여전히 이 아들 생각이야.

*

하루는 이런 소리까지 들려.

정말 외딴집에서 어머니가 하시는 소리가 하늘까지 들려오는 건 아니겠으나 나한테는 어머니가 하는 말이 들렸어. 하늘나라는 그런 곳이더라고.

아, 하루는 어떤 소리가 들렸느냐 하면, 이런 소리였어.

"올가을엔 유난히 호박이 잘 익었다. 그런데 이 호박을 타도 너에게 먹일 수가 없구나. 아범아, 나는 너한테 호박죽 한 번만 더 끓여 먹이면 원도 한도 더 없다. 그러니 꼭 돌아오려무나."

그런 소리까지 들었는데, 내 얼굴에 근심 걱정의 그늘이 덮이지 않을 리 없지. 아내가 무슨 걱정하는 일이 있느냐고 묻더군. 나는 무슨 소리냐고, 그냥 피곤해서 잠시 멍하니 있었던 모양이라고 둘러댔지. 그러나 끝까지 숨기지는 못했지. 아내가 거듭 캐묻던 하루는 결국 이렇게 털어놓고 말았거든.

"어머니가 이 아들 걱정으로 아직도 애를 태우고 계시는구려. 내가 이미 하늘나라에서 살기로 다짐한 몸인데 내내 어머니와 함께 살 수는 없다는 것 잘 아오. 그냥 한 번만 뵙고 싶구려."

그때 아내는 한숨을 폭 내쉬더구나. 그리고는 하늘나라에서 다시 가족이 만나 산 지도 오래인지라 다녀올 길이 없다는 것이야. 나는 알았다며 고개를 끄덕였지. 내가 헛말을 했다고, 다시는 그러지 않겠다고 했어. 말은 그렇게 했다만 나는 근심 걱정을 더 두껍게 얼굴에 덮어썼고 만사에 흥을 내지 않았어. 하늘나라에서 내가 풍족하게 먹고 입었다고 했지만 사실 그곳에서는 여기만큼 먹을 것과 입을 것을 위해 애를 쓰지 않아도 되고 또 크게 욕심부리지 않아도 되는 곳이었어. 그러니 일이라는 것은 내가 보기에 놀이와 비슷했어. 그렇지만 그곳에서 만사에 흥이 나지 않는 경우라면 괴로운 노릇이지. 차라리 배곯고 헐벗은 게 훨씬 나을 정도로.

보다 못한 아내는 드디어 방도를 생각해보자더군. 하늘나라 임금님 마구간에 있는 용마 이야기를 꺼내더라고. 잠시 내려갔다가 오겠다면 용마를 빌릴 수 있도록 부탁을 해보겠다는 거야.

그 소리를 듣고 나자 내 가슴에서 묵직한 뭔가가 빠져나갔어. 참말로 오랜만에 제대로 숨을 쉴 수 있게 되더구나.

그리고 아내는 이런 당부를 했지. 그건 내가 용마의 잔등에 올라탔을 때 다시 하는 당부이기도 해.

"하루를 내려가 계실 수 있는 것도 아닙니다. 겨우 밥 한 그릇 먹을 만큼의 시간밖에 머물 수 없다는 것 명심하서요. 어머니를 뵈면 절을 올리고 안아라도 드려야겠다 싶겠지만 절대로 말에서 내리지 말고 곧 돌아오셔야 합니다. 땅에 발을 디뎌선 안 된다는 말씀입니다. 꼭이오."

아내의 당부는 그사이 나도 어느 정도는 알게 된 그쪽 세상의 철칙을 바탕으로 한 것인 듯했네. 하늘과 땅은 이어져 있으며 아주 크게 보자면 하나의 세상이라고도 할 수 있으나 그렇다고 해서 두 세상을 함부로 넘나들거나 간섭해 어찌 해보려 해서는 안 된다는 것이지. 그랬다가는 당장 좋을지 모르지만 결국 두 세상 모두에 도움이 되지 않는다는 것이지. 그동안의 일을 통해 하늘나라에서는 철칙으로 삼게 된 생각이었어.

아, 용마란 놈은 힘이 대단하더구나. 하늘나라 큰문을 나서 벼랑으로 뛰어내리듯 훌쩍 몸을 날린다 싶었는데 어느새 날개를 펼쳐 바람을 타더군. 두레박을 타고 올라올 때 내가 까무러친 것은 거센 바람에 흔들려 그리되었던 것이겠다 싶게 바람이 거세. 그런데 그 바람을 유유히 타며 훨훨 나는 거야.

용마가 몇 번 더 날갯짓하자 상상봉이 보이고 우리 집 이 오막살이가 보였지.

우리 집 이 오막살이…….

이야기는 아직 얼마 더 남았다. 가파른 비탈이 버티고 있는 듯하구나. 그래도 내 마지막 힘 모으면 해 떨어지기 전에 마칠 수 있을 것이다. 해도, 저 해도 내 이야기 듣느라 발걸음을 늦추어 주려나? 달은, 달이라면 틀림없이 내 이야기에 취해 쉬어갈 것이다.

돌아갈 길 걱정하지 않아도 되도록 하마.

*

어머니는 눈이 휘둥그레지셨지.

난데없이 웬 거센 바람이라도 몰아치나 싶어 방문을 열고 내다보시던 어머니는 용마가 마당에 내려앉는 동안에는 입마저 떡 벌리셨어. 놀랄 일이지. 말이 하늘에서 내려오는 것도 놀랄 일이고 그 말 잔등에 탄 사람이 하늘로 솟구쳤는지 땅으로 꺼졌는지 모르게 사라져버린 아들이라는 것을 알게 되었는데 어찌 놀라지 않을 수 있겠어.

어머니는 엉금엉금 기듯이 마당으로 나오셨고, 나는 목으로 차올라오는 울음을 참고 "어머니!" 하고 불렀지. 어머니가 내 왼 다리를 붙들고 일어설 때까지 어머니를 불렀지. 어머니는 내 다리를 만지며 이게 꿈이냐 생시냐 중얼거리셨어.

"어머니 잘 계시는지만 확인하고 돌아갈 작정으로 왔습니다. 오래 머물 수가 없답니다."

나는 그 소리를 먼저 했어. 그랬더니 그새 어머니는 어찌 된 일인지를 다 헤아렸는지 이러셨어.

"그래, 그래. 하늘나라로 올라갔구나. 나는 혹시나 산짐승한 테 채여 갔나 싶어 울었느니라. 혹시나 벼랑에서 떨어져 그 길로 목숨 잃어 못 돌아오나 싶어 또 울었느니라. 그런데 기어이 하늘 나라 올라갔다니 고맙기만 하구나. 내 아들 마음에 감응한 하늘 이 문을 열어주었구나. 고마운 일이로다. 고마운 일. 너는 꽃 같은 색시와 토끼 같은 자식 다 다시 만나 웃음꽃 피우며 살겠구나. 그럼, 그럼 됐다. 이 어미는 더 바랄 게 없다. 이제 죽어도 남은 한이 없어."

그때 이미 내 두 뺨으로는 눈물이 주르륵 흐르고 있었지. 나는 눈물을 훔치고 말했어.

"땅에 내려설 수도 없답니다. 어머니, 용서하세요. 이 아들 걱정은 그만 내려놓으시고 마음 편히 지내세요. 어머니, 혹시라도 어머니를 모시고 갈 방도가 있을지 알아보겠습니다. 이 아들이 하늘나라에 살도록 허락받았듯, 어머니도 허락받을 수 있을지 모르니까요."

그 순간에 나는 꼭 가능한 일인 듯 느껴져 그렇게 어머니께 말씀드렸어. 그때 어머니는 아무런 대꾸를 하지 않고, 어서 밥상 차리겠다는 소리만 황급히 끄집어내시더구나. 나는 선녀 아내가 밥 한 그릇 먹을 참 정도밖에 머물 수 없다고 한 소리를 떠올리고 하늘의 법도가 참 매정하다는 생각이나 새삼 했어.

"어머니, 해놓은 밥 있으면 한 그릇 먹겠습니다. 밥 한 그릇 먹을 참밖에 머물 수 없다는 소리를 듣고 왔습니다."

어머니가 아궁이에 불을 지필 기세였거든. 나는 밥은 먹지 않아도 좋으니 그냥 부엌에서 나오시라고 했어. 어머니는 그 말을 들을 분이 아니었지.

그리해 나는 어머니가 차려온 밥상을 받아 밥 한 그릇을 먹게 되었구나. 말에 탄 채로 말이야. 그런데 그때도 어머니는 부엌에서 바삐 움직였어.

먼 길 가는데 배라도 불러야 한다고 중얼거리시던 어머니가 다시 차려온 것은 호박죽이었어.

용마가 머리를 끄덕이며 히이힝 울어대는 것은 분명히 떠날 때가 다 되었다는 신호였다. 나는 조금만 기다려달라고 달랬지. 어머니한테는 이만 가봐야 한다는 소리를 하면서도 말이야. 그러는 사이에 어머니는 다 됐다, 지금 나간다, 하는 소리로 나를 붙드시다가는 기어이 호박죽 한 그릇을 차려 나오셨어.

그때는 이미 용마가 발굽으로 땅을 긁으며 빨리 떠나자 채근하는 참이었어. 내가 밥 한 그릇을 비우는 동안 박을 가르고 속을 긁어낸 어머니는 그새 설설 끓는 죽을 한 그릇 아들 먹이려고 준비하셨던 것 아니냐. 용마에게 잠깐만 기다려 달라고, 얼른 이것만 먹고 떠나겠다고 하며 나는 그릇을 받아 쥐었어.

급한 마음 탓이었을까. 더는 늦출 수가 없게 된 용마가 금방이라도 날아오를 듯 움직여댄 탓이었을까. 어쨌든 나는 더 허둥댔고, 어머니께 뭐라도 한마디 더 하려 했고, 차려주신 죽은 죽 대로 먹으려 했고 그랬다. 그러다, 죽을 얼마 먹지도 못하고 그릇을 말 등에 떨어뜨리고 말았지 뭐냐!

*

이히히이잉!

말이 놀라 펄쩍 뛰어올랐고, 나는 손 쓸 틈도 없이 말 등에서 떨어지고 말았지. 이게 뭔 일이냐며 어머니가 내게 달려오시는 사이에 펄쩍펄쩍 뛰던 말은 금방 사이에 하늘로 날아올랐지. 무슨 일이 일어났다는 것을 어머니와 내가 눈빛으로 서로 주고받는 사이에 이 오막살이 위를 한 바퀴 돈 용마는 계단을 밟고 올라가듯 하늘로 오르더구나. 그리고는 점점 작아지더니 구름 너머로 사라져 버렸단다.

어머니와 나는 몇 날 며칠을 하늘만 쳐다봤다.

모든 게 못난 자신 탓이라며 어머니가 땅을 치기 시작했지. 그 소리 듣는 게 너무 가슴 아파 견딜 수 없어서 나는 혼자 층층폭포로 달려갔어. 층층폭포를 올려다보고 탕을 내려다보고 하며 며칠을 지냈다. 더는 선녀가 내려오지도 않고 두레박도 내려오지 않는 그곳에서 그냥 그대로 죽어버리자며 며칠을 보냈다. 그때는 너를 찾아볼 생각도 하지 않았지. 하늘 문이 이미 닫힌 걸 아는데 너한테 무슨 뾰족한 수가 있겠느냐며 매달리겠어. 그동안 날 위해 해준 것만도 이만저만 고마운 게 아닌데 뭘 더 바라.

그냥 그대로 죽어버렸으면 싶었다.

뭐라고?

아, 그랬구나. 그때 하늘 문이 정말 단단히 닫혔구나. 하늘 문이 닫히고 말자, 사람과 산짐승 사이의 말도 끊겼구나. 그동안 어느 정도는 말이 오갈 수 있었는데 이제 아예 통하지 않는구나. 그래, 언제인가부터 나무하러 가면 만나는 짐승들은 사냥꾼도 아닌 나를 보고도 내빼기만 바빴어. 여우가 어디로 다니는 모양이라고 일러줘도 토끼 녀석은 들은 척 만 척이고, 무슨 약초며 무슨 열매가 어디에 있더라고 나한테 알려주는 다람쥐 녀석도 보이지 않았어. 그게 다 하늘 문이 닫히면서 일어난 일이구나. 내가 어머니를 뵙고 오기로 한 뒤 아내인 선녀는 자기가 날개옷을 잃어버리고 돌아가지 못한 때 하늘의 문이 하나 닫혔다고 했어. 내가 용마를 타고 땅으로 내려갔다가 무슨 탈이 생기면 또 다른 문까지 닫혀 앞으로는 아예 서로 딴 세상으로 느끼며 살아야 할 것이라고 했지. 이것도 바로 그런 일의 하나구나. 내가 불러들인 일인데도 나는 그것도 모르고 있었구나. 아, 그때 층층폭포 아래에서 그냥 그대로 죽어버렸으면…….

오래 더 살았구나. 한때는 맘씨 고운 처녀 하나 보내달라고 산신령님께 늘 빌곤 하던 어머니. 내 그 어머니가 못 돌아가게 된 하늘나라는 잊고 아들이 새 장가를 갈 수 있게 해달라고 비는 소리를 하기 시작하셨지. 그때마다 내 가슴은 미어지다 못해 곤죽이 되다시피 했는데, 다행히, 다행히 그 소리는 한 해 정도만 하셨을 거야.

이제는 내가 마가목으로 만들어드린 지팡이 하나만 남았구나. 어머니가 돌아가시고 나는 또 얼마나 더 살았느냐?

*

아, 너를…….

내가 너를 다시 보는구나. 그 우람한 뿔을 다시 보는구나.

이 어슴새벽에 네가 다시 왔구나. 나는 때아닌 보름달이 이 오막살이를 비추는 줄 알았다. 무슨 까닭인지 모르지만, 나는 네 발굽 소리를 들어서가 아니라 한순간 주위가 환해지는 느낌에 눈을 떴다. 네 그 뿔이 횃불일 리 없는데 어찌 된 일인지 순간 환하더라. 따뜻하기도 했어. 그리고 네가 이 오막살이 마당으로 들어선 걸 알았다.

나는 마지막 자리로 방안이 아니라 이 평상을 택했다. 마지막 숨 놓을 때 하늘을 향해 누워 있고 싶었으니까. 이미 말했다만, 어쩌면 그렇게 죽으면 새가 될지도 모른다 싶어서 말이지.

내 소망은, 내 소망은…….

이 어슴새벽에 이슬 털어내며 이곳까지 네가 왔구나. 내 임종을 지켜주려고 말이다. 고맙구나, 고마워. 내가 지금도 숨을 쉬고 있느냐? 벌써 숨을 놓았느냐?

아, 기진하고 맥진하여 죽게 된 내가 이리 목소리를 높일 수 있다니! 이상하구나. 그렇다면 나는 몸뚱어리로서가 아니라 혼으로서 외치고 있는 것인지도 모르겠구나. 혼으로서 외치고 있는 것인지도 모르겠구나. 너는 알겠니? 내가 어찌 된 것인지 너는 알겠니?

너는, 너는 그 우람한 두 뿔 세운 채 가만히 나를 지켜만 보는구나.

지금 보니 네 그 두 뿔은 마치 이 금강산 같구나. 수많은 봉우리를 품고 상상봉을 하늘로 뻗은 금강산 같구나. 내가 나무를 하러 수도 없이 다녔고, 하늘나라 선녀를 만날 수 있었던 이 금강산 온갖 봉우리와 골짜기가 한눈에 다 보이는 것 같구나.

그래, 내가 지금 할 일은 정신을 모으는 일이겠어. 그렇겠어. 이미 숨을 놓았건 곧 숨을 놓게 되건 간에 오직 하나로 정신을 모으는 일이야. 땅을 치고 울 때 똘똘 뭉쳐진 그 혼을 잠시 정신 놓고 있는 동안에 허공에서 그냥 다 흩어지게 둘 수는 없는 일이지. 죽어서라도, 아니 죽어서 이루려 한 소망이 있으니. 그래, 지금 내가 전심전력으로 해야 할 것은 오직 하나로 정신을 모으는 일이야. 그래서 내가 소망한 일을 이루어야 해.

새가, 새가 될지도 모르지.

거짓말처럼 새가 될지도 모르지. 땅에 사는 이 못난 놈의 마지막 소망만은 하늘나라의 고운 내 아내가 이루어지도록 도와주려나 봐. 그럼, 내 혼이 새가 되어 날아오를지 모르지.

그리만 된다면, 그리만 된다면, 네가 지켜보는 동안 훨훨 날아 하늘나라 가까이까지 가볼 수 있을 터.

*

이미 숨을 놓았구나! 그렇구나!

때아닌 보름달이 비춰 환해지는 듯한 순간, 네가 우리 집 마당에 들어선 걸 깨달은 순간 그때 이미 나는 숨을 놓았구나. 마지막 숨을 놓았구나. 그리고 나는 훨훨 날아오르고 있는 것이냐?

훠얼 훨…….

분명히 너는 나를 올려다보고 있는 것이지? 그럼 나는 새가 된 것이구나. 이 소망만은 이루어진 것이구나. 어디만큼 날아올랐느냐? 금강산 상상봉만큼은 날아올랐느냐? 곧 그만큼은 쉽게 날아오르겠느냐? 그리고 끝내는 하늘나라 가까이 날아오를 기세가 느껴지느냐?

그런데 여기는 지붕 위가 아니냐? 가을이면 박이 몇 덩이는 반드시 덩그러니 앉아 있던 우리 집 지붕이 아니냐? 방금도 온 힘을 다 쏟아 날갯짓했다만 왜 그 자리에서 더는 날아오르지 못하느냐? 날개가 너무 작으냐? 아직 다 자라지 않아 힘이 모자라느냐? 힘보다 몸뚱이가 문제냐? 무거운 몸뚱이가 진짜 문제냐? 그래, 왜 이리 몸뚱이가 무거우냐?

아아, 새가 되어 하늘을 훨훨 날아보리라는 소망과는 달리 나는 수탉이 되었구나.

어슴새벽에 하늘로 길게 목 빼 울어대는 수탉이구나.

……꼬끼오!

나는 당신의
각시입니다

새여, 새여, 파랑새여.

　파랑새인 당신. 파랑새가 된 당신.

　감사댁 별당 정원 보리수에 날아와 울어댄 당신. 머리를 찧다가, 울다가 울다가, 혼절하기를 밤낮으로 되풀이하다가, 그만 숨을 놓은 당신.

　거짓말처럼 파랑새가 되어 이곳에 나타난 게 벌써 언제 일입니까. 당신을 알아보고서 이 각시가 속으로 울기 시작한 것도 벌써 언제 일입니까. 죽어 그 넋이 새가 되어 이곳에 찾아와 나를 불러낸 당신의 용기와 총기는 어디에 잃어버리고 이렇게 겁먹은 눈빛으로 어리둥절해 하시는지요. 나는 당신, 나는 당신의 각시입니다. 나도 새, 새가 되었습니다. 파랑새가 되었습니다. 당신 앞에, 이 보리수나무 가지에 날아와 앉았습니다.

저기, 저기에 당신 각시가 감사의 간병을 받으며 누워 있습니다. 맞습니다. 여기, 여기에도 당신 각시가 와 앉았습니다. 맞습니다.

새여, 새여, 파랑새여, 나는 틀림없는 당신의 각시입니다.

*

새가 되어서나 함께할 운명이었군요.

알았다면, 미리 알았다면 만나지 말 일이었습니다. 차라리 만나지 말 일이었습니다.

우리가 만난 그곳, 다시 묵정밭이 되었겠습니다. 당신은 누구네가 버리고 떠난 지도 오래인 밭을 일구러 그 산비탈에 찾아 왔지요.

그날은 밭의 흔적이 제법 돋아 오른 날이었습니다. 며칠째 당신이 그곳에 주먹밥 가지고 왔으니까요. 당신은 산골에서 홀어머니와 함께 사는 노총각이었습니다. 그 봄에 새삼 그 묵정밭 찾은 것은 다 까닭이 있었겠습니다. 옥수수 몇 말이라도 얻을까 해서라고 얼버무렸지만, 당신 마음엔 소망이 있었던 것이지요.

그러면서도 당신은 그 소리를 하였습니다.

"이 밭 일구어 얼마나 부귀영화 누리려나……."

한숨처럼 내뱉은 말이었습니다. 그 소리가, 일하는 중에, 땀이 흐르도록 일하는 중에 흥얼흥얼 콧노래 같은 것이 되었습니다.

"이 농사지어 누구랑 먹고살거나. 이 구슬땀 흘리고 돌아가면 집에선 누가 웃으며 맞아주려나."

가락이 붙은 그 소리는 완연한 콧노래였습니다.

콧노래 흥얼거리던 중 당신에게 무슨 소리가 들렸습니다. 당신은 어디서 바람이라도 부나, 바람이 수풀을 흔드나 하고 곡괭이질을 멈추고 살폈습니다. 귀도 기울였습니다.

"이 농사지어 누구랑 먹고살거나" 하고 수풀을 지켜봤습니다.

"이 구슬땀 흘리고 돌아가면 집에선 누가 웃으며 맞아주려나" 하고 주위를 둘러보았습니다. 바람에 수풀이 흔들리는 것도 아니고 누가 숨어 놀린 것도 아니었습니다. 제 그림자에 제가 놀라듯 제 소리가 마음속에서 메아리쳤나보다 생각했습니다. 그런데 느닷없이 이런 소리가 들려왔습니다.

"나랑 먹고살지요, 누구랑 먹고살려고요!"

*

산골 노총각의 한숨이 콧노래가 될 수는 있는 일이지요.

하지만 마음속에서 메아리쳐 그런 대답을 만들어낸다는 것은 아무래도 이상했습니다. 그래도 달리 생각할 수가 없었지요.

당신은 다시 곡괭이를 들었습니다. 자루 쥔 손에 힘을 주며 곡괭이질을 해나갔습니다. 그리고는 여태까지와는 달리 귀를 기울이며 콧노래를 흥얼거려봤습니다. 잠시 뒤 대답이 들려왔습니다. 분명한 사람 소리로 대답이 들려왔습니다.

"나랑 먹고살지요, 누구랑 먹고살려고요! 밥 지어 기다리는 각시가 웃는 낯으로 당신 맞이할 텐데요!"

멀찍이 떨어진 수풀에 몸을 숨겨서가 아니라 어디 가까이에서 분명한 사람 목소리로 가락을 넣어 하는 대답이었습니다. 당신은 곡괭이를 내려뜨리고 다시 주위를 둘레둘레 돌아보았습니다. 그리고는 허물어진 한쪽 밭둑으로 갔습니다. 허공에 대고 누구냐고 물었습니다. 그 소리엔 아무 대답이 없었지요. 콧노래엔 대답했습니다. 분명한 호응이었습니다.

당신은 밭둑 곁 도랑의 우부룩한 풀 포기를 헤쳐보기 시작했습니다. 그리고 발견한 것은 우렁이였습니다.

우렁이가 분명한데, 크기가 어지간하게 큰 게 아니었지요. 당신은 눈어림으로 재보며 어른 주먹만 하다고 해야 할지, 두 손바닥 붙인 것만 하다고 해야 할지, 아니 아예 질그릇만 하다고 해야 할지 모르겠다고 혼자 중얼거렸습니다. 당신은 다른 누가 주위에 없는지 다시 살폈지요. 뛰는 가슴을 좀 가라앉힌 뒤엔 드디어 두 손으로 쥐었습니다. 두 손바닥에 올려놓고는 다시 한번 그 크기에 입을 벌렸지요.

그때는 주먹밥을 벌써 먹은 다음이었습니다. 하지만 그날 일을 다 하지 못했고 또 해도 기울지 않은 때였습니다. 그런데도 당신은 지게에 이것저것 올리고 집으로 돌아갔습니다. 마을 위로도 논과 밭이 있으나 당신의 그 묵정밭은 제일 골짜기 산비탈에 자리한 곳인지라 길도 제대로 나지 않은 곳을 거쳐야 했습니다. 불 지른 자리에 씨를 뿌려 농사짓던 누구네가 떠난 뒤로 당신 집은 마을의 제일 높고 또 외진 집이었습니다.

주먹밥 싸 온 보자기로 우렁이를 가리고 당신은 누가 볼 새라 서둘러 집으로 돌아왔지요.

이 각시가 당신 집에 든 것은 그렇게 해서입니다.

다, 기억납니다. 당신은 처음에 빈 물독 찾아내 바닥에 물을 깔고 우렁이인 나를 두려 했습니다.

물독을 뒤란이나 어디 한갓진 곳에 옮겨놓으려다 당신은 달리 생각했습니다. 이건 보통 우렁이가 아니란 생각을 했던 것이지요. 말하는 우렁이, 요술 우렁이, 당신 말에 대답하는, 함께 먹고 살자는 소리를 한 우렁이였으니까요. 결국, 당신은 나를 비단 주머니에 넣어 농 안에 감추었습니다. 당신 어머니 손이 닿지 않을 농 안 높다란 곳에 두었습니다. 그건 마치 보물을 숨기는 일과 같았다고 했습니다. 뒷날 당신은 내게 그렇게 말해주었지요.

그리고 무슨 일이 있었나요?

*

우렁이를 집으로 모셔다 놓은 다음 날.

당신은 그 산비탈 밭에 가서 일하다, 점심을 먹으려고 집으로 왔고, 방 안에 방금 지어 김이 모락모락 나는 밥에 반찬도 잘 차려진 밥상이 떡하니 놓인 것을 보았습니다. 당신은 그리 말해주었습니다. 점심을 먹으러 집으로 온 까닭은 사실 보물을 보기 위해서였지요. 그렇습니다. 그때는 당신이 이야기했는데 이제는 각시인 내가 이야기하는군요.

밥상은 어머니가 차린 것이 아니었습니다. 며칠 전부터 어머니는 아들 혼처 찾기가 막혀 답답한 마음 쏟아내다가 당신과 다투곤 몸 아픈 핑계를 대며 한동네에 있는 친정 쪽 일가붙이의 집에 가 지내는 중이었습니다. 집안 어디에도 어머니 돌아온 흔적이 없고 반찬은 재료부터 모양새까지 어느 것 하나 어머니 손에서 나오거나 어머니 손을 거친 것이 아니었습니다. 그 산골 마을에는 한 상 잘 차려 그렇게 보내줄 처지의 이웃도 없었습니다. 하, 이상하다 하면서도 당신은 점심을 잘 먹었습니다.

246

다음 날도 당신은 집을 나서기 전에 농 안의 우렁이가 잘 있는지 확인하고는 점심때 돌아올 테니 그때 보자고 했지요. 혹시라도 아무에게나 허튼소리를 하여 발각되는 일이 없도록 하라는 주의도 주었지요. 점심때 와 보니 밥상이 놓여 있었습니다. 역시나 잘 차린 밥상이었습니다.

그 이튿날, 당신은 이전보다 훨씬 일찍 집으로 돌아왔습니다. 당신이 밖에서 숨어 방안을, 그것도 농문을 지켜본 것은 밥상의 비밀이 혹시나 우렁이와 관련한 것은 아닌가 하는 설레는 추측을 한 까닭이었습니다.

당신 생각에 점심을 준비하기엔 늦지 않나 싶을 때, 드디어 삑 소리를 내며 농문이 안에서 밀리며 열렸습니다.

놀랍게도, 농 안에서 여자 하나가 나왔습니다.

*

그 여자는 당신 말로는 '예쁜 각시 하나' 였습니다.

당신도 다 기억할 겁니다. 그 여자는 부엌으로 가 쌀을 안친다, 도마질을 한다 하더니, 눈 깜작할 새인 듯 밥상을 차려냈습니다. 요술 방망이로 뚝딱 밥상을 만들 듯이 차려냈습니다. 앞서 산골 총각의 눈을 휘둥그레 하게 만든 바로 그 밥상이 방에 놓였습니다.

농 안에서 나온 예쁜 각시 하나는 밥상을 다 차려놓고는 다시 농 안으로 들어가려 했습니다. 숨어 있던 당신이, 숨죽이고 방문 틈으로 지켜보던 당신이 방 안으로 뛰어든 것은 그때였습니다. 예쁜 각시 하나와 산골 총각의 눈이 마주친 것은 잠깐이었습니다. 당신은 여자의 치맛자락을 붙잡았습니다. 무릎 꿇고 앉아 치맛자락을 붙잡았습니다. 아예 발목을 잡았습니다.

"나랑 삽시다. 이제 들어가지 말고 그냥 나랑 삽시다!"

산비탈 묵정밭에서 일하던 당신을 불렀고, 당신에게 안겨 당신 집까지 왔으나 나는 그렇게 당신이 벼락같이 달려든 통에 놀라 처음엔 뭐라고 했는지 제대로 생각나지 않습니다. 같이 살 수 없다는 소리까지 했다지요. 나랑 먹고살면 되잖으냐고 대답해놓고서, 호응해놓고서 그렇게 같이 살 수 없다는 소리를 해 당신 가슴을 덜컥 내려앉게 했다지요. 그때는 나도 정신이 없었습니다.

그리고는 기억합니다. 이리 말했던 것을요.

"당신과 내가 같이 살자면 좀 더 기다려야 합니다. 얼마만 참고 기다리면 때가 되니, 그때 혼례를 올리고 오래오래 같이 잘 삽시다. 나는 하늘에서 귀양살이 온 사람이라 생각해주세요. 우렁이의 몸으로 죄를 다 치러야 당신의 온전한 각시가 될 수 있습니다. 그때까지는 참고 기다려주세요."

당신은 그때 당신 집의 가난 때문에 그러느냐며 목이 멘 채 거듭 그냥 같이 살자고 보챘습니다. 당신 가난 때문이었다면 묵정밭 일구러 온 당신에게 나랑 같이 먹고살면 되잖으냐는 대답을 할 리가 없는 일이지요.

당신은 차차 내 처지를, 내 생각을, 내 계획을 이해해주는 듯했습니다. 그만큼 발목 잡은 당신 손에 힘이 풀렸을 때 내가 농문을 열고 들어가 버렸다면 일을 이렇게 그르치지는 않았을 터. 나는 당신의 목멘 소리와 눈물을 떨굴 것만 같은 두 눈망울에 머뭇대고 있었습니다. 하필 그때 어머니가 돌아와 방안의 영문 모를 소리를 들을 줄이야, 누가 알 수 있었겠습니까.

산골 노총각 한 풀어주면 하늘도 감복해 그 어떤 죄라도 사하여 주리라는 당신 어머니의 사설은 당신의 손에 힘이 다시 들어가게 했습니다. 끝내는 저를 그 방에 붙들어 매고 말았습니다. 죄가 사하여지리라는 말에 귀가 솔깃해서는 아닙니다.

"때가 되지 않았는데 혼례 올려 함께 살게 되면 슬픈 이별을 맞이하기가 십상입니다. 그러니 놓아주십시오. 때가 찰 때까지는 부디 참아 주십시오. 동지라도 지난 다음……."

그렇게 비는 소리까지 하였다는 것 당신도 잘 기억하잖습니까.

이번에 놓치면 다시 만나지 못할 각시라며 부추기는 어머니의 눈짓이 있었지요. 당신이 무슨 일이라도 감수하겠다며 내 손을 잡고서 한, 기뻐도 슬퍼도 함께 먹고 살자는 말이 있었지요.

나는 온몸의 힘을 빼고 말았습니다. 결국, 응하고 말았습니다.

*

당신은 나를 하늘이 준 각시라고 했습니다. 어머니는 옥황상제께서 보내신 며늘아기라고 했습니다.

이 각시가 도랑 수풀에 우렁이로 나타난 사연과 그 이치는 설명하자면 너무 복잡합니다. 아니, 천지간의 이런 일은 실상 제대로 설명해낼 수 없는 일입니다. 나도 낱낱이 다 설명하지 못합니다. 그래서 나는 하늘에서 인간 세상으로 귀양살이 온 것이라 했습니다. 그런 정도로 우선 알아주면 좋겠다고 했습니다. 당신은 내가 농에서 나와 밥상을 뚝딱 차리는 걸 보았으니 믿어 의심치 않았지요. 어머니도 비단 주머니에서 단출하긴 해도 혼수라고 할 만한 물품이 한참 나오는 걸 보고 두 손 모아 옥황상제께 감사해 했습니다.

어머니는 한참이라 했지만 비단 주머니에서 반지며 비녀, 신랑과 각시의 신이며 옷, 신방에 꼭 있어야 할 침구와 부엌을 잠깐 빛나게 한 몇 벌의 그릇과 수저가 나오는 데 그리 오랜 시간이 걸릴 리는 없었습니다.

그 비단 보자기에서 마지막으로 나온 것은 어머니 치마저고리 한 벌이었습니다. 어머니 주름진 얼굴이 환해지던 모습은 지금도 눈에 선합니다. 그건 마치 꽃봉오리가 한순간에 터지듯 활짝 피는 것 같았습니다. 옷이 날개라더니 오늘에서야 알겠다며, 이 두메산골에서도 옷이 날개라는 걸 알겠다며 어머니는 웃다가 울었습니다.

한 벌 치마저고리 입고서 어머니는 이웃으로 당장 자랑하러 가고 싶었을 겁니다. 함께 얼마간 울고 이 각시는 어머니께 당분간 며느리 얻은 일을 담 밖으로 알려선 안 된다는 당부를 했습니다.

당부는 당신께 더 단단히 했지요. 세상에서 다시 볼 수 없이 예쁜 여자를 각시로 삼게 되었다는 당신께 길이길이 함께 살자면 반드시 지켜야 할 일들을 알렸지요. 반드시 지킬 일이라느니 어쩌느니 했으나 그것도 실은 이 각시가 다 꿰고 있는 일도 이치도 아니었습니다. 때가 되지 않았는데 함께 사니 슬픈 이별의 수가 닥칠 수 있다, 대략 그런 정도로 알고 있었습니다. 당신께 한 당부는 어머니께 고스란히 전해졌습니다. 어떨 때 어머니가 이 며느리보다 더 조심하는 듯도 했습니다. 어쩌려고 이 환한 낮에 마당에 나와 서 있느냐, 밤이라도 달 밝은 날은 조심하여라. 어머니는 목소리를 낮추지만 급한 마음에 늘 큰 손짓 섞어 말했지요.

당신은 내가 바느질만 해도 충분하다고 했습니다. 부엌일도 당분간 하지 말았으면 하는 눈치였습니다. 그러나 그것까지 내 일이 아니라고 할 수는 없었지요. 당분간이라고 해도 말입니다. 이 각시가 차린 밥상을 받고 당신은 더없이 행복해했지요. 온종일 밭을 매고 논에 물을 대고 나무를 해도 힘이 들지 않는다고 했지요. 산골에 쉬운 일은 없었습니다. 하나같이 어려운데도 재미가 난다는 것, 신기한 일은 바로 그것이었지요. 그사이 묵정밭은 이랑과 고랑이 나뉘고 옥수숫대가 쑥쑥 자랐습니다. 이 각시가 당신과 밤 나들이라도 하는 곳은 딱 한 곳 그 밭이었습니다. 그해 새로 빌린 논에서는 벼포기가 탈 없이 자랐습니다.

쌀을 얻는 일이 그리 힘든 일인지 미처 몰랐습니다. 세상 이치란 확실히 겪어봐야 제대로 알 수 있는 것이었지요. 벼를 모판에서 미리 키워 모심기하는 것부터가 논일은 밭일과 달랐습니다. 물이 그득해야 논인 줄 알았는데 벼를 키우는 동안 물을 가득 대 놓기도 하고 가물 때처럼 바짝 말려놓기도 해야 하는 게 논일이었습니다. 어린 모가 물 없는 논바닥에서 뿌리를 힘껏 뻗기도 해야 나중에 쓰러지지 않는다지요. 또 싸라기가 없는 쌀이 나온다지요. 봄에서 가을까지 산골 초가삼간에서 지내면서 당신에게, 주로 밥상 앞에 앉은 당신에게 들어 알게 된 이치입니다.

그때는 그런 이치를 깨치는 것도 큰 재미였습니다.

*

옥수수를 먹는 날이 왔습니다. 어머니는 산비탈이나 마찬가지이던 묵정밭을 혼자 힘으로 멀쩡하게 일구더니 그예 알 굵은 옥수수를 수확해 왔다며 아들을 자랑스러워 했습니다. 마소와 같은 고생에 안타까움이 섞인 치하의 말을 한 끝에, 아니 벌써 며느리에게 눈짓을 보내어 한 솥 삶아보라고 하셨습니다. 처음 보는 옥수수를 나는 소금물에 잘 삶아냈고 우리 세 식구는 간간한 옥수수를 맛나게 먹었습니다.

옥수수 수확도 마무리한 즈음 매미가 울어대기 시작했습니다. 해 뜨기 전부터 요란스레 울어대는 소리에 어머니와 당신은 머리가 다 아프다고 했습니다만 나는 매미를 미워하지 말아야 할 이유를 알려드렸습니다. 벼 같은 곡식을 해치지 않고 이슬만 먹고 사는 매미는 신선과 같다는 소리를 해서 두 분을 잠시 멍하게 만들었습니다. 그런 이치는 어떻게 아느냐는 당신 말에 나는 절로 아는 것도 있다고 했지요. 그렇습니다. 세상살이에는 절로 아는 것도 있습니다. 물론 절로 아는 것이라도 속속들이 알자면 겪어봐야 하는 법이긴 하더군요.

매미 소리가 뜸해졌습니다. 땡볕 더위 기세가 아침저녁으로는 한풀 꺾인다 싶었습니다. 어느새 서늘한 바람이 불고 마당 한편에서 여름 내내 시퍼런 땡감만 툭툭 떨어뜨리던 감나무가 볼그레하게 익은 감을 달고 제철이 왔다는 시늉을 하며 나서는 듯했습니다. 그래도 그 철의 진짜 주인은 누런 나락이 익어가는 논이었습니다. 벼를 베고 타작을 해야 할 때였습니다.

일손이 많은 집에서는 벌써 타작을 해서 햅쌀로 밥을 지었다느니 하는 소식을 어머니가 물어오기도 했습니다. 햅쌀밥은 돌아가신 시아버지께 먼저 올릴 것이라 했습니다. 풍년 농사 느닷없는 비나 바람에 망치지 말아야 할 텐데 하고 두 손 모아 빌기도 했습니다. 그런 말을 어머니가 노래하듯 하던 즈음 당신은 남의 손 빌리기가 여의치 않으니 혼자 살살 시작하겠다고 작정했습니다. 온종일 논에 나가 있어야 할 터이니 각시가 차린 밥상 받는 게 최고 행복이더라도 어머니가 내다 주어야 할 형편이었습니다. 당신도 어머니도 다 수락한 일이었습니다.

예상치 못한 수가 끼어든 것은 어머니가 배탈이 난 날이었습니다. 아침에 뭘 잘못 먹었는지 배가 살살 아프다던 어머니는 그래도 다녀오겠다며 밥과 찬을 담은 광주리를 이고 마을 우물까지 내려가더니 부리나케 되돌아왔습니다. 광주리를 던지듯 이 며느리에게 안기고는 뒷간을 찾아가셨지요.

뒷간 들고나기를 두어 번 더 하는 사이 어머니는 낯빛에 핏기를 잃어버렸습니다. 아무래도 밥 광주리 이고 논에까지는 못 갈 형편이라며 어머니가 나를 쳐다보았을 때도 나는 내가 가본다는 생각은 못 했습니다. 어머니가 아무래도 며늘아기 네가 가봐야겠다고 했을 때 나는 한동안 말문을 열지 못했습니다. 마을 우물 쪽이 아니라 옥수수밭 쪽으로 가서 산길을 타면 저 아래 논일지라도 사람 눈에 띄지 않고 당신께 갈 수 있으리라고 어머니는 알려주었습니다. 밥 광주리 이고 갈 것 없이 그냥 말만 전해주면 되잖으냐고 덧붙였습니다.

일이 급하나 오늘은 집에 와서 밥을 먹어야겠다. 어머니 그 말을 전하러 결국 나는 산길을 탔습니다.

마음을 졸였으나 그날은 아무 탈이 없었습니다.

*

어머니는 자기 일을 되찾아갔습니다. 다음날 밥 광주리 나르는 일을 조금도 싫은 기색 없이 해냈고 당연히 자기가 맡아야 할 일이라고 했습니다.

탈이 난 것은 그 이튿날이었습니다. 당신이 일하러 떠난 뒤 어머니와 이런저런 일을 하다가 나는 점심밥을 지었습니다. 어머니 재촉에 늦었나 해서 불을 세게 땠던 모양입니다. 가마솥에 생각보다 밥이 많이 눌었습니다. 밥을 넉넉하게 했으니 세 사람 점심으로 크게 모자라지는 않을 듯했습니다. 나는 일이 그리된 걸 어머니에게 이야기하고 누룽지는 내가 먹겠다고 했습니다.

그날 어머니는 마을 우물에도 못 미쳐서 돌아섰습니다. 잰걸음은 아니었습니다. 담장 너머로 지켜보던 나는 밥 광주리에 뭘 빠뜨린 게 있나 하고 부뚜막을 살폈습니다만 그럴 만한 건 없었습니다.

"며늘아가, 내 오늘도 배가 아파 못 가겠구나. 아범이 불같이 화를 낼까 봐 아무 말 않고 있었다만 진작부터 배가 아팠다. 며칠 전처럼 요란스레 아픈 건 아니다만 가는 중에 분명히 탈이 날 듯해서 돌아왔다. 더 가다 탈 나면 어느 집에라도 찾아가 사정을 해야 하는데 그랬다간 며느리도 없는 신세 조롱당할 터. 오늘은 내 도저히 못 가겠다. 네가 대신 좀 갖다 주어라. 한 번이 힘들지 두 번은 그리 힘들 것 없다. 다들 제 일 바쁘니 논에 밥 나르는 아낙 유심히 살필 일 없다."

어머니는 이러고서 마루에 드러누웠습니다. 전에 없던 모습이었지요. 모습보다 더 전에 없던 것은 말투였습니다.

뭔지 화가 단단히 난 낌새였습니다. 며느리라고 얻어 놓고 이웃에 내놓지도 못하고, 집안일을 시키더라도 아들 눈치도 봐야 하는 까닭에 서운함이 있을 수 있는 터이니 그에 대해선 내가 늘 송구하게 생각한 일입니다. 그동안은 비록 아쉽고 서운하지만 감수해야 할 일이라고 충분히 이해하는 듯했습니다. 그날은 아니었습니다.

달리 방법이 없어 이 각시는 밥 광주리를 이고 산길을 탔습니다. 마을 아래로 내려서서는 행길을 얼마간 밟아야 하지만 잘하면 별난 눈을 피할 수 있으리라 믿어 보았습니다.

내가 걱정한 건 마을에 혹시 있을지 모를 별난 눈이었습니다. 마주치더라도 대개 누구네 사람이겠거니 하고 그냥 지나가겠지만, 꼬치꼬치 물어대거나 당신에게 찾아가는 나를 멀찍이서 다 지켜보고는 소문낼 사람을 걱정한 것이지요. 그 길에서 감사의 행차와 마주칠 줄이야 정말 몰랐습니다.

산길에서 벗어나 행길로 다가가던 중이었습니다. 이 산골 마을까지 온 감사의 행차는 벽제 소리로 기운차게 길을 열어가고 있었습니다. 행길에 사람이 있었나 봅니다. 몇 사람이 길가로 물러나 서는 모습이 멀리서 보이더군요. 어디 부근에서 일하다 구경거리라고 달려온 사람도 있는 듯했습니다.

"에라, 물렀거라! 에라 게 들어섰거라!"

행길의 사람들은 몸으로 물러서는 한편으로 마음으론 다가서고 있었을 겁니다. 뭐 죄진 자가 아니라면 말입니다.

당신 각시인 나는 인간 세상에서 죄진 일도 없는데 몸으로 마음으로 모두 물러섰습니다. 산굽이를 넘어설 틈이 없으니 가까운 골짜기 숲에 다급하게 숨어들었습니다. 무슨 나무 아래 풀덤불 속에 가만히 웅크려, 비켜 길을 열라는 벽제 소리가 멀어지기만을 기다렸습니다.

행차는 나아갔습니다. 벽제 소리도 저 위쪽으로 올라가는 게 분명하구나 싶었습니다. 얼마 뒤 벽제 소리가 끊기더니 행차가 멈추었습니다. 덤불 사이로 올려다보니 사람들이 내 숨은 쪽을 가리키는 듯했습니다. 가슴이 두방망이질 쳤습니다만 지세나 풍광을 살피거나 아니면 그저 잠시 쉬는 것이려니 했습니다. 그게 아니었습니다.

그때 감사는 내가 숨은 숲 쪽에서 서기를 보았다고 합니다.

통인도 자기는 보이는 게 없는데 감사가 상서로운 기운이 나오지 않느냐며 찾아보라 했다고 내게 말했습니다. 통인은 엉뚱한 명을 받았다고 생각했습니다만 감사의 분부를 따르지 않을 수 없었고 그 숲에서 덤불 아래 웅크린 이 각시를 어렵지 않게 발견했습니다. 지세를 살피거나 풍광을 살피는 게 아니란 걸 깨달았지만 나는 요행을 기다렸습니다. 통인은 반년 남짓 전 새로

부임한 감사가 여러 고을 행차 중 그 산골까지 와서 민간의 여자를 데려가는 폐는 없기를 바랐습니다. 그랬기에 함께 가야겠다고 하고서도 당장 매정하게 대하지는 않았던 겁니다.

"나리, 이것밖에는 없더라고 말해 주십시오. 일 나간 남편에게 밥 광주리 가져가던 아낙입니다."

통인에게 나는 은비녀를 빼 내밀었습니다.

통인은 생각하는 눈치였습니다. 통인이 은비녀를 들여다보다 어찌 될는지 모르겠다며 돌아선 것은 이리 생각해서라고 합니다. 감사가 상서로운 기운이니 서기니 했으니 은비녀가 떨어져 그랬던 모양이라고 둘러댈 작정이었다고 합니다.

은비녀를 내밀며 이게 떨어져 있던뎁쇼 하고 통인이 아뢰자 감사는 그걸 받긴 했으나 아랫입술을 삐쭉 내밀더라고 했습니다. 그리고 이러더라는 겁니다. 아직도 훤하게 비치고 있으니 다시 가 보라 명하더라는 겁니다. 다시 온 통인에게 이 각시가 건넨 건 금가락지였습니다. 비단 주머니에서 나온 금가락지, 당신이 끼워준 그 금가락지를 내밀었습니다. 이만하면 숲에서 비친다는 무슨 기운이니 빛이니 하는 게 해명되지 않겠는가 해서 통인에게 빼주었습니다.

금가락지로도 사태가 수습되지 않았습니다. 꽃신을 벗어 넘기거나 저고리 옷고름이라도 풀어 넘기겠다며 제발 놓아달라고 이 각시가 청했으나 통인은 눈을 부라리며 더 속이려 하다가는 자기도 어찌 될지 모를 판이라고 했습니다. 같이 나서야겠다고 했습니다. 그리고 손목을 잡아끌었지요.

뒷날 감사가 민가의 아낙이 아니라 선녀 같은 여자를 발견했고, 아무 의지처도 없어 보호하려 데려갔다는 주장을 하게 된 일의 그 자초지종은 이러합니다. 이제야 당신께 제대로 다 이야기하는군요.

그동안은 통인이나 또 누군가를 통해 사정을 묻고 답하고 했습니다. 이리 당신을 마주 보고 내 입으로 속속들이 이야기하는 건 처음입니다.

당신이 죽어 넋이 새가 되고, 이 각시도 새가 되어…….

*

감사 나리는 통인과 함께 나타난 나를 보자 천하에 또 어디 있을까 싶은 미색을 만난 듯했노라고 했습니다.

그리 말한 건 이 별당에 나를 들인 다음이었습니다. 그때는 그저 통인에게 틀림없이 뭐가 있다고 하지 않았느냐는 소리만 할 뿐이었습니다. 감사는 나를 가마에 태우더니 그 길로 돌아가자는 명을 내렸습니다. 감사는 자신이 타고 온 가마에 나를 태우고 자기는 통인보다 앞서 걸으며 벽제 소리로 "에라, 물렀거라! 에라 게 들어섰거라!" 하며 팔을 휘두르기까지 했습니다. 감사의 벽제 소리는 통인과는 달리 마른 소리가 아니라 윤기 나고 우렁찼습니다.

당신도 감사의 행차를 보았다지요. 감사가 활갯짓같이 팔을 휘두르는 건 멀리서도 다 보았다고 했지요. 그리고 당신이 본 것이 또 있지요. 그때 본 것은 가마에서 나오는 빛 같은 것이었습니다. 누구는 서기니 상서로운 기운이니 하는 것이었습니다. 그때는 당신도 그것을 알아챘습니다. 뭐라고 설명할 말은 찾지 못한 채로 말입니다.

당신은 점심밥 오기를 기다리다가, 어머니가 또 무슨 탈이 났는지 생각하다가, 집으로 올라가 봐야겠다고 작정했습니다. 또 어찌 된 일이냐고 한바탕 쏟아내려던 당신은 어머니가 부뚜막에 앉아 누룽지를 긁어먹느라 정신없는 모습을 보았습니다.

"어머니! 점심밥 안 갖다 주시고 뭐 하세요? 각시는요?"

당신 고함에 어머니는 깜짝 놀라며 오히려 당신께 물었습니다. 며늘아기가 점심을 아직도 안 가져왔느냐고 말입니다. 그리고 이미 가본 길을 어찌 이리 헤매느냐고 요란을 떨었습니다.

당신은 처음에 길이 엇갈렸나 생각했다지요. 출발한 지가 한참 되었다는 어머니 말에 산에서 무슨 일이 났다고 생각하고 각시가 탔을 산길로 부리나케 가보았습니다. 먼저 옥수수밭으로 말입니다. 어머니가 뒤따르며 변명을 했습니다. 그때 어머니는 아직도 총각 신세 못 면한 아들 일로 마을의 누구로부터 기분 나쁜 소리를 들은 일을 먼저 주워섬겼습니다. 그리고 며칠 전 아들이 각시 안 보는 데서 다그친 일을 끄집어내 서운한 마음 털어놓았습니다.

당신은 다 제 탓이라 생각하면서도 이 각시가 산을 헤매거나 다리를 삐거나 해서 어디에 주저앉아 있으리라 걱정했습니다. 아니 그러기를 기대했습니다. 기대는 보기 좋게 빗나갔습니다. 산길을 타며 이리저리 살피고 드디어 행길로 이어지는 곳에 이르러 버려진 밥 광주리를 발견했으니까요. 짐승이 물어갔나 하고 눈물을 왈칵 쏟으며 행길로 나가 사람들을 붙잡고 알아보던 당신은 감사가 웬 선녀 같은 여자를 숲에서 찾아내 데려간 일을 전해 들었습니다.

*

당신은 이 먼 곳의 감영을 찾아왔습니다.

가마를 타고 여기 온 뒤 나는 우리 살던 산골이 어디에 붙었는지 잴 수가 없었습니다. 당신도 여기가 어디에 붙었는지 제대로 헤아리지 못했을 겁니다. 동지는 물론 새해 입춘이 지나도록 소식 알 길 없던 당신이 청명 즈음에 감영을 찾아왔습니다. 신세 탓만 하다, 마음에 불이 붙어 먼 길을 물어물어 왔습니다. 막아서는 사람과 마주칠 때마다 울고 불며 야단이었다지요. 그래도 감사와 마주 서기까지 했습니다. 그 고생을 다시 말해 무엇하겠습니까.

절망한 것은 각시를 돌려달라는 주장을 하고서도 아무런 증인도 내세울 수 없으면서였습니다. 각시를 만나기만 하면 다 판명이 나리란 당신의 말은 감사가 들어주지 않았지요. 어림 반 푼어치도 없다며 말입니다. 본인 책무가 있어 행차한 궁벽한 산골에서 무슨 소리를 들었는지 엉뚱한 자가 나타나 수작을 부리기에 잘 타일러 돌려보냈는데도 계속 어깃장을 부린다는 소리를 나리가 지나가는 투로 한 적이 있습니다. 손을 봐줘야 알아들을 놈이라느니, 고을 사또에게 일러 그 산골에서 기어 나오지 못하게 다리를 분질러놓아야 할 놈이라느니 하며 제법 노기를 나타내기도 했습니다. 수염이 파르르 떨리기도 했습니다. 그러나 감사 나리는 내 앞에서 그만한 정도로만 당신 일을 비칠 뿐이었습니다. 내게는 담뱃대 대통으로 재떨이를 탕탕 치는 정도로만 경고를 할 뿐이었습니다.

당신에게는 달랐겠지요. 화적에게 도망쳐 산골을 헤매는 처녀를 구하여 제집 찾아갈 수 있도록 하였다는 소리도 하였을 겁니다. 나라님 모시라고 대궐로 보냈다는 소리도 하였을 겁니다. 알아듣게, 좋게좋게 말로만 하지는 않았을 겁니다. 묵정밭 일구다가 함께 살자는 처녀를 만났다느니, 각시가 되어서는 나들이는 함께 못해도 날마다 밥상을 차려주었다느니 하는 당신의 이야기는 허무맹랑한 설명이었습니다. 누구도 증인으로 내세울 수 없는 설명이었습니다. 그 설명을 오냐오냐, 억울은 하겠다고 하며 들어줄 리는 없는 일이었지요. 누군가가 벌컥 화를 내며 당신의 귀뺨을 올려붙이기도 했다고 들었습니다. 당신이 산골과 감영을 몇 차례나 오가는 사이 농사일은 제대로 손에 잡힐 리 없었겠지요.

당신이 애통해하며 봉두난발이 되어갈 때 감사는 나를 별당에 들여 거문고를 가르치고 있었습니다. 설대를 잡은 내 손가락이 어찌 그렇게 빨리 가락을 익혀갔는지 모르겠습니다. 감사는 새로 배우는 게 아니라 다시 배우는 것인 까닭에 그리되는 일이 틀림없다고 했습니다. 감사는 함께 차를 마시면서는 나를 말벗으로 삼았습니다. 또 그럴 때는 어찌하여 내가 고담준론을 알아듣고 고개를 끄덕이게 되는지 모를 일이었습니다. 감사는 내가 귀한 집에서 자란 까닭이지 다른 무슨 설명이 가능하겠느냐고 했습니다. 이미 배운 듯 새로운 것을 익히고 어려운 것을 금방 알아들었다지만 세월은 흘렀습니다. 당신과 보낸 날들은 그 사이 까마득한 옛날 일 같기도 하고 바로 어제 일 같기도 했습니다.

거문고를 가르치거나 함께 차를 마시며 말벗으로 삼는 일, 그 시작과 그 끝에 감사는 으레 긴 담뱃대를 물었습니다. 나리는 외출해서 바로 별당으로 올 때는 철릭 차림이고 사랑채에 머물다 별당으로 올 때는 청의 차림이었습니다. 대개 그랬습니다. 차림은 달라도 늘 가지고 오는 것이 하나 있었으니 바로 담뱃대였지요. 당신 곰방대 배나 될 길이 그 담뱃대는 대통과 물부리가 늘 잘 닦여 반짝였습니다. 내가 내놓은 재떨이를 먼저 맑은소리가 나게 탕탕 치곤 대통에 담뱃가루를 채우는 것이 순서였습니다. 백통의 반짝이는 대통이 발갛게 달아오르는 게 아닌가 싶게 물부리를 빡빡 빨아대곤 할 때 감사는 세상만사를 다 잊은 표정을 짓곤 했습니다.

그리고 감사 나리는 인간 세상의 내 귀양살이는 이리 정해진 것이구나 하고 받아들인 이 각시를 사랑해주기 시작했습니다. 이 각시를 죽부인처럼 희롱하기 시작했습니다. 별당에 나를 들이고도 오래 기다려 만든 첫날 밤이었습니다. 호롱불이 꺼진 뒤 감사 나리의 몸을 받기 위해 은비녀를 빼 쪽 찐 머리를 내리면서 나는 이미 다 정해진 일이란 생각을 문득 했습니다. 수풀에 숨어 내가 벗어나고자 한 일이 사실은 감사를 받아들이는 일이었습니다. 몸이 떨리기까지 했습니다.

첫날 밤을 맞은 그때는 이 내 몸이 화적에게 도망쳐 산골을 헤매던 처녀로 다 정해진 다음이었지요. 그러니 감사는 나를 구원하여 살길을 열어준 귀인이었지요. 묵정밭 곁 도랑 우부룩한 풀포기에 몸을 숨긴 채 이 인간 세상 함께 할 남정네를 기다린 일은 끝내 털어놓을 수는 없는 일이었습니다.

내가 그 일을 고백할 수 있는 것은 하늘이 단 한 번밖에 없는 기회로 정해준 일이니까 말입니다.

하루는 당신이 감사댁 담장을 넘었지요. 달리 나를 만날 길이 없다고 생각하고 한 결행이었습니다. 내내 헛웃음으로 당신을 물리치던 감사는 신분에 과한 여자를 넘보며 끝까지 거짓말을 한다는 죄를 씌웠습니다. 지방 장관의 막중한 업무를 집요하게 방해한다는 죄까지 당신에게 씌워 곤장을 쳐 내쫓았습니다. 그것이 끝이었지요.

"아직 때가 차지 않았다는 각시 말이 이런 일을 경계한 것이었구려. 슬픈 이별이 있을 수 있다고 하더니 이렇게 일이 벌어지는구려."

당신에겐 원수였으나 그즈음 벌써 감사는 주위에 공명정대하고 능력 있는 나리로 이름이 나 있었습니다. 그런 자를 당신은 당할 수 없었지요.

그 산골 홀어머니께 돌아가지도 못한 채, 장독을 제대로 다스리지도 못한 채…… 그때부터 당신이 한 일은 머리를 찧다가, 울다가 울다가, 혼절하기를 거듭하는 것이었습니다. 그러다가 당신은 숨을 놓았지요.

*

당신의 넋은 새가 되었습니다.

감사 나리의 저택 별당 뜰 보리수나무에 언제인가부터 새가 찾아왔습니다. 파랑새가 찾아왔습니다.

전에도 다른 새들이 와 앉았다 가곤 했습니다. 때로 혼자 날아와 쉬었다 가고, 때로 짝지어 날아와 서로 깃털 다듬어주다 가곤 했습니다. 이 별당 뜰에, 이 보리수나무 가지에 새들이 찾아오는 것은 예삿일이었고 나는 무심했습니다. 아마도 한 철 넘게 파랑새가 날아온다는 것을 아예 몰랐거나 무심하게 보아 넘기거나 했을 겁니다. 이 가지가 이리 반들반들한 것, 당신이 오래도록 애를 태운 탓인데도 말입니다.

당신을 알아본 것은 어제 날아온 새가 오늘 온 새가 틀림없다는 생각이 들 정도로 익숙해진 다음이었습니다. 별당 처마 아래로 맴을 돌 듯 날갯짓해대고, 나 여기 있으니 잡아보란 듯 울어대기까지 한 다음이었습니다. 실은 그때도 무슨 날벌레를 쫓나 했지요. 머리를 찧다가, 울다가 울다가, 혼절하기를 밤낮으로 되풀이하다가, 그만 숨을 놓은 당신이 파랑새가 되어 날아왔다는 생각을 화살 맞은 듯이 한 것은 불과 닷새 전이군요. 내 거문고 소리에 반응한다 싶어 유심히 지켜봤습니다. 별당 대청 안으로 홱 날아들어 저고리를 건드리고 나갔지요. 나는 가락을 바꾸었습니다. 거문고 줄에 내 심사를 싣던 중이었으나 술대를 바꿔 잡았습니다. 급히 가락을 바꾸었습니다.

　이 농사지어
　누구랑 먹고살거나.
　이 구슬땀 흘리고 돌아가면
　집에선 누가 웃으며 맞아주려나.

　당신의 콧노래, 묵정밭 일구며 내게 들려준 콧노래 가락을 거문고 줄에 실었습니다. 이어 그 콧노래에 답한 내 소리를 거문고 줄로 튕겨 보냈습니다.

　나랑 먹고살지요,
　누구랑 먹고살려고요!

밥 지어 기다리는 각시가

웃는 낯으로 당신 맞이할 텐데요!

파랑새가 날카롭게 소리를 냈습니다. 그때 당신은, 이 각시가 당신을 마침내 알아봤다는 사실을 분명하게 알아챘던 것이지요. 당신은 다시 대청 안으로 날아와 내 치맛자락을 건드리고 돌아갔습니다. 당신이 할 수 있는 일은 거기까지라는 듯 나뭇가리에 앉아 지지배배 울어 재회의 감격을 전했습니다. 마음이 격동해서일까요. 나는 곧 술대를 놓쳤습니다.

다시 술대를 잡지 못했습니다. 비칠거리며 일어나긴 했지요. 그러나 마당으로 내려서지도 다시 주저앉지도 못했습니다.

눈물만 하염없이 흘리며 당신을 바라보았습니다. 그때는 감사 나리가 옆에 없었습니다.

그 어느 사이 당신은 사라졌습니다.

파랑새가 사라진 뒤 나는 비로소 생각했습니다. 당신 넋이 새가 된 까닭을 말입니다. 한 해도 못 되게 서로 신랑과 각시로 산 날들, 그 봄에서 그 가을까지 일을 되새겨보자고 오셨나이까? 뒷날 길이길이 이어보려 한 정, 그 못다 푼 정을 풀자고 이 각시를 찾아왔나이까? 당신이 사라진 것을 안 뒤에도 나는 울었고 물었습니다.

이튿날 당신이 이 보리수나무에 나타났을 때 나는 거문고를 무릎에 얹고 술대를 잡았습니다. 마음을 다잡고서였지요. 지난 일을 회상하자면 회상하고자 했습니다. 못다 푼 정을 풀자면 풀어보려고 했습니다. 그리고 그만 훨훨 떠나가라고 부탁할 작정이었습니다. 그런데 당신은 몇 차례 짧게 울기만 했지요. 알아들을 수 없는 당신 말을 기다리는 대신 나는 내 말을 하리라 마음먹었습니다. 처음엔 물으려고 했던 것 같습니다. 당신이 새가 된 까닭을요. 그런데 어느새 한탄으로, 원망으로 쏟아지고 있었습니다.

보리수나무에 날아와 앉아
각시를 불러댄 게 언제부터인가.
목을 놓고 피를 토하며 불렀을 소리
이제 각시의 애간장을 녹이지만
이 인간 세상 감사 나리 별당에 묶인 몸
어이하란 말이오, 어이하란 말이오.
당신 탓도 아니고, 내 탓도 아니오.
신랑인들 어찌할 수 있었으리오.
각시인들 어찌할 수 있었으리오.
탓하자면 어머니 탓밖에 더 하리오.

그때 감사 나리가 나타나지 않았다면 내 원망은 한참이나 쏟아질 뻔했습니다. 모든 게 어머니 탓 같았지요. 이 별당에 묶인 신세임을 안 날부터 솟구친 생각이었습니다. 누구 탓이라도 하자면 그럴 수밖에 없었던 일입니다. 한두 번 탓한 게 아닙니다. 그렇지만 이제 더는 그러지 않은 지도 한참이 된 때인데, 그 순간엔 새삼 다시 솟구쳐 나왔습니다. 한번은 그렇게 밖으로 터뜨릴 일이었나 봅니다. 감사 나리가 나타나 무슨 소리냐, 무슨 노래냐 묻지 않았다면 어찌 되었을까요? 나도, 이 각시도 여염의 아낙처럼 패악을 떨었을지도 모를 일입니다.

나는 아무것도 아니라고 했습니다. 잠시 울적한 심사에 혼잣말처럼 해본 소리라고 둘러댔습니다.

감사는 도대체 무슨 소리냐고, 자기가 자주 찾지 않아 그러냐고 심각하게 물어댔습니다. 그러나 심각한 낯빛과 말은 늘 잠시였습니다.

감사는 별당에 와선 자기 시름을 풀고 가는 데 익숙한 사람입니다. 서울의 식구들 다 데려온다는 계획으로 마련한 집이었으나 안채는 내내 비게 되어 행랑채 하인들 소리만이 진짜 주인인 것 같을 때가 있지요. 그럴 때 나리는 저를 찾아 자기 시름을 풀어놓습니다. 야심도 풀어놓지요. 조정의 부름을 받아 서울로 가게 되면 나를 사람들에게 당당히 소개하겠다고 덧붙이기도 합니다. 감사댁 별당에 숨듯 있어도 산골에서와는 다른 세상 소식을 듣게 되더군요. 서울에서는 세상이 또 어떤 모습으로 보일는지요. 혼자 궁금해하다가 어지러워진 적이 나도 있긴 있답니다.

당신은 지금 내 마음이 변했다고 실망한 눈치입니다. 나는 누가 잘나고 누가 못나고를 말한 것이 아닙니다. 세상 이치를 말한 것이지요. 예전엔 몰랐던, 속속들이는 몰랐던 세상 이치 말입니다. 동지까지는 기다려야 했던 일도 포함해서 말입니다. 다만 그런 것이지요. 누가 나를 더 아끼고 사랑하느냐고 묻는다면 당신을 꼽을 겁니다. 당신은 목숨까지 버릴 정도로 애태웠으나 감사는 화를 내기나 할 뿐이었으니까요. 어디서 더 즐거웠느냐고, 무엇이 더 즐거웠느냐고 묻는다면 그 산골이었다고, 밤 나들이 때 쏟아지던 별빛이었다고…….

감사 나리는 대청마루에서는 거문고 소리를 듣거나 차를 마시거나 하며 나와 한담을 했고, 방에서는 내 몸을 희롱하다가 짧게 눈을 붙이곤 했습니다. 조정에서 받은 명이나 어떤 고을 사또에게 보낸 명을 들먹일 때도 있으나, 감사는 대체로 나한테는 그 모든 말을 지나가는 소리로 할 따름입니다. 화적 떼 출몰로 흉흉해진 민심이나 남녀와 귀천의 흐트러진 풍속에 대해선 제법 통탄도 하고 비평도 합니다. 젊은 날 고담준론도 되새깁니다. 그러나 그 또한 따져보면 다 지나가는 바람 소리에 지나지 않았습니다. 나리에게 나는 별당의 꿀물이거나 거문고이거나 죽부인 같은 것이었으니까요.

나한테서 상서로운 기운이 비치는 것을 제일 먼저 봐냈으면서도 어찌 그러고 마는지 서운할 때가 있습니다. 물론 나는 그것이 우렁이였다가 처녀가 된 이 내 몸의 세상살이이자 귀양살이라고 진작부터 생각하고 있긴 하지요.

*

사흘 뒤 당신은 다시 이 보리수나무에 날아와 앉았습니다. 이틀을 비우고 오늘 날아와 앉았습니다. 당신도 뭔가 속을 다스려야 했나 봅니다. 당신이 신랑임을 알아보게 하려던 때의 날갯짓이나 지지배배 소리도 없이 가만 앉아 있었습니다. 나도 한참을 가만 쳐다보았지요.

그리고는 말하려 했습니다. 내 말이 당신에게 온전히 전해지는지 어쩌는지도 모르는 채로, 내 마음을 전해보려 했습니다. 손짓에 발짓까지 하게 되었을 겁니다. 우리가 어찌 만났고 어찌 헤어졌는지 돌아보기도 하고, 바람결에 날리듯 들려온 당신 소식을 물어 확인하려고도 하고, 감사 나리 저택 별당에 묶인 내 신세를 분명하게 알리려고도 했습니다. 이번엔 당신이 무심해 보였습니다. 나뭇가지에 부리를 닦는다든지 날개를 푸드덕거린다든지 하는 몸짓은 그냥 내 말에 대한 반응 같지도 않았습니다. 그저 새 한 마리가 날아와 앉았다가 제 나름 이리저리 움직이는 듯했습니다. 그러다 그냥 포로롱 날아갈 듯했습니다.

그러나 당신 마음속도 끓고 있었나 봅니다. 그만 떠나라는 말에, 이 인간 세상에서 다시 맺어질 가망은 없게 된 게 진작의 일이니 훨훨 날아가라는 말에 당신은 내게 도로 날아와 저고리를 건드리고 치마를 건드리며 울어댔습니다. 못다 푼 정 때문에 그럴 수 없단 뜻이겠지요.

결국, 나는 혼잣소리로나 하고 말았으면 좋았을 그 노래를 다시 거문고에 실어 들려주고 말았습니다. 어머니 탓으로 빠지는 그 노래. 이번에도 감사가 들었습니다.

유심히 들었나 봅니다. 그 무슨 노래냐고, 그 무슨 새냐고 따져 물었습니다. 그때의 감사는 눈에 불을 켠 듯했습니다.

눈보다 사실 묵직한 목소리가 더 무서웠습니다. 내가 다 실토한 것은 뺨이라도 맞을까 두려워해서는 아닙니다.

"저기 저 새는 보통 새가 아닙니다. 전에 같이 살던 신랑이 이 각시를 나리한테 빼앗기고는 애통해하며 울화를 끓이다가 죽어 그 넋이 새가 된 것입니다. 새가 되어 못다 푼 정을 풀겠다고 여

기까지 찾아온 것입니다. 무심히 보아 넘기기만 하다가 이제야
이 각시가 옛 신랑을 알아보았습니다. 못다 푼 정을 풀자고 울어
댄 것을 이제야 알고 이 각시도 그에 맞추어 거문고 줄을 타며
잠시 노래를 한 것입니다."

　감사는 입을 꾹 다물고 있었습니다. 한참 만에 그냥 입을 쩝
다시는 듯하더니 담뱃대로 손을 뻗었습니다.

　담뱃대로 거칠게 탕탕 소리나 내고 말려 했을 겁니다. 담뱃대
를 쥐는 순간 마음속 화약에 불이 붙었나 봅니다. 그 담뱃대가
고함과 함께 허공으로 날아간 것은 번개가 치듯 순식간에 일어
난 일이었지요. 당신을 겨눈 담뱃대는 워낙 힘을 준 탓에 엉뚱하
게 날아갔습니다. 천장을 맞고 튕긴 담뱃대 대통은 내 머리를 때
렸습니다.

　번개가 치고 한참이나 뒤에 천둥이 울리듯 내 머리에서 큰 소
리가 났습니다. 모든 일이 나에겐 번개 치고 천둥 우는 듯했습니
다.

＊

　놀라지 마세요. 나는 죽지 않았습니다.

　머리에 구멍이 날 정도로 세게 맞았으나 죽지는 않았습니다.

감사의 부축을 받아 당신 각시는 이제 저리 앉을 만하게 되었습니다. 대통 맞은 병아리 같다는 말은 이런 순간을 두고 하는 말이었군요. 나는 까무러쳤습니다. 처음엔 잠시 죽었습니다. 대통 맞은 병아리라면 죽을 수 있는 일이지요. 그러나 이제는 깨어나 앉았습니다.

나는, 이 보리수나무 가지의 당신 앞에 날아와 앉은 나는, 머리통 한가운데 난 구멍에서 날아온 새입니다. 당신과 같은 파랑새입니다. 아, 지금 감사가 앉은 채로 대청마루를 쾅쾅 구르며 큰소리를 질러대는 것은 별당의 죽부인을 잃어버려서가 아닙니다. 어느새 두 마리가 된, 서로 짝을 지은 듯한 파랑새들이 보기 싫어서이겠지요. 감사는 제 죽부인이 그대로 제 품에 있다고 생각합니다. 맞습니다. 감사가 희롱할 수 있는 내 몸은 그대로 저기에 있으니까요. 머리통 구멍에서 날아온 나는 내 마음의, 묵정밭에서 당신에게 호응한 내 마음의 덩어리, 다 잊었다 생각한, 꾹꾹 눌려 있던 그 덩어리, 그 덩어리가 빠져나온 것입니다. 당신을 따라갈 수 있는 것은 이뿐인 듯합니다.

아, 철이 바뀌고 돋아난 새 잎의 연록빛도 이제 제법 짙어졌습니다. 머잖아 흰 꽃도 피겠군요. 옛일 하나가 떠오릅니다. 당신은 곰방대를 부싯돌까지 함께 멀쩡히 잘 챙겨가서는 정작 제대로 물어보지도 못하고 왔다고 한 적이 있습니다. 우리가 함께 살던 때 말입니다. 논으로 밭으로 일하러 갔다가 돌아와서는 말입니다. 이제야 당신이 곰방대 물고 한숨 돌릴 정도 짬을 드렸습니다. 어리둥절해 하는 당신에게 내가 각시임을 다 말하였습니다.

우렁이였던 나는 새가 되어 당신에게 왔습니다. 각시였던 나는 감사에게 매인 몸이라 당신에게 오지 못합니다. 그래도 나는 당신의 각시, 당신의 우렁각시입니다.

이 나무에는 빨간 열매가 달리겠지요. 더 이야기할 옛일은 없습니다. 우리만 아는 일도 다 이야기하지 않았습니까.

어리석은 마음에 어머니 탓도 했지요. 이젠 다 날려버렸습니다. 다 내려놓았습니다.

누구를 탓하리오. 누구를 탓하리오. 참말로 어머니 탓도 아닙니다.

두고두고 가세요, 저 각시는.

이제 이제 가요, 이 각시와.

훨훨 날아,

저 드넓고 맑은 하늘로

날아가요.

구렁덩덩
우리 낭군님

그동안 혼자 가만 생각해보았다.

성주받이를 하기로 한 그 집에서 돌아온 뒤부터구나. 을금아, 그 왜, 내가 그 집에서 무슨 이야기를 하나 들었느니라. 옛날에, 어떤 마을에, 할머니가 살았더라는 얘기지. 그 집 노마나님이 얘기를 시작하는데, 좀 들어보니 그 이야기야. 왜, 그 있잖아, 그 구렁이…….

옛날에 어떤 마을에 할머니 하나가 살았더라지. 남편은 벌써 세상을 떠서 혼자 살았더라지. 자식도 없이 혼자. 이 할머니는 날마다 마을 장자네에 가서 일을 해. 베를 잘 짜나 봐. 장자네 베 짜는 일을 도맡아. 베 짜는 일 도맡을 뿐 아니라 부엌일도 돕고 했지. 밭을 매는 때도 있었지. 멀리 떨어진 밭은 장정들이 맸지만 담장 밖이래도 가까이 있는 밭은 여자들이 매는데 할머니도 그 밭일은 돕고 하는 게지. 하루는 할머니가 혼자서 그 밭에서 일하게 되었나 봐. 철이 그리되어 콩 심게 사래 긴 밭을 매었는지 아니면 점심상에 올릴 푸성귀를 따러 가게 되었는지 하여튼 밭일을 하였어. 한참 하니 땀도 나고 해서 밭 가 나무 그늘에 앉아 쉬었겠지. 얼마간 쉬다가 언뜻 풀더미에서 이상한 걸 보게 돼. 뭘 봤나 하면, 그게 알이었어 알. 얼룩점 하나 없이 새하얀 알. 알이 하나 놓여 있더라지.

잘 봐두었다가, 그날 일 다 끝내고 집으로 돌아가는 길에 할머니는 그 알을 챙겼어. 저녁은 그 알을 삶아서 먹었어. 물 팔팔 끓여 한참을 삶고는 먹자고 껍질을 깠겠지. 보니 흰자가 없어. 흰자는 없이 노른자로만 가득해. 달걀도 먹어보고 메추라기 알이니 뭐니 하는 알도 먹어봤지만 그렇게 노른자만 가득한 알은 처음이었지. 얼마나 옹골진지 그 알 하나만 먹어도 저녁으로 충분했대.

일이 난 건 그러고서야. 뭔 일인고 하면, 속이 뒤집어지게 배탈이 났다거나 하는 일이 아니고, 참으로 이상한 일이었어. 을금아, 들어봐라. 그 할머니가 임신을 하고 말았다니까.

날이 가고 달이 가면서 배가 점점 불러오는 게 틀림없는 임신이었어. 혼자 사는 할머니가 배 속에 애를 가졌으니 이상한 일이 아니고 뭐겠어. 처음에야 못 먹을 걸 먹어 탈이 났나 생각했지.

다른 사람도 그리 생각하고. 그런데 태동이 느껴지는 거야. 아, 그래도, 할머니가 남들한테 자기가 임신을 했다고야 말 못 하지. 설명이 안 되니까. 그저 몸조심하면서 기다렸지. 날수가 다 차가면서는 조짐이 오는 거야. 하루는 식은땀이 흐르는 게 영 힘들어. 장자네 마나님은 할머니 몸이 좋지 않은 것 같다며 일찍 돌아가 쉬라고 했지. 집으로 돌아가는 길에 할머니는 연신 땀을 흘려. 유난스레 더운 날도 아닌데 그래.

집으로 돌아오는 길로 방에 드러누운 할머니는 땀범벅이 되어 갔어. 혼자 몸을 푸느라 더 힘들었겠지. 나중에는 거의 혼절을 했는데…….

아이는 혼절한 채로 낳았던가 봐. 미끈한 게 속에서 빠져나왔다 싶고도 한참이나 지나서도 우는 소리가 안 들려. 혼미한 중에 할머니가 퍼뜩 그 생각이 나 눈을 치켜떴지. 그런데 보니 그게 영 이상해. 정신을 모아 다시 보고 난 뒤 할머니는 혼절하고 말았어. 다시 혼절을 하고 말았어.

낳은 아이가 사람이 아니라, 구렁이 모습을 하고 있었거든.

*

그래, 구렁덩덩 신선비지.

그 노마나님이 계집애들한테 재촉받아 한 것은 신선비 이야기였어. 너도 알고 있었구나. 오줌 누고 오는 길에 툇마루에 앉았다가 들어보니 그 이야기더라고. 떡은 어찌하고 또 뭐는 어찌하고 하며 을금이 네가 그 집 가솔들하고 의논하는 동안에 나는 그 이야기를 들었던 것이지.

그 이야기는 그때 노마나님처럼 주로 나이 많은 여자들이 나 어린 계집애들한테 해주는 이야기가 아니냐. 자라 시집가야 할 계집애들이 듣고 마음에 새겨놓아야 할 덕목 같은 게 담긴 이야기이기도 해서인가 봐. 그럴 만한 이야기이긴 해. 그런데, 그게, 생각해보면 별난 구석이 있는 이야기 같단 말씀이야. 뭔 말이고 하면, 그게 아주 오래된 때의 일을 두고 하는 이야기 같다는 말이다.

그런 생각을 해봤어. 그 당장은 아니고, 그 집에서 돌아온 그날, 밤늦어 잠자리에 들었다가, 혼자서 내가 그런 생각을 해보게 되었지.

혼절했던 할머니 어찌어찌해 정신을 차려. 정신 차리고서는 구렁이를 거두어. 부엌 구석 굴뚝 옆이든 방안 윗목 뒤주이든 간에 제가 낳은 아이이니 그것을 거두어야지. 씻기지도 배냇저고리를 입히지도 못했지만 일단 거둬. 그러고서는 삿갓이든 삼태기든 찾아, 가만 덮어 놓았어.

할머니가 아이를 낳았다는 소문이 며칠 지나지 않아 동네에 퍼졌지. 할머니가 운신을 못 하고 있자 장자네 부엌데기가 찾아왔겠지. 그때 할머니는 그동안 일을 털어놓지 않을 수 없었겠지. 풀더미에서 주운 알을 삶아 먹었더니 배가 부르기 시작했고, 혹시 무슨 탈이 났나 싶었는데 그게 임신한 것이었더라는 이야기를 다 했지. 하나부터 열까지 몽땅. 할머니가 그렇게 했으니 장자네 부엌데기는 얼른 주인마님께 소식을 전해. 그런데, 그러면서도 구렁이가 난 건 몰랐어. 할머니가 낳은 아이가 구렁이임을 걸 안 건 삼칠일이 지나고서 장자네 자매들이었지.

아득한 옛적이었던 그때. 그 시절에도 금줄 치고 바깥사람 집 안으로 들이지 않는 삼칠일이라는 게 있었는지 모르겠다. 모르겠다만 할머니는 한동안 구렁이 낳은 것까지는 숨길 수 있었지. 그런데 드디어는 장자네 자매가 찾아와 아기 구경하겠다고 해. 곤란하게 되었지. 영영 숨길 수는 없는 일이긴 하지만 그렇더라도 자랑하듯 내놓을 수 없는 일 아니겠어.

"우리가 쌀밥에 미역국 끓여 왔어."

맏딸은 생글생글 웃으며 이러고 둘째 딸은 은근히 웃으며 이래.

"할맘, 애기는 뭐 낳았소? 이제 우리한테는 보여줄 거지?"

둘이서 치맛자락까지 잡으며 자꾸 졸라. 이 핑계 저 핑계 대다가 마침내 할머니는 좀 별난 게 태어났다고 하고서는 삼태기를 들춰보라고 했겠지.

뒤주로 다가가는 장자네 맏딸에게 할머니는 아기가 놀라니 소리는 지르지 마라, 당부했어. 그러든 말든 아무것도 모르는 맏딸이 삼태기를 들춰봐. 기겁을 하지 뭐. 기겁하는 기색도 못 숨겨. 둘째 딸은 무슨 일인가 싶어 두리번거려. 그러면서도 얼른 확인하고 싶은지 삼태기를 들춰봐.

"구, 구랭이를 낳았네."

고함을 지르진 않았어. 그래도 둘째 딸은 놀란 채로 분명하게 그렇게 말했어.

할머니는 장자네 두 딸에게 자기가 낳은 건 구렁이가 분명하다고 했어. 그러고서는 이런 이상한 일 남이 함부로 말하면 해를 부른다며 입을 닫으라고 겁을 주며 부탁했어. 장자네 마나님께는 자기 입으로 다 털어놓겠다. 그때까지는 절대 말하지 마라. 그런 소리였지.

부탁이 통했는지 어쨌는지. 이튿날 장자네 막내딸이 찾아왔는데 아무것도 모르는 눈치야. 막내딸은 언니들처럼 쌀밥에 미역국 끓여왔다 하고선 이래.

"할멈, 이거 먹고 어서 힘내. 아기 업고 우리 집에 와서 일 도와줘야지. 아기가 무거우면 내가 업어줄 테니 어서 다시 와."

막내딸은 할머니를 밥상 앞에 앉히기까지 해. 그렇게 권하니 할머니는 숟가락을 들지 않을 수 없잖겠어. 막내딸은 할머니가 쌀밥을 미역국에 말아 말끔히 다 먹고 나자 비로소 이래.

"할멈 할멈, 이제 나한테도 아기 좀 보여 주오. 이름은 어찌 지었어?"

할머니는 장자네 마음씨 예쁜 막내에게는 구렁이를 낳았다고 해서 아예 볼 마음 사라지게 해야겠다 생각했어. 그런데 혀가 그렇게 움직이지를 않아. 그만 이러고 말았지.

"이 다 늙은 내가 나은 건 구렁덩덩……."

삼태기를 들춰본 막내딸은 어땠느냐 하면, 막내딸도 놀라기는 마찬가지였어. 또 한 번 가슴이 쿵 내려앉는 듯했던 할머니는 다음 순간 막내딸이 뒤주로 다시 다가가는 걸 보았어. 그 징그러운 걸 또 보자고 저러진 않을 텐데 싶은데, 다시 삼태기를 들춰. 삼태기를 들춰. 그러고서는 한참을 봐. 아, 한참을 들여다봐. 보면서 막내딸이 할머니에게 이래.

"할멈, 구렁덩덩 신선비님을 낳았네. 구렁덩덩 신선비님!"

아, 아주 아득한 옛날이니 선비니 하는 말은 쓰지 않았을지도 모르지. 선비보다는, 보자, 낭군님 같은 말을 썼을지도 모르지. 그래, 낭군님.

"할멈, 구렁덩덩 우리 낭군님을 낳았네."

할머니가 어리둥절해하며 쳐다보자 막내딸이 이래.

"고추를 낳았다니까. 나중에 우리 동네 처녀들 가슴 뛰게 할 남정네가 되겠단 소리지. 틀림없이 우리 마을 농사도 잘되게 할 일꾼으로 자랄 거야. 할멈, 그러니 너무 걱정하지 말아요."

할머니 두 볼로 눈물이 주르르 흐르기 시작해. 내내 참고 있었던 듯한 눈물이 마구 흘러. 막내딸이 가고 나서도 눈물이 흘러. 엉엉 소리 내어 울기까지 했어. 한참을 엎드려 울고서 할머니는 제가 낳은 구렁이를 들여다봤어. 여태 제가 낳은 자식이 사내인지 계집인지도 생각해보지 않았는데 막내딸이 고추라고 하고 나자 구렁이가 똘똘한 남자애 같아 보이기도 했어. 또 한참 들여다보니 장성하면 처녀들 가슴 뛰게 할 헌걸찬 남정네가 될 것 같기도 했어.

그날부터 할머니는 기력을 되찾았지. 또 제게 닥친 일 어쨌든 안고서 남은 삶을 살아봐야겠단 요량도 할 수 있었지.

*

구렁이 자식 낳은 일을 영영 숨길 수는 없지.

할머니는 장자네 마나님께 자초지종을 털어놓았어. 아, 그 먼저 젊어서 남편과 함께 마을로 온 일부터 시작했겠구나. 집터 내어주고 밭 빌려주어 먹고살게 해 준 이웃과 그들 뒤에서 모든 것을 살펴준 장자네에 대한 고마움을 담담하게 읊조렸지. 돌계집으로 자식 없이 사는 것이 큰 한은 되지 않도록 찾아주고 불러준 여러 인연 또한 있었다며 남편과 자신은 복 받은 삶이었다고 했어. 그리고 또 빠뜨릴 수 없는 복은 십 년 전인가에 남편이 세상을 뜬 뒤 장자네에서 자기를 불러주어 일할 수 있게 해준 것이라고 했지. 베 짜는 일에 성심을 다했고 부엌일 도울 때도 성심을 다했다고 했어. 즐거운 일이니 그럴 수 있었다고 했어. 텃밭 나가 밭 매고 푸성귀 따는 일도 즐거운 일이었노라고 했어.

그러다 드디어는 풀더미에서 새하얀 알을 하나 찾아낸 일을 이야기했겠지. 그 말을 할 때부터 뱃속이 후끈해지고 가슴이 뛰기 시작했을 것이야. 알을 주워 집으로 돌아가는 길에 비를 만났지. 소나기를 만나 윗도리고 아랫도리고 흠뻑 젖어버린 것까지, 그동안 칠흑처럼 깜깜하게 잊고 있었던 그런 것까지 기억해냈지. 할머니는 집에 당도한 뒤 노른자로 가득한 알을 삶아 먹은 일에서부터 시작해 그 얼마 뒤부터 입맛이 달라진 일, 그리고 배가 불러오는 게 틀림없음을 확인한 일까지 모두 다 이야기했어. 구렁이 자식 낳은 일의 자초지종을 털어놓는 게지.

그 내내 가슴이 마구 뛰어.

혹시나 마나님이 더는 일 하러 오지 말라고 할지 모른다 싶었거든. 장자네 출입만 금지되는 게 아니라 말이 어찌 도느냐에 따라서는 마을에서 쫓겨날 수도 있는 일이었으니 각오를 하고 털어놓는 것이었거든.

마님 얼굴이 심각하게 어두워져. 그런데 끝에는 하늘이 낸 변고 같으니 어쩌겠느냐고 오히려 위로를 해줘.

이상하게도 위로를 하더란 말이야.

장자 어른이 동네에 도는 말을 함부로 날뛰지 못하게 해서인지 할머니를 내쫓자느니 하는 소리는 나오지 않았어. 그렇게 날이 흐르면서 할머니는 차차 한숨을 돌릴 수 있었어. 어떨 때는 윗목 뒤주에 똬리 틀고 앉은 구렁이 자식을 온전히 잊고서 베 짜는 일에 몰두하기도 했어.

난리는 엉뚱한 곳에서 시작되었지. 하루는 자식 놈이, 그 구렁이 자식 놈이 이러지 뭐겠어.

"어머니, 나 그 장자네 딸한테 장가갈 작정을 했소. 그러니 가서 얘기해 줘요."

이것 봐. 이거 뭔 소리냐고. 아, 구렁이가 사람한테 장가들겠다잖아.

그것도 마을의 으뜸인 장자네 딸한테 말이야. 드나들며 일도와 밥 얻어먹고 사는 할머니의 구렁이 자식이 일대를 호령하는 장자네 사위가 되겠다지 않은가 말이야. 누가 들어도 해괴하다

할 소리고 분수에 맞지 않는 소리라고 할 일이지. 할머니는 제 가슴을 치고는 말했어.

"아이고, 이놈아. 그게, 그게 무슨 말이냐? 어미가 그 집에서 얻어먹고 사는데 자식이 그 집에 장가를 간다니 도대체 그게 말이 되는 소리겠느냐? 네 꼴도 생각해야지. 너는 그 뒤주를 천지로 삼고 있으니 세상 돌아가는 이치를 알 턱이 없겠다만 함부로 그런 소리 내뱉지 마라. 그동안 옹알이 듣듯 네가 하는 소리 들어왔다만, 어화둥둥 내 자식 놈아 하며 가슴 뭉클해지기도 했다만, 이제 그런 소리 하려거든 벙어리가 되고 말아라. 내가 하늘에 그리 빌 작정이다. 해괴한 일이라는 소리가 마을 사람들에게 돌아봐라. 분수도 모른단 소리까지 돌아봐라. 말이 그리 돌다 장자님 귀에 들어가고 이상한 바람을 타기 시작하면 이 어미도 너를 지켜줄 수가 없다. 지켜주기는커녕 너하고 같이 마을 밖으로 내쫓김 당하고 말 터. 그리되면 나는 화적 패에게 끌려갈 것이고 너는 땅꾼에게 쫓기다 가죽이 벗겨질 것이다."

할머니는 제 자식 단속을 단단히 한다는 마음으로 그렇게 모질게 말을 했지. 그동안 눈에서 점점 더 빛을 세게 내던 구렁이는 제 어미 말이 끝나자마자 기다렸다는 듯 이래.

"어머니, 내 다시 말하오. 나 그 장자네 딸한테 장가갈 작정이오."

"뭐, 뭐라? 이 어미가 사정하고 다짐하며 말했거늘 네놈이 어쩌자고 계속 이러느냐?"

"내 뜻이 분명하기 때문 아니오. 그러니 가서 얘기해 줘요. 이 자식 생긴 꼴이라느니 세상 돌아가는 이치라느니 하는 소리는 다시 하지 마오. 다시 그런 식으로 나온다면, 나 그럼 한 손에 칼 들고 한 손에 불 들고 어머니 뱃속으로 다시 들어갈 테요. 내 말 듣겠소, 안 듣겠소?"

두 눈에 벌써 불을 켠 형국이구나. 해대는 소리는 시퍼런 칼을 들이대는 것이나 마찬가지구나. 지금 이 형국이 말이다. 할머니야 아무 할 말이 없지 뭐. 입이 딱 붙지 뭐.

할머니는 구렁이 자식의 기세에 아무런 말을 할 수가 없었지.

한 손에 칼 들고 한 손에 불 들고 어미 뱃속으로 다시 기어든다는 소리가 무슨 소리냐? 을금아, 너는 알겠느냐? 그 할머니도 얼른 무슨 소리인지 알아듣지 못했지만 자식 놈의 무시무시한 기세만은 느꼈겠지. 그 자리에서 더는 입을 떼지 못하고 가슴이 쿵쾅쿵쾅 뛰는 것을 간신히 진정시키고 부엌으로 물러났겠지.

날마다 장자네에야 갔지. 장자네에 가긴 갔지마는 어디 그게 쉽게 끄집어 낼 소리야 아니잖아. 이러지도 저러지도 못해. 눈치만 보며 하루하루 보냈겠지. 뒤주에 앉은 구렁이가 더는 뭐라 다그치지 않았지만 밥 때 같을 때 눈길이 마주치면 또 한 손에 칼 들고 한 손에 불 들고서 어찌 한다는 소리가 들려오는 듯했어. 일을 하다 쉴 때나 일을 마치고 나서 돌아가려 할 때나 할머니가 뭔가 미적거린다는 게 장자네 마님한테 느껴졌나 봐. 그랬겠지. 그래도 마님이야 할머니 입에 들어앉은 말을 짐작이라도 할 수 없었지. 식구가 늘다보니 먹을 게 더 필요한가보다 생각하고 일꾼을 시켜 하루는 장을 또 하루는 곡식을 퍼주게 하는 식으로 마음을 썼어.

＊

　하루는 구렁이가 머리통을 내밀고…….

　하루는 그 할머니가 장자네에서 돌아와 방으로 들어갔더니 구렁이가 머리통을 내밀고 있는 거야. 어미가 돌아온 기척에 구렁이가 벌써 머리통을 내밀고 기다렸나 봐.

　구렁이가 이러는 거야.

　"어머니, 그동안 이 자식 놈 말은 했소, 안 했소?"

　할머니가 얼른 뭐라 대답 못 하자 금방 이렇게 다그쳐.

　"생각할 시간을 달래는 거요, 아니면 안 되겠다는 거요?"

　"그게 어디 쉽게 물어볼 말이고 쉽게 대답할 말이냐. 기다려 보자. 기다려봐."

"어머니, 혹시 여태 말을 못했소?"

"그래, 이놈아. 차마, 차마 말을 못 꺼냈구나. 그동안 눈치만 보다……."

"나 당장 칼 들고 불 들고 어머니 뱃속으로 들어갈 테요."

할머니가 뭐라고 더 변명할 틈도 주지 않고 구렁이가 하는 말이었지. 할머니는 곡식 자루를 털썩 떨어뜨리고 말았어.

이제는 할머니도 할 수 없게 되었지. 그 길로 할머니는 다시 장자네로 갔어. 가는 길에 몇 번이나 할 말을 되새겨본 할머니는 장자네 어른과 마님이 저녁상을 물리는 듯하자 대문으로 들어섰어. 일꾼들이야 소 닭 쳐다보듯 했지만, 마님은 곡식 자루 안겨 보냈던 할머니가 다시 돌아오자 의아하게 쳐다봤지. 이어서는, 무슨 일이 있느냐고, 뭐 빠뜨린 게 있느냐고 물었겠지.

"마님, 오늘 꼭 드릴 말씀이 있습니다."

그리 말하고 할머니는 곧 마님 방으로 들어가 앉게 되었어.

할머니는 이미 각오한 터. 오래 뜸 들이지 않고 제 자식이 전해 달라는 말을 했어. 그리고 한 손에 칼 들고 한 손에 불 들고 어미 뱃속으로 다시 들어간다느니 어쩐다느니 한 소리까지 내리닫이로 털어놓았어.

마님에게서 호통이 터져 나오리라 생각했거든. 할머니는 그렇게 생각하고 그렇게 각오하고 있었어. 그런데 마님이 한숨을 내쉬는 것이야. 어리둥절해진 건 할머니였지. 빤히 쳐다보니 마님이 이래.

"알았네."

멍하니 쳐다보니 이래.

"내 우리 집 어른한테 말씀 전하겠네. 그런데 시집 장가는 한쪽에서만 가는 게 아니니 어찌 될지는 아무도 모르는 일 아닌가. 세 딸 중에 그 혼사를 받아들일 아이가 있을지 없을지는 아무도 장담 못 하는 일 아닌가 말일세. 그 사정은 살피고 얼마가 되든 기다려주게, 할멈."

마님 말씀은 뜻밖에 고분고분한 것이었어. 할머니는 마님 방을 나서는 길에 혹시 무슨 놀림을 당하고 있는 건 아닌가 생각해 볼 정도였어. 이야기를 들은 뒤 기다려달라고 하고, 또 어서 가보라고 하는 동안 얼굴에 가득하던 그늘까지 해서 할머니로서는 생각할 거리가 아주 많았지.

그래, 을금아, 늦었구나. 이야기가 이리 길어질 줄 몰랐다.

그 집 굿이야 내가 하는 굿이다. 너는 옆에서 지키기만 하면 될 일이다. 징재비 장구재비 다 불러서 하는 굿. 새로 지은 그 집의 성주신에게 재앙 물러가고 행운 깃들게 비는 굿이다. 몸 가지고 사는 생명이 배불리 밥 먹고 고운 옷 입으며 덩그러니 큰 집에서 살 수 있는 복 누리고자 하는 것은 함부로 무시할 수 없는 법. 그런 까닭에 내가 그 집에 굿하러 가기도 하는 일이지. 그러나 누구에게는 그런 복 누리는 것보다 더 중한 일이 있다. 제 몸에 신명을 모셔 신명의 영험을 펼쳐야 하는 사람도 있는 법이다.

사람은 먹는 것으로 입는 것으로 다리 뻗고 누울 곳으로 살기도 하지만 산천과 함께 살고 하늘과 함께 살기도 하는 생명인 것이지. 저 산천이 다 신명이고 저 하늘이 다 신명이다.

너는 너의 신명 받아 모시는 굿을 준비해야지.

몸주신을 받아 모시는 굿은 온전히 을금이 네가 감당해야 할 굿이지. 내 딸 된 지도 벌써 반년이 지났다. 늦어졌다 할 건 아니다만 그렇다고 마냥 세월을 흘려보내서도 안 될 일이다.

받아 모셔야 할 몸주신이 누구인지 먼저 가려내어야 할 터이고⋯⋯.

*

너도 다 아는 일.

장자네 셋째 딸이 구렁이와 혼인하겠다고 하는 건.

장자네 어른과 마님이 제 딸들에게 차례로 물어보잖아. 먼저 맏딸한테 묻지. 우리 집에 일하러 오는 할멈이 어쩌다 보니 구렁이를 낳았단다. 그런데 그 할멈 자식이 우리 집에 장가 오겠단

다. 그렇게 설명한 뒤 혹시 네가 시집갈 생각 있느냐고 묻지. 아, 그럼 맏딸이 손사래를 치잖아. 끔찍한 소리 마라고. 자기가 왜 구렁이한테 시집을 가느냐고 말이지. 둘째 딸이라고 다를 것 없지. 똑같지. 구렁이는 생각만 해도 징그럽다고. 다시는 저한테 그런 소릴랑은 마시라고 하지. 그래, 그러잖아. 내가 그 집 툇마루에 앉아 들을 때도 그러더라고.

노마나님이 계집애들 앉혀 놓고 그리 이야기를 이어가더라고.

뭐라? 그 집 노마나님이 아니고 그 집 아이들 외가, 외가에서 온 외할머니라고?

그랬구나. 그 집 노마나님이 아니라 그 집 아이들 외할미였구나. 새로 잘 지은 사위 집에 왔다가 외손녀며 또 이웃 계집아이들에게 옛이야기를 하게 되었던 것이구나.

어쨌든 나이 든 여자지. 나도 나이 먹을 만큼 먹은 여자지.

지금 나는 아주 오래전 일이라 생각하고 이야기를 해보고 있단 말씀이야. 그리고 이야기를 아이들만이 아니라 어른들까지 들을 만하게 해보고 있단 말씀이야. 이럴 때는 똑같은 이야기라도 좀 달리할 수밖에 없다 싶어. 설명할 게 더 필요하다고나 할까. 어젯밤에 내가 늦게 이야기를 끄집어내기도 했다만, 내가 하려는 이야기라는 게 이렇게 길어질 수밖에 없기도 하단 생각이 든다.

아, 그러니까, 외할미가 외손녀들 데리고 이야기할 때는 셋째 딸이 얼른 자기가 구렁이신랑과 혼인하겠다고 해도 아무 상관이 없는데 내가 머리 다 굵은 무슨 총각 놈한테 이야기할 때는 설명할 게 더 있단 말씀이지. 그러니까, 그 왜 장자네에서 자기네가 부리는 할멈의 자식이 한 청혼을 심각하게 생각하여 딸들에게 다 물어보느냐는 식으로 따질 수 있는 일이잖아. 아, 대답을 해야지. 앞에서든 뒤에서든 대답이 있어야 해. 그래야 고개 끄덕이며 들을 만한 이야기라고 하잖는가 말이야.

나는 그 대답을 하려고 장자네 마님 얼굴에 그늘이 드리웠다고 했던 것이네. 그 그늘은 어찌 된 그늘인고 하면, 을금아, 들어 봐라. 할머니가 아이를 낳았다는 소문을 장자네가 들었을 때부터 생긴 그늘이야. 할머니야 제 일 때문에 몰랐지. 하지만 그게 진작에 생긴 그늘이라고. 벌써 장자네에서는 딸 하나를 구렁이와 혼인시켜야 하는 건 아닌가 하고 걱정하고 있었단 말이네.

그동안은 누구한테 내놓고 고민하지 않았지. 그러나 이제는 식구들이 머리를 맞대고 고민하고 의논해야 할 일이 된 것이지. 어째서 그래야 할 일인가 하면 말이지…….

자, 들어보세. 장자네 어른이 셋째 딸에게 하는 소리를 우리가 들어보자고.

"막내야, 우리가 이 일대에서 장자네라 불리는 건 먼저 이 번

듯한 집채가 있어서이고 쓸 수 있는 재물 많아서이고 부릴 수 있는 사람 많아서다. 그러나 내가 하는 말이 영이 서는 것은 그 때문만은 아니다. 우리가 장자네가 된 것은 내 조부 때의 일. 조부는 땅의 기운을 볼 줄 알고 땅의 기운을 모을 줄 알았다. 조부의 힘에 대한 소문이 퍼지자 사람들이 모여들었다. 물가 언덕바지의 마을은 산모퉁이를 몇 개나 돌아가도 이어질 정도의 마을로 커졌다. 웬만한 밭에서도 곡식 잘 여무니 사람들이 입을 모아 조부를 장자라 불렀다. 그럴 때 어떤 노인네가, 조부의 힘을 제일 먼저 알아봤다는 노인네가 말했다지. 땅의 기운이 예전만 못해진 날이 언제인가 오면 그때 아이 낳을 수 없는 여자에서 한 사내아이가 나올 터이니 장자네가 사위로 삼아야 할 것이라고. 그러지 않으면 칼 든 자들이 날뛰고 가뭄 든 땅 곳곳에서 불이 나리라고. 지금 내가 무슨 말을 하고 있는지 알겠느냐?'

장자 어른이 이미 두 딸에게 한 소리였지. 그걸 그대로 다시 하다가 마지막에 확인해 보았어. 막내딸이 침을 꼴깍 삼키고는 "네" 하고 대답해.

"할멈이 출산했다는 소리를 들었을 때 너희 아버지와 나는 그 옛말을 떠올렸다. 옛말에서 말하는 때가 지금인지 언제인지 잘 모르겠더라. 하지만 모른 척하고 있을 수는 없는 일이었지. 아이가 장가가려면 세월이 흘러야 할 일이니 아직 아닌가 보다 하고 생각을 정리할 때쯤 놀라운 소리를 듣게 되었다. 할멈이 낳은 아이가 구렁이라는 소리를 듣게 되었다. 얼마나 놀랐는지 모른다. 무럭무럭 자란다는 소리를 듣게 되었다. 또 얼마나 놀랐는지 모른다. 그런데, 마침내 할멈이 이 어미를 찾아왔더구나. 청혼하러 말이다. 한 손에 칼 들고 한 손에 불 들고 어미 뱃속으로 다시 들어간다느니 어쩐다느니 해가며 할멈을 재촉했나 봐. 이쯤 일이 전개되는 것으로 보아 너희 아버지와 나는 옛말이 바로 우리의 이 때를 두고 한 소리라는 것을 외면할 수 없게 되었다. 땅심이 예전만 못하다는 소리며 풍속이 날로 거칠어진다는 소리도 외면할 수 없게 되었다. 그러나 부모라고 해서 구렁이에게 시집가라고 강요할 수 없는 일. 너 두 언니의 뜻은 우리가 다 받아들였다. 막내 너 뜻은 어떤지 오늘 물어보려고, 조부 때 우리 집안이 장자네가 된 일부터 이야기를 한 것이야.”

마님이 이쯤 배경 설명을 해놓았지. 그러자 장자네 어른은 더 꾸물댈 것도 없다고 생각했나 봐. 헛기침 한 번 하고는 바로 이렇게 물었거든.

“막내야, 너는 어떠니? 그 할멈 아들한테 시집가겠니?”

이번에는 장자네 어른과 마님이 침을 꼴깍 삼킬 듯하며 쳐다보았어. 막내딸이 입을 열었지.

“네, 그렇다면 제가 혼인하겠습니다.”

장자네 어른과 마님이 저도 모르게 침을 꼴깍 삼키고만 있는
사이 막내딸은 이렇게 말을 덧붙였어.

"두 분 이야기를 들어보니 구렁덩덩 우리 낭군님이 틀림없는
걸요."

*

이리하여 막내딸은 혼례를 치르게 되었겠다.

할머니의 구렁이 아들과 혼례를 치르게 되었으니 장자네에서
는 신랑의 뜻을 받아들여 준비를 서둘렀어. 아무래도 어렵지 싶
었는데도 결국은 신랑이 바란 대로 그해 가을의 끝날로 혼인날
을 잡을 수 있었지.

혼인날 구렁이는 사모관대까지 했다지. 신랑답게 차리고 장자
네로 갔는데, 어찌 갔느냐 하면, 뒤주에서 나와 제 집 마당을 돌
고 들길을 제법 기어가다가 누구네 담장도 타고 누구네 지붕도
넘고 하며 갔다지. 또 누구네는 바지랑대를 내주어 길을 안내하
기도 하고 그랬겠지. 할멈 오막살이에서 장자네 번듯하게 큰 집
채까지 가는 길에 사는 사람들은 다 나왔겠지. 웬만하면 다 나왔
겠지. 그뿐만 아니라 일대 사람들까지 우르르 몰려와 구경하니
요사이 임금님 행차 같았는지도 모를 일이지. 누가 시키지도 않

았는데 나팔을 불어. 북을 쳐. 그러니 구렁이가 징그럽다며 구경을 않겠다던 처녀들까지 다 나왔던 것이지.

초례청을 차린 장자네 마당도 사람들로 빽빽해.

드디어 구렁이신랑이 초례청에 당도하고 식이 거행되는데, 사모관대까지 쓴 신랑이니 신랑답게 절도 하고 술도 마시고 했겠다. 구렁이신랑이 이리 움직이면 이리, 저리 움직이면 저리 하는 식으로 사람들 눈길이 휙휙 돌아가. 또 그때마다 놀라는 소리가 새어나오곤 해. 혼인 잔치이니 흥겹기는 분명 흥겨웠지. 하지만 마냥 흥겹기만 한 건 아니었던 거야. 많은 사람에게는 놀라운 일이었지. 어떤 사람에게는 안타까운 일이었고. 누군가는 끔찍한 일이라는 생각에 조마조마해하기도 했어.

끔찍해하는 사람들은 이 혼인이 혼인이라기보다 제사 같은 것이고 결국 장자네 막내딸은 제물로 바쳐진 몸이라 생각한 것이었지. 장자네 어른과 마님에게도 그런 마음이 없진 않았어. 그런데 구렁이를 신랑으로 맞아들이는 당사자인 막내딸은 예식 내내 태연했다지.

무사히 예식이 끝나고 밤에 신랑과 신부가 신방에 들었어.

삼경이 되자 신랑이 신부에게 준비해 달라고 한 것이 다 준비되었느냐고 물어. 신부가 바깥으로 나가보더니 준비하라고 한 것이 다 준비되었다고 해. 그러자 신랑은 자기가 목욕을 하고 올 테니 누구도 못 보게 해야 한다고 해. 그렇게 이르고는 문을 밀고 나가 쪽마루를 타고 뒤란으로 기어가.

　뒤란에는 뭐가 준비되었는가 하면, 목욕통이 세 개가 차례로 있어. 아무도 못 보게 했다지만 일이 어찌 되었는지는 다 전해지는데, 먼저 구렁이신랑이 검은 잿물이 담긴 목욕통으로 들어가더래. 그리고는 흰 밀가루가 가득한 목욕통으로 들어가더래. 그리고 마지막으로는 뜨겁게 데웠다가 식혀 으슬으슬할 때 딱 좋을 만큼 따뜻한 물이 가득한 목욕통으로 들어가더래. 그 세 번째 목욕통을 빠져나왔을 때……

　다시 신방에 돌아왔을 때……

　다시 신방에 돌아왔을 때는 신랑이 구렁이가 아니라 번듯한 사내였어. 세 번째 목욕통에서 빠져나왔을 때 허물이 스르르 벗겨졌던 것이지. 내가 툇마루에서 들을 때 그 집 아이들 외할미는 옥골선풍 선비라고 하더군. 선비든 낭군이든 간에 장자네 막내딸과 다시 마주 앉은 것은 이제 구렁이가 아니라 사람이었지.

　"내가 각시를 만나 허물을 벗게 됐다오. 우선 어디 잘 넣어두시오."

　옥골선풍 선비 같다는 신랑이 제 허물을 신부에게 건네주며 그렇게 말해. 신부는 허물을 받아 개어 놓고는 말했어.

　"이게 꿈은 아니지요?"

"아무렴. 꿈이 아니지요. 내가 누구인지는 각시가 이미 알아 보았지요. 내가 무엇이 될지도 알아보았고 말이오."

"낭군님은 하늘에 죄를 지어 구렁이 탈을 타고 세상에 태어나 셨던 건가요?"

"아니라오. 많은 사람이 그리 생각할 것이오. 뭐 그렇게 생각 해도 상관없소이다만……."

말끝을 흐리는 것으로 보아 당장에는 다 설명하기가 힘들다는 뜻인 듯해. 신랑은 잠시 뒤 뜻밖에도 자기는 내일 해가 하늘 가 운데까지 솟아오르기 전에 이 집을 나가야 한대. 마지막으로 한 번 더 허물을 벗어야 한대. 신부가 놀라는 눈치이자 두 철이 지 나면 돌아올 수 있다고 해. 그때까지는 허물을 잘 간직해야 한다 고 덧붙여. 그것 잃어버리면 자기와 다시는 만날 수 없다. 이 말 에 막내딸은 개어놓은 그것을 제 품속에 넣었어.

다음 날 아침 난리가 나지. 구렁이가 사람으로 변한 것을 보고 놀라지 않을 수가 없지. 놀란 집안 식구들이 몇 마디씩 해댔는데 담을 넘고는 소문으로 단숨에 퍼져. 신랑이 솜옷까지 챙겨 장자 네를 나서려 할 때는 전날 혼례 때처럼 사람들이 몰려들었는지 라 요란스러웠어.

그래도 막내딸의 낭군님은 모인 사람들을 아랑곳하지 않고 다 녀올 곳이 있다면서 길을 떠났지.

*

막내딸은 낭군 돌아올 날만 손꼽아 기다렸겠지. 구렁이 허물을 품속에 간직한 채…….

그런데 그 허물을 노리는 사람들이 있었단 말씀이야. 그래, 두 언니지, 두 언니. 구렁이신랑이 뒤란에서 목욕하는 동안 누구도 엿보지 못하게 막내딸이 잘 지켰지. 그렇지만 신랑이 허물을 벗고 사람 모습으로 나타난 뒤까지 다른 사람의 접근을 막은 것은 아니었지. 호기심에 신방을 엿보러 온 장자네 부엌데기 처녀가 듣고 말았구나. 허물을 두고 신랑과 신부가 나누는 이야기를 다 듣고 말았던 게야. 그 엿들은 소리가 오래잖아 장자네 두 딸에게 전해진 게야. 그때부터 두 언니 모두에게는 그 허물을 품에 한 번만 품어 봤으면 하는 마음이 자라게 되었던 것이었지.

두 언니는 시치미 딱 떼고 행동했어. 허물에 대해서는 아는 바가 전혀 없다는 듯 동생 앞에서 행동했어. 신랑이 집을 나선 지도 얼추 두 철이 다 되어가기도 했고 또 누가 허물에 대해 물어 오지도 않고 하자 막내딸 마음이 좀 느슨해졌겠지. 옷을 벗더라도 늘 가까이 두곤 했는데 그날은 그만 막내딸이 방안에 옷을 둔 채 목욕통으로 들어갔어. 한참 목욕하는 틈에 두 언니는 동생의 저고리를 뒤졌어. 그동안에도 여러 모로 찾아 헤맸는데 드디어 그 저고리에서 딱 찾아내게 되는 게지. 막내딸이 저고리 안쪽을 따로 기워 품고 있던 허물이 없어진 것을 깨달은 것은 이튿날 아침이나 되어서였어.

그사이 두 언니는 그 허물을 한 번씩 나누어 품었지. 아침도 먹지 않고 허둥지둥하는 동생을 보자 두 언니는 그제야 어떻게 돌려줄 것인지를 의논하기 시작했어. 처음엔 돌려주자고 시작한 의논이었는데 점차 동생 것을 탐냈다고 소문나고 그래서는 자기들이 제대로 신랑 얻기도 힘들어질 것이라며 감쪽같이 없애버리자는 쪽으로 의견을 맞춰가게 되었지.

사흘이 지나도록 끝내 자기들에게 허물에 대해 말하지 않는 동생을 보자 앙큼한 것이라며 두 언니는 마침내 결정했어. 조만간 이른 새벽녘에 집 밖으로 나가 그 허물을 태워버리기로 말이야.

모두가 잠든 이른 새벽. 두 언니가 집 밖으로 나가는 동안 막내는 잠들어 있었어. 늦게까지 마음 끓이다 든 잠이라 그때는 한잠이었지. 그런데 막내는 두 언니의 도둑질과 증거 감추기를 알아채게 돼. 어찌 된 일인가 하면, 한잠이 들었던 막내에게 아주 진한 누린내가 느껴져 그만 눈이 떠지고 말았던 거야. 이 새벽녘에 웬 누린내인가 하는 생각만 몇 번 하다가 다시 잠에 휩쓸리던 막내는 흠칫 놀라며 눈을 떴어. 그대로 방문을 열어보았지. 누린 내가 풍기는 곳으로 막내가 달려가는 것은 잠시 뒤였지. 텃밭 쪽에서 불이 활활 타오르는 것도 보게 되고 불꽃에 드러나는 두 언니의 모습도 보게 되고 그러지.

아, 설마!

뭐라 말리려 해도 말이 안 나와.

막내딸은 그냥 달려갔어. 생각지도 못한 일인지 두 언니는 멍하니 쳐다보고 말이야. 설마 했는데 두 언니가 홀라당 태운 것이 제 신랑 허물이었다는 것을 막내딸은 다 보게 되지. 다 보고 다 알았지만, 막내딸이 모르는 것도 있었어. 제 두 언니가 신랑 허물을 홀라당 태워버린 곳이 어디였느냐 하면, 할머니가 새하얀 알을 주웠던 바로 그 자리더라는 것, 바로 그 자리더라는 것까지는 몰랐지.

그렇게 공교롭게 딱 들어맞는 것에 무슨 뜻을 담을 수 있을지 모르겠다. 모르겠다만 나는 그리 이야기하련다. 그리고 할머니가 알을 주운 건 여름이었다고 하련다. 뜨거운 볕 피해 나무 그늘에서 쉬다 그걸 본 게지. 혼자 땀에 흠뻑 젖어서 출산을 한 건, 혼절한 채로 출산한 건 봄이었다고 하자. 씀바귀 돋아나는 그런 봄 말고. 흰 꽃이고 분홍 꽃이고 다 바삐 피었다가는 또 바삐 지고 이제는 잎이 날로 무성해지는 그런 봄. 장자네에서 땀을 빼질

삐질 흘리며 집으로 돌아왔다가 산통에 그대로 드러눕고 말았던 날은 바로 그런 봄날이었어.

재가 된 허물을 보자 막내딸은 깨달았어. 남은 봄날이 지나가 날수가 다 차도 신랑이 돌아오지 않으리라는 사실을. 두 언니에게 따지고 말고 할 일이 아니었지. 원망하고 말고 할 일도 아니었지. 그날 해가 하늘 복판까지 떠오르기 전에 막내딸은 먹물옷에 고깔로 중의 행색을 한 다음 등에다가는 바랑 하나를 걸머지고 무작정 길을 나섰대. 나는 이 이야기를 아주 오래전 일로 이야기하고 있으니 중 행색이 아니라 다른 행색이라 말해야 할 터인데 당장 어떤 행색이었다고 해야 할지 모르겠단 말씀이야. 부처님 법도 아직 전해지기 전의 아득한 옛적이니 먹물 옷을 입어 중 행색을 했다느니 하는 건 이치가 맞지 않은 말이지.

그렇지만 우선은 남들이 많이 하는 그대로 할 터이니, 그리 듣고 넘어가자고.

*

각시는 집을 나서 길을 갔어. 중 행색이든 또 무슨 행색으로든 간에 여하튼……

구렁이신랑이 누구인지를 각시는 그동안 안다고 생각했어. 그

308

런데 길을 나서고 보니 도대체 알 수가 없어. 영영 못 만날지도 모른다 생각하니 다 헷갈리고 자신마저 없어진 것이지.

각시는 제 신랑이 허물을 건네주며 한 말만 자꾸 되새겨 볼 수밖에 없다 싶었어. 그 말만을 무슨 주문처럼 외며 길을 갔지. 이 마을 저 마을 다 돌아볼 작정이었어. 이 길 저 길 가게 되었고 이 고개 저 고개도 넘게 되었지. 그때마다 이 사람 저 사람 만나 제 낭군 못 봤느냐고 물었지. 생김새는 어떠하고 차림새는 어떠하고 또 사연은 어떠하다고 하며 혹시 어디 있는지 아느냐고 물었지. 안다는 사람도 있고 모른다는 사람도 있고 어디의 누구네를 찾아가보면 도움이 될 것이라는 사람도 있고 그랬어. 그동안 이 사람 저 사람 일도 도와줘야 했고 그래.

그렇게 온갖 곳으로 다녔어. 온갖 사람 만났어. 드디어는 옹달샘에 빨래하러 온 할머니를 만났어. 이 할머니가 바로 옹달샘에 복주께를 띄우고는 거기에 막내딸을 올라타게 해 생각지도 못한 세계로 보내주는 사람인데 그 전에 한 가지 일을 시켜. 시험이라고도 할 수 있지.

제 낭군님 본 적 없느냐는 말에 할머니는 이랬거든.

"이 검은 빨래를 희게 빨고 저 흰 빨래를 검게 빨아 주면 가르쳐주마."

샘물로 얼마간 비벼 빨아 봐도 검은 빨래가 희게 되고 흰 빨래가 검게 될 리는 없을 듯해 각시는 어찌해야 하나 생각해봤어. 흰 빨래는 검은 잿물에 담갔고 검은 빨래는 흰 밀가루 물에 담갔지. 그 내내 혼인날 밤에 신랑이 뒤란에서 목욕통을 하나씩 지나가던 때를 본 듯이 머릿속에 그려보려 했지. 그리고 샘물로 헹구어냈는데 보니 흰 빨래는 검게 되었고 검은 빨래는 희게 되어 있지 뭐야.

그러자 할머니가 옹달샘에 복주께를 띄우고는 올라타래.

아, 그 복주께라고 모르니? 주발 뚜껑 말이다. 막내딸이 눈을 질끈 감고서 그 주발 뚜껑 위에 올라섰지. 발 하나도 제대로 못 올리겠다 싶은데도 이상하게 두 발이 다 올라가네. 놀라는 것도 잠깐이고 이번에는 미끄러진다 싶더니 그 좁은 옹달샘에서 어디로 내달려. 그리곤 갑작스레 몸이 어디로 쑥 빠져 들어가는 듯싶더니 두 발바닥이 땅에 닿아 있는 거야. 막내딸이 그새 딴 세상에 온 것이지.

그 딴 세상에서도 막내딸은 길을 따라 걸었어. 어떤 논에서 웬 계집아이가 노래를 부르고 있는데 문득 이런 소리가 들려 걸음을 멈추게 했어.

"……저 건너 구렁덩덩 우리 낭군님 내일모레 장가갈 테니……."

이 계집아이에게 부탁도 하고 어르기도 하고 사례도 하겠다고 해서 노래를 다시 듣게 되잖아. 너도 다 아는 터이니 좀 서둘러 가보도록 하자고. 어찌어찌해서 계집아이에게 노래를 제대로 듣게 되는데, 계집아이는 새 쫓는 노래를 부른 것이었어.

노래는 익어가는 나락 먹지 말고 열흘 뒤 장가가는 구렁덩덩 우리 낭군님한테로 가서 얻어먹으라며 새를 쫓는 노래였어.

사례를 한 뒤 막내딸은 계집아이에게 낭군님이 산다는 곳까지 알아낼 수 있었지.

마을 한가운데 있는 큰 기와집의 별채로 찾아가 막내딸이 제 신랑을 다시 만나자면 그 집의 하인 녀석과 입씨름을 해야 하는데, 우리가 서둘기로 했으니 그런 건 다 건너뛰기로 하자고. 동냥으로 얻은 쌀을 밑 터진 보자기로 받아 일부러 쏟아놓고는 제사에 쓸 것이라며 젓가락으로 하나씩 주우며 시간을 끌다가 밤늦어 잘 곳을 찾기 어렵게 되었다며 헛간에 하룻밤 머물겠다고 해 간신히 허락을 받은 과정은 지금 이리 말하는 것으로 다 넘어가자고. 오늘 밤에야 내 이 이야기가 다 마무리되겠지만 수시로 몸살 찾아오는 을금이 너를 내가 너무 오래는 붙들고 앉았을 수 없겠으니 말이다.

제대로 먹지도 못하고 제대로 자지도 못해 나를 찾아오기까지가 힘들었느냐, 나를 새로운 어미로 삼아 굿판 따라다닌 때부터가 더 힘들었느냐? 힘들어도 이 길이 너의 길이라 생각한다면 다행이다. 아무것도 잘못된 것 없다. 이른 새벽에서 늦은 밤까지 기도하고 기도하여라. 마음 닦고 눈 밝게 하여 신령이 나타날 때 못 알아보는 일 없도록 하여라. 처음엔 신령이 사람을 부르나 나중엔 사람이 신령을 모셔야 하는 일임을 알게 될 것이다.

헛간에서 한숨 돌린 뒤 막내딸은 먹물 옷인지 뭔지를 벗었어. 신방에 입고 앉았던 옷을 끄집어내 입고서는 거울을 보며 몸단장을 했다지. 그리고 밤이 깊어져 삼경 무렵이 되자 불 켜진 방의 문이 드르륵 열리고 한 사내가 모습을 드러내. 숨어 보는 것이라 자세히는 살필 수 없었으나 구렁이 허물을 벗고 나타났던 제 신랑이 틀림없는 듯했어. 당장 뛰쳐나가 알리고 싶은 마음을 누르고 기다렸지.

그랬더니 마당으로 내려선 사내가 달을 올려다봐. 그리고 이렇게 중얼거리는 거야.

"아, 달도 밝구나. 달이 밝은 날이면 내 옛 각시가 더 보고 싶어지니 어찌할꼬. 그래도 어쩌겠는가. 이제 새로 혼인을 하여야 하니 잊는 길밖에 없도다. 내가 지키라고 한 것 지키지 못했지만 그만 나를 잊고 그 세상에서 마음이라도 편히 살 수 있기를 빌어주는 수밖에."

눈물이 울컥 치솟아. 막내딸은 그걸 애써 참고 헛간에서 쓱 나서며 외쳤어.

"낭군님, 우리 낭군님, 지키라는 것 못 지킨 옛 각시 여기 있사옵니다. 여기서라도 꾸중하여 주십시오."

옛적 그 신랑이 깜짝 놀라. 구렁이 허물을 벗고 사람 모습이 된 신랑이지만 제 신부가 그곳까지 찾아올 줄은 몰랐는지 깜짝 놀라. 한밤에 헛간에서 웬 여자가 불쑥 나타나서 놀란 게 아니야. 도저히 올 수 없는 곳으로 찾아와서 놀랍다는 것이 틀림없으렷다.

"아니 당신이 여기를 어인 일이오?"

두 손을 잡고 몇 번이나 이 말을 해. 신부는 대답했어.

"낭군님이 안 오시니 제가 찾아서 올 수밖에요."

그때 놀랍고 반가운 낯빛이 한순간에 꺼지고는 한숨 소리가 모든 걸 캄캄하게 삼켜버려. 을금아, 이어 나온 소리는 이런 매정한 소리였다.

"먼 길 오느라고 수고했소만, 나는 새 각시를 얻기로 되어 있다오."

*

내가 들은 이야기는 뒷이야기가 더 있다.

신랑과 신부가 달 아래 다시 만나 행복하게 잘살았더라는 식으로 끝나는 이야기도 있는가 보구나. 뭐 그리 끝나도 이야기가 안 되는 건 아니겠다. 그런데 내가 어렸을 적에 들은 이야기는 아마도 뒷이야기가 더 있었던 것 같다. 남은 시험이 있는 이야기야. 나도 그렇게 이야기를 해보련다. 오늘 아침부터 징까지 치며 정신을 모아보았다. 이 구렁이신랑 이야기를 쫓아가 보았다. 어찌 풀려가려는지 모르겠더니만 그래도 그 힘으로 예까지 온 것 같구나.

많이 남았다. 많이 남았다만, 또 밤이 되었다만, 끝이 영 안 보이는 건 아니다. 을금아, 어미인 나하고 딸인 너하고 같이 가보자.

을금아, 막내딸의 낭군님이 영영 매정하지는 않았단다. 이튿날 구렁이신랑은 제 옛 각시와 새로 혼인하려는 각시를 앉혀놓고 함께 의논해 보재. 새로 혼인하려는 각시에게는 이미 자신이 혼인한 일을 털어놓았던 모양이야. 그 사정을 알고도 그 마을 한복판의 고래 등 같은 기와집에서 그를 별채에 임시로 머물게 하고는 혼인을 준비했던 것이지. 신랑은 난데없이 옛 각시가 찾아왔는데 모른 체할 수는 없는 일이고 하니 시합을 해서 정하는 것은 어떻겠냐고 해. 두 여자는 다른 방도가 없다고 생각했는지라 고개를 끄덕였어. 그렇게 해서 장자네 막내딸은 구렁이로 태어났던 사내의 각시 자리를 놓고 그 마을 한복판 고래 등 같은 기와집 처녀와 시합을 하게 되었겠다.

첫 시합은 수수께끼 풀기였어. 헌 각시는 새 중에 가장 큰 새는 먹새라는 것과 고개 중에 가장 넘기 힘든 고개는 보릿고개라는 것까지 맞춰 새 각시를 이겼지. 이겼는데 새 각시의 식구들이 나서 두 사람이 첫날밤에 수수께끼 놀이를 해보았을 수도 있다거니 어쨌다거니 하며 입을 삐죽거려. 빙판길에 물지게를 지고 오는 두 번째 시합에서도 헌 각시는 이겼어. 새 각시가 가벼운 동이에 가죽신을 신고 헌 각시가 무거운 동이에 굽 높은 나막신을 신었는데도 물 한 방울 흘리지 않아 이겼지. 어떻게 그새 강이 얼어 빙판이 되어 있었는지 고개 갸우뚱할지 모르겠다. 아, 주발 뚜껑 타고 오게 된 다른 세상 아니냐. 그러니 그런 일 없으란 법도 없는 게지. 하여튼 두 번째 시합에서도 이겼어. 헌 각시는 제 신랑 허물을 지키지 못한 일을 생각하며 조심하고 또 조심했거든. 새 각시는 식구들의 응원을 받으며 앞서 가긴 했어. 하지만 흘린 물이 워낙 많았거든.

그 내내, 시합을 설명하고 승패를 판정하고 하는 그 내내 구렁덩덩 낭군님이 어쨌냐 하면, 장자네 막내딸을 헌 각시로 불렀어. 새 각시의 식구들이 빙 둘러싸고 있는 것만 해도 서러운데 제 신랑까지 그러니 심정이 오죽했겠어. 헌 각시, 헌 각시 그럴 때마다 가슴이 메어졌는데 드디어는 두 볼로 주르르 눈물이 흐르기까지 했어.

"두 시합에서는 내 헌 각시가 이겼소. 그러니 세 번째 시합은 해볼 필요가 없다고 생각할지 모르나 그렇지 않소. 이 세 번째 시합이 제일 중한 시합이오. 이번 시합을 이기는 사람이 전체 시합에서 이기는 것이니 새 각시도 지금까지의 결과에 지레 포기하지 말고 임하기 바라오. 세 번째 시합은……."

이때 헌 각시인 장자네 막내딸은 눈물을 흘리고 말았어. 세 번째 시합이 호랑이 눈썹 세 개를 뽑아 오는 것이라는 설명을 제대로 들을 정신도 없었지. 그렇잖아. 이것 뭐, 낭군님 마음이 새 각시에게 가 있는 것으로 새길 수밖에 없는 말 아니냐. 새 각시도 그리 생각했나 봐. 어두워졌던 낯빛이 다시 환해져 있었거든.

새 각시도 헌 각시도 모두 호랑이 눈썹을 구하러 길을 나섰겠다.

그런데, 그런데, 새 각시는 멀리 가지 않았어. 구렁덩덩 낭군님 마음이 자기한테 와 있는 게 틀림없는데 미련스레 호랑이 찾아갈 일이 뭐가 있느냐고 생각한 거야. 괜히 용을 쓰다가 목숨 잃고 말면 어떻게 각시 자리 차지할 수 있겠냐고 생각했겠지. 그래서 멀리 갈 것도 없이 마을 구석에서 고양이를 불러서 그 눈썹을 뽑아와.

그럼 헌 각시는 어땠느냐 하면, 이미 승부가 난 것 같으나 마지막까지 해보자는 마음이었어. 정말 승부가 난 것이라면 호랑이에게 물려 죽은들 어떠하랴 하는 마음도 있고 말이지.

그래서 헌 각시인 장자네 막내딸은 마을을 나서 산속으로 하염없이 들어가게 되었지.

그런데, 을금아, 너는 몸주신이 그 구렁이신랑처럼 매정하게 군다고 생각할지 모르겠다. 이 어미의 신딸이 되게 만들어놓고는 그만 모습을 감춰버렸다고. 그러나 새겨들어라.

하늘의 옥황천존이나 칠성신이 산신보다 높은 것 아니다. 산신이 조상신보다 높은 것 아니다. 어찌 받아들여 어찌 섬기느냐에 따라 영험이 달리 나타날 뿐이다. 헛된 것들 따라다니면 모셔야 할 신령 제대로 못 모신다. 그러고서는 신령의 영험이라고는 고양이 눈썹 한 올 만큼도 못 얻는다. 그러니 을금아, 새겨들거라. 새겨들거라.

나는 이미 막내딸의 낭군님이 영영 매정하지는 않았다고 했느니라.

*

막내딸이 더 들어갈 수도 없는 산속에서 한참을 헤매다 보니 동굴에 잇대어 지은 듯한 오막살이 한 채가 보이더래. 그래서 막내딸은 그 집 문을 두드리고 들어갔지. 지치기도 했고 목도 말라 막내딸은 우선 노파에게 물 한 바가지 얻어먹었어.

물 한 바가지를 얻어먹고서야 막내딸은 노파의 치맛단 아래로 얼룩무늬 꼬리가 삐죽이 나와 있는 것을 보았어. 무척 겁이 났지만, 한편으론 반가워. 그래서 헌 각시는 새 각시하고 시합하고 있는 것까지 제 사정을 다 털어놓았지. 그리고 도와달라고 매달렸어.

그랬더니 노파가 엉덩이를 번쩍 쳐드는가 싶더니 제 치마 안에 들어와 있으래. 옴짝달싹 못 하고 죽는 건 아닌가 싶어. 그래도 막내딸은 노파 치마 안으로 들어갔어. 제 가슴이 두근두근하는 소리를 듣고 앉았자니 노파가 이래.

"나는 다 늙어 눈썹이 빠지고 없어. 내 아들놈 눈썹 뽑아줄 테니 겁먹지 말고 얼마간 기다려 봐."

이쯤 되자 막내딸도 완전히 안심하게 되었어. 그리고 얼마 뒤 어흥 소리가 나더니 집안으로 뭔가가 들어오는 소리가 들려. 노파의 아들인 호랑이가 사냥 나갔다가 돌아온 게지.

"아이고 이것 배가 고파서 그러는지 어디서 자꾸 사람 냄새가 납니다."

아들놈인 호랑이가 이러자 어미인 노파가 이래.

"내가 사람 다 되었으니까 사람 냄새가 나는 게지. 너도 행실 바르게 해서 이 어미처럼 사람 되어야 할 것 아니냐. 몸 단정하게 꾸며라. 이리 오너라. 오늘은 내가 이 잡아 주마."

아, 그 노파가 이를 잡아준다면서 눈썹을 한 줌 쑥 뽑아버렸을 때 아들놈은 이게 무슨 일인가 싶었겠으나 또 괜히 행실 바르게 하라는 소리를 들을까 봐 얼른 눈을 감아버렸겠지. 그랬더니 어미가 더는 그러지 않고 이를 잡아주네. 한참 이를 잡아주고는 노파가 제 아들 엉덩이를 탁 쳐.

"이제 나가봐라. 이번에는 제대로 사냥하게 산 깊이 좀 들어가 봐라."

호랑이가 나가자 노파는 엉덩이를 들어서 막내딸을 꺼내 주었겠지. 막내딸은 몇 번이나 절을 올리고는 호랑이 눈썹을 받아 산을 내려왔겠다.

헌 각시가 호랑이 눈썹을 가지고 왔는데 새 각시가 고양이 눈썹 가지고 어쩌겠어. 호랑이 눈썹으로는 세 가닥만으로도 망건을 만들 수 있다더니 정말 그리되는 거야. 새 각시가 가져온 고양이 눈썹으로는 안 되는데 헌 각시가 가져온 눈썹 세 가닥으로는 정말 신기하게 되는 거야. 헌 각시가 가져온 것이 호랑이 눈썹이 틀림없음을 확인해 준 다음 구렁덩덩 낭군님은 목소리도 똑똑하게 이렇게 말해.

"헌 각시가 진짜 내 각시로다."

일이 이리되었느니라.

일이 이리되었으니 외할미가 계집아이들에게, 새 각시는 쫓겨나고 장자네 막내딸이 신선비의 각시로 인정받아서 아들딸 낳고서 오래오래 행복하게 잘살았다더라 하고 이야기를 마무리할 만하지.

뭐 그렇게 마무리하여도 좋아.

좋아.

좋지만 내 이야기는 훨씬 오래전 일을 다루는 이야기야. 또 머리 다 굵은 아무개 총각이 들어서도 그럴싸하다 싶어야 할 이야기여야 해. 그러자면 약간만 더 자세하게 마무리하는 게 좋겠어.

그 순간, 막내딸이 진짜 각시로 인정받는 그 순간.

다 사라져. 고래 등 같은 기와집이고 뭐고 다 한꺼번에 사라지고 없어. 어디 산비탈 아담한 초가에 두 사람만이 마주 앉았을 뿐 새 각시도 없고 새 각시를 응원하던 식구들도 없고 그래. 그동안 놀랄 일이 어디 한두 가지였겠느냐만 이것도 눈이 휘둥그레질 만큼 놀랄 일 아니겠느냐. 그래도 막내딸은 가만 앉아 있었어. 신랑이 낡은 망건을 벗네. 그리고 그걸 바닥에 내려놓는데 보니 구렁이 허물이야. 이어 신랑은 장자네 막내딸이 가져온 호랑이 눈썹으로 짠 새 망건으로 머리를 단정하게 해. 막내딸은 아무것도 묻지 않았어. 그냥, 그때야 그냥 제 신랑 품에 안겼지.

그날 밤 막내딸은 꿈을 꿔. 자기가 딴 세상에서 만났던 바로 그 계집아이가 된 꿈이었어. 왜 그 새 쫓던 계집아이 말이다. 그 계집아이가 새를 쫓는데 보니 나락이 누렇게 잘 익었어. 끝도 없이 펼쳐진 논이 다 풍년이야. 나락이 잘 익어야 새를 쫓아도 쫓을 기분이 나겠다 싶어. 동네 한복판의 기와집에서 구렁덩덩 낭군님을 사위로 삼으려 했던 것은 낭군님의 신령한 능력을 알아봤던 것이지 싶어.

그러다 막내딸은 마을에 와 있는 자신을 깨달았어.

마을은 신랑과 제가 떠나온 그곳이 틀림없는데 어디인지 많이 달라진 듯했어. 살펴보니 그새 화적 패가 칼을 들고 몇 번이나 휩쓸어간 뒤였어. 이제는 가뭄에 바싹 말라버린 산과 들에 바람을 받은 불길이 우우 휩쓸고 있었어.

잠이 깨서는 신랑한테 꿈에 본 것을 이야기했지. 제가 생각한 것도 덧붙였지.

그랬더니 신랑이 고개 끄덕이며 한다는 말. 들어보아라.

"역시 내 각시구려."

*

　맞다. 막내딸은 제 낭군님을 맞아온 것이지.

　둘은 저희 살던 마을로 다시 돌아왔다. 그건 신부가 잃어버린 신랑을 찾아온 일. 구렁덩덩 낭군님을 맞아온 일. 아, 그 일은 을금이 네가 제대로 짐작했듯 마을 사람들 모두의 낭군님을 맞아온 것이기도 했다. 그렇구나, 그래그래.

　내가 이 이야기를 끝까지 한 건 그 뜻을 담아보려 해서이겠다. 그렇겠다. 그 마을 할머니가 혼자서 땀에 흠뻑 젖은 채 혼절까지 하여 낳았던 구렁이는 신일 수 있겠구나. 구렁이신일 수 있겠구나. 구렁이신랑을 맞아온 장자네 막내딸은 그럼 무엇이냐? 이 어미 같은 무당일 수 있지 않겠느냐? 이제 을금이 네가 되어야 할 무당일 수 있지 않겠느냐?

　구렁이가 허물 벗고 새롭게 선비 같은 사내로 변하는 이야기는 원래 구렁이신을 모시는 이야기였을 것이다. 내가 괜히 그렇게 생각해보았더래서가 아니라 원래가 그런 이야기였을 것이다. 세월이 흘러 많은 사람이 신령과는 멀어지면서 그저 나이 든 여자가 나어린 계집애에게 남녀 간의 사랑과 약속에 대해 가르칠 수 있는 흥미로운 이야기로 변하고 말았지만 말이다. 내가 신선비 이야기를 아주 오래전 이야기로 되돌려 놓겠단 요량은 했지. 그렇다만 하나부터 열까지 다 요량하지는 못했느니라. 하면서 지어내기도 했고, 중간에 바꾸기도 하고 그랬지. 그랬으니 어디 앞뒤가 맞지 않는 게 있을지도 모르겠다. 그래도, 그래도 잘 이어온 듯하구나.

네가 앞에서 들어주니 할 수 있었던 이야기지. 혼자서야 어디 끝까지 할 수 있었겠느냐. 혼자서는 생각만 좀 하다 말았겠지. 내가 했다만 네가 있어 할 수 있었던 이야기였다. 그리고 이것도 다 신명이 지펴서 한 이야기였다 싶구나. 오래전의 이야기로 되돌린다는 요량만 했지 나는 장자네 막내딸이 구렁덩덩 낭군님을 맞아온 일로 마무리할 줄은 몰랐다. 이 늦은 밤에 구렁이신을 모셔온 일로 마무리할 수 있었던 것은 분명히 신명이 지펴서일 것이야. 아, 이야기도 신명이 지펴서 하는 이야기가 있구나.

둘이 저희 살던 마을로 돌아와서는 행복하게 잘살았지.

잘사는데 그냥 자기들끼리만 잘 사는 게 아니라, 다 함께 잘살았지. 각시가 낭군님 잃고 찾아 헤매는 몇 해 동안 가뭄 들어 곡식 잘 여물지 않자 더는 살 곳 아니라며 떠나간 사람들까지 다시 불러와 논밭 일구게 하고 풍년 들게 해 잘살 수 있도록 했지. 다함께 행복하게 잘살았지. 그래, 구렁덩덩 낭군님은 비를 부르고 물길을 끌어올 줄 알아 땅의 기운을 북돋을 수 있는 능력을 가진 신령이지.

장자네 어른의 조부도 바로 그런 능력 가진 사람이 아니었나 싶어. 그래, 그렇지. 그 장자네에 그런 능력 다하고 말면 능력 가진 새로운 사람 받아들여 만사가 형통하게 하라는 게 옛말에 담긴 뜻이 아닌가 싶어.

*

을금아, 신령은…….

몸주신은 구렁이신일 수도 있나 보다.

아득한 옛적에는 구렁이가 신이기도 했나 보다. 이 어미의 몸주신은 칠성신이다만 누구의 몸주신은 용왕신이기도 하고 또 누구의 몸주신은 조상신이기도 하고 그렇지.

천신이든 산신이든 또 조상신이든 높낮이가 다르지 않다. 제 인연 따라 찾아올 테니 지극한 마음으로 맞아들여라. 그러면 너 그 아픈 몸 나을 터이고 다른 사람 아픈 마음 어루만져줄 수 있게 될 터이니. 장자네 막내딸이 신령을 알아보았듯 을금이 너는 너의 몸주신을 알아볼 수 있을 것이다. 네 눈이 이제 밝을 만큼 밝아졌느니라. 새 아침이라서가 아니라 네 눈이 이제 밝을 만큼 밝아졌느니라.

보이느냐?

구렁이신랑이랑 그 신부랑 돌아오는데 마을 사람들이 앉아만 있었겠느냐. 낭군님 맞이하는데 점잔만 빼고 있겠느냐. 새침만 떨고 있겠느냐. 저기 온통 나와서 나팔 불고 북 치고 하는 것 보아라. 구렁이신랑이 장자네 마당 초례청으로 가던 때보다 더 흥겹구나.

비가 내리고 물길이 흐르는구나. 얼쑤!

땅심이 돌아왔구나. 얼쑤!

을금이 네가 몸주신 맞아들이는 내림굿을 할 때 천지신명이 가만히 앉았겠느냐. 징소리 높아지는구나. 장구소리 빨라지는구나. 지극 정성으로 기도하여라. 그러면 어떤 분이 낭군님인지 보일 것이니⋯⋯.

이야기의 기원

이야기의 기원

「해와 달이 된 오누이」나 「나무꾼과 선녀」는 누구나 다 안다고 할 수 있을 옛이야기입니다. 「나무도령」이나 「구렁덩덩 신선비」 같은 옛이야기도 널리 알려진 옛이야기이지요. 그런데 이 이야기들이 신화라고 생각한 사람들은 많지 않을 겁니다.

먼저 「해가 되어라 달이 되어라」의 원전이라 할 「해와 달이 된 오누이」부터 살펴보겠습니다. 「해와 달이 된 오누이」는 산골 오막살이로 찾아온 호랑이를 피하여 하늘로 올라간 오누이가 각기 해와 달이 된다는 옛이야기입니다. 「일월전설」이라거나 「수숫대가 빨간 이유」라고도 한다는군요. 오누이가 하늘에서 각기 해와 달이 되었다는 내용이 분명히 있지요. 그리고 헌 동아줄을 타고 뒤쫓던 호랑이가 떨어지며 튄 피가 수숫대를 붉게 만들었다는 내용도 덧붙어 있지요.

우리나라 곳곳에서 전하는 「해와 달이 된 오누이」 가운데는 누이가 해가 되고 오빠가 달이 되는 것으로 마무리되는 것이 꽤 많습니다. 오빠는 해가 되고 누이는 달이 되는 마무리를 정본으로 기억하는 사람들은 반대로 마무리되는 이야기를 접하고는 잘못 전해진 것은 아닐까 하고 생각할지도 모릅니다. 우리의 익숙한 사고로는 남성인 오빠가 해가 되고 여성인 누이가 달이 되는 게 자연스러워 보일 수도 있을 테니 말입니다. 그냥 실수로 넘겨버려도 좋을까요? 옛이야기란 원래 말로 하던 것. 누군가가 심사숙고하지 않고 그냥 막 해버린 탓에 우리의 익숙하며 자연스러운 사고와는 맞지 않는 이야기도 하나 전해진 것. 그리 생각하고 넘겨도 괜찮을까요?

하늘에 오른 남매가 각기 해와 달이 되었다가 서로 역할을 바꾸는 과정까지 다룬 것도 있습니다. 이런 이야기를 접한 사람들이라면 그 과정을 유심히 들여다보았으리라 생각합니다. 누이가 밤이 무섭다 하여 오라비와 바꾸어 해가 되었다거나, 해가 된 누이는 사람들이 쳐다보는 것이 부끄러워 빛을 쏘아서 자기를 바로 쳐다보지 못하게 하였다거나 하는 대목을 보고 어떤 생각을 하셨는지요? 해와 달의 기원뿐만 아니라 해가 왜 함부로 쳐다 볼 수 없을 정도로 눈이 부신가에 대한 설명까지 썩 그럴싸하게 담아내었다고 생각할 수도 있을 겁니다. 「해와 달이 된 오누이」 를 전한 백 년 전이나 이백 년 전 옛날의 어떤 이야기꾼도 그런 의도로 이야기했을 가능성은 충분합니다. 아니, 틀림없을 겁니 다. 그런데 이것이 「해와 달이 된 오누이」의 원래 모습이라는 보 증이 될 수는 없습니다.

은연중 우리는 옛이야기를 몇백 년 전쯤 만들어져 전해진 것 으로 생각하고 있었는지도 모릅니다. 옛이야기 가운데는 그 기 원을 찾자면 천 년 전이나 이천 년 전까지 거슬러 올라간대도 사 실 별로 거슬러 올라가지 못했다고 해야 할 것도 있다고 보입니 다. 「해와 달이 된 오누이」의 원형은 고대나 원시시대라고 해야 할 때부터 만들어진 것일 가능성이 많습니다. 그리고 그 원형은 지금의 우리나라 땅에서가 아니라 다른 먼 곳에서 생겨나 전해 졌을 수 있다는 점도 생각할 필요가 있습니다.

*

우리 옛이야기 중에는 상당히 오래전에 생겨난 것과 지금의 이 땅이 아닌 다른 먼 곳에서 생겨난 것일 수 있다는 말을 하고 잠시 숨을 돌렸습니다. 다시 계속해보겠습니다. 본격적으로 이야기해보겠습니다.

「해와 달이 된 오누이」를 다시 쓰기 위해 들여다볼 때 나는 이 이야기를 신화로 받아들이고 있었습니다. 민담이 되었지만 그 기원은 신화이고 현재도 신화성이 뚜렷하다는 차원에서 신화로 받아들인 것이지요. 그 원형은 앞 이야기가 훨씬 짧으리라 추측하기도 했습니다. 오누이의 어머니가 세 개의 고개를 넘으며 호랑이와 흥정하다 마침내 목숨을 빼앗기게 되는 과정, 그리고 오누이와 호랑이가 서로 속고 속이며 겨루는 대목은 흥미로운 이야기로서의 민담의 특성이 잘 드러나 있지요. 민담으로서 「해와 달이 된 오누이」를 받아들일 때 오누이가 해와 달이 되었다는 마지막 대목은 이야기꾼이 실수로 덧붙이고만 사족 같습니다. 민담으로 진화하고서도 채 떼어내지 못한 일종의 원숭이 꼬리 같기도 합니다.

그런데 「해와 달이 된 오누이」를 신화로서의 의미를 살려 다시 쓰고자 한다면 마지막 대목은 사족이 아닙니다. 오히려 소중한 부분이 됩니다. 오랜 세월에 걸쳐 여러 이야기꾼이 흥미롭게 만들어놓은 대목을 나는 십분 활용할 요량이었습니다. 그런 한편 마지막 대목의 신화성과 잘 이어지도록 하는 작업을 하려고 했지요. 대략 그리 구상하던 중에 누이의 두려움과 부끄러움의 비밀과 만날 수 있었습니다. 조현설 선생이 「해와 달이 된 오누이」의 '창조신화적 성격'을 규명한 논문을 통해서입니다.

그 논문을 읽고 나는 이 이야기의 오래된 기원을 비로소 알게 되었습니다. 누이의 두려움과 부끄러움이 어두운 밤이나 뭇 사람들의 눈길이 아니라 원래는 오빠와 관련된 것이라는 사실을 깨달았을 때 비로소 그 이야기는 내게 제대로 된 신화로 다가온 것이지요. 「해와 달이 된 오누이」를 거듭 읽는다고 해서 절대 깨달을 수 없었을 사실. 그것이 저 먼 베링해 이누이트 족의 신화에서부터 시작해 만주족의 신화를 징검다리로 하여 추적하자 분명하게 드러났다고 생각합니다.

이누이트 족의 신화에서 자신을 사랑하는 오빠를 피해 하늘로 올라간 누이는 달이 됩니다. 그러자 오빠는 해가 되어 누이를 뒤쫓지요. 때때로 누이를 껴안을 때가 있는데 월식은 그렇게 해서 일어나지요. 일식이나 월식을 몹시 두려워했던 고대인들이 만들어냈을 법한 신화라는 생각이 들지 않습니까? 만주족의 신화에서는 근친상간이 뚜렷하게 표현되지 않습니다. 그렇지만 그 분위기는 전해집니다. 해와 달이 없어 캄캄한 태초의 세상에서 오누이는 부처에게 찾아가 등불과 날아다니는 신발을 얻어옵니다. 누이가 신발을 신고 날아다녀 좀체 붙들 수 없게 되자 오빠는 부처에게 거울을 얻어와 그걸로 비춰 누이가 있는 곳을 알아

냅니다. 알몸을 다 비치게 하는 오빠를 피해 누이는 부끄러워하며 달아나다가 하늘로 올라갑니다. 문화적 세련미를 더한 만주족의 신화에서는 누이가 손에 쥐고 있던 등불이 해가 되고 오빠의 손에 있던 거울이 달이 되는군요.

두 민족의 신화를 비교신화학의 방법론으로 살펴 얻을 수 있는 결론은 우리의 민담인 「해와 달이 된 오누이」를 함께 살펴도 크게 다르지 않을 것입니다. 「해와 달이 된 오누이」의 기원에 자리 잡은 근친상간의 모티프, 잊히고 지워진 그것을 발견함으로써 나는 「해가 되어라 달이 되어라」를 제대로 구상할 수 있었습니다. 해와 달이 제 역할을 못 하는 상황에서의 카오스적 폭력의 이야기를 펼쳐나가면서 전체적으로는 우주적 질서를 희구하며 그것을 선언하는 이야기를 만들 수 있었습니다. 오누이의 어머니는 그날 자기 집안에 들이닥친, 본인과 막내가 호랑이에게 희생된 참혹한 일을 아프게 곱씹으며 되짚습니다. 그리고 그 비극을 넘어설 영광이 구현될 수 있도록 두 오누이가 해와 달의 역할을 바꾸고 순행할 것을 당부하지 않습니까? 「해가 되어라 달이 되어라」는 바로 그런 작품입니다.

혹시 잔혹 동화를 위한 억지 상상이라 생각한 분들 있나요? 그렇다면 적절한 해명이 되었기를 바랍니다.

*

　나무도령의 이야기는 두 편의 작품이 되었습니다. 「나무도령과 그의 부모」 그리고 「나무도령과 그의 가족」이 바로 그 두 편의 작품입니다.

　「나무도령」은 「해와 달이 된 오누이」 만큼 잘 알려진 옛이야기는 아닙니다. 그러나 옛이야기에 관심을 가져야지 하고 누구라도 마음먹으면 곧 접하게 될 이야기가 아닌가 합니다. 우리 신화를 찾아봐야겠다고 생각했다면 특히나 그러할 것입니다. 「나무도령」은 나무의 정기를 받은 처녀에게서 태어난 아이가 대홍수 뒤에, 마치 방주를 타고 살아남은 노아처럼 다시 인류의 시조가 된다는 내용의 이야기입니다. 곧바로 신화임을 알 수 있는 옛이야기이지요.

　보통 사람들에게 우리 신화라고 하였을 때 가장 먼저 떠올릴 것은 단군신화와 같은 건국신화일 것입니다. 건국신화 말고는 달리 신화라고 할 만한 게 없다고 생각할 사람들도 많겠지만 「창세가」와 같은 무속신화가 제법 많이 있습니다. 제주도의 「천지왕본풀이」니 「세경본풀이」니 「칠성본풀이」니 하는 것들도 다 무속신화입니다. 「나무도령」은 건국신화도 무속신화도 아닌, 민간에서 전승한 신화입니다. 그러니 다른 신화보다 더 많은 사람의 입에 오르내리며 전해진 까닭에 친근하게 느껴질 신화가 아닌가 합니다. 「나무도령」은 민간에서 많은 사람의 입에 오르내리면서 후대에 이르러 신화적 색채가 약화하고 합리성이 더해졌습니다. 아예 세속적 경험의 진리가 강조되기도 했습니다.

주인공 소년이 나무의 직접적인 아들이 아니라 아버지 산소 옆에 있는 나무와 가까워져 그 나무를 아버지라고 부르게 되었다는 식의 이야기는 합리적 형태로 변한 것이겠지요. 그리고 나무와 관계된 부분은 아예 생략한 채 '머리 검은 짐승'(사람)의 배신을 강조하는 경우는 신화라고 할 수 없게 된 정도입니다.

「나무도령과 그의 부모」와 「나무도령과 그의 가족」은 신화로서의 나무도령 이야기를 나누어 재현하면서 인류의 새로운 한 시조가 되는 인물의 새로운 세상에 관한 벅찬 꿈과 그 과정에서의 깊은 고뇌를 그려보고자 한 연작 작품입니다. 먼저 「나무도령과 그의 부모」는 나무의 정기로 태어난 소년이 대홍수 때 아버지인 나무의 도움으로 살아남아 짐승들과 또래 소년을 구해주면서 새로운 세상을 꿈꾸게 되기까지의 일련의 일들에 관해 이야기합니다. 그리고 이어지는 「나무도령과 그의 가족」은 나무도령과 그의 가족이 대홍수 뒤의 세상에서 짐승들의 도움으로 혼인 문제를 해결하며 앞으로 있을 온갖 어려움을 감당할 다짐을 하기까지의 일련의 일들에 대한 이야기입니다.

다음은 「나무도령과 그의 가족」의 한 부분입니다. 이미 세상을 뜬 나무도령을 두고 그의 부인이 새 가족이 된 며느리에게 말하는 대목인데요, 그가 어떤 고뇌를 하였는지 다시 한 번 되새겨 주었으면 합니다.

배신과 모함. 그것은 너 시아버지가 꿈꾼 새 세상에 죄가 스며든 일이었다. 시작부터 그리되었던 것. 언제인가 다시 읍성이 생겨난다. 그때 분명하게 드러날 일을 나무도령은 미리 내다봤고 앞당겨 고민했다. 사람의 마음에 죄가 이미 씨앗처럼 담겨 있는 것인지 아니면 세상살이가 사람의 마음에 죄를 심어 자라나게 하는 것인지 하는 문제까지 따져 답을 얻고자 고민했다. 누구나 다 죄를 지을 수 있는 것. 나는 그리 생각한다. 처지가 달랐다면 우리가 그 부부처럼 그러지 말았으리란 법 없다고 본단 소리다. 집안을 이루고 마을을 이루고 읍성을 이루며 사는 일은 결국 죄지을 수 있는 우리를 서로 감당하며 살아가는 일이지 싶다. 사실 감당한다는 말은 너 시아버지가 제 나무 아버지와 함께 물 위를 떠돌던 때, 그때부터 한 소리구나.

*

「나무꾼과 선녀」도 신화에 그 기원이 닿아 있을까요?

바로 말하자면, 그렇습니다. 「해와 달이 된 오누이」처럼 「나무꾼과 선녀」 또한 신화에서부터 시작되어 민담이 된 옛이야기입니다.

「나무꾼과 선녀」는 가장 널리 알려진 옛이야기 중의 하나가 아닐까 합니다. 우리나라 곳곳에서 널리 전해온 옛이야기이고 오늘의 우리 심정에도 와 닿는 바가 뚜렷하여 사랑받는 까닭일 것입니다. 널리 전해온 만큼 다양한 이본이 있겠지요. 다양한 이본도 결국 몇 유형으로 나눌 수 있다고 하는데 그 중에는 수탉유래형이라는 것도 있습니다. '다시 만나는 옛이야기'의 하나인 「나무꾼과 선녀」는 원전인 민담과 제목까지 똑같지요. 그리고 누가 줄거리를 정리해보면 수탉유래형의 그것과 똑같으리라 생각합니다.

「나무꾼과 선녀」는 사슴의 보은으로 부부가 된 나무꾼과 선녀에 대한 이야기이지요. 나무꾼이 사슴을 어찌 구해주었고 사슴은 또 은혜를 갚겠다고 또 어찌하였는지는 초등학생들도 다 알 내용입니다. 사슴의 당부(금기)를 어기고 나무꾼이 날개옷을 선녀에게 내보이게 되고 결국 선녀가 아이를 데리고 제 고향인 하늘로 가버려 헤어지게 되는 과정도 이본마다 조금씩 차이가 나지만 대동소이합니다. 이 이야기의 유형이 나뉘는 것은 그 뒤로 내용 전개가 뚜렷하게 달라지는 것들이 있어서이지요.

수탉유래형에서 나무꾼은 천상으로 올라간 선녀를 추적해 기어이 상봉합니다. 나무꾼은 그 뒤 지상에 두고 온 어머니가 걱정되어 용마를 타고 마지막 인사를 하러 오게 되지요. 그때 그의 발이 땅에 닿으면서 천상으로 복귀하지 못하게 되는데요, 끝끝내 선녀 아내와 재회하지 못한 채 땅에서 살다가 나무꾼은 죽습니다. 그리고 수탉으로 환생해 하늘을 향해 울어대면서 이야기는 끝이 나지요.

이 수탉유래형에서 수탉의 유래에 대한 부분은 뒷날에 덧붙여진 것일 가능성이 커 보입니다. 태고의 신화적 요소와는 별 상관이 없다는 말입니다. 그렇지만 이 유형 이야기 전반에는 천상계와 지상계의 확연한 분리와 그에 따른 비극을 의식하게 되는 고대인의 사고가 분명히 녹아 있지 않은가 합니다. 나무꾼이 장인인 옥황상제 및 여러 동서의 시험을 이겨내고 행복을 누리게 되는 천상시련극복형은 일반 민중의 소망성취 욕구를 듬뿍 표현하고 있어 민담화가 한층 더 진행된 것으로 보입니다. 이 유형은 이 유형 나름의 가치가 있겠으나 '다시 만나는 옛이야기'에서는 신화적 요소를 주로 되살리고자 하니 수탉유래형을 주목한 것이지요. 수탉이 새벽에 하늘을 향해 목을 길게 빼고 울어대는 모습은 천상과 지상의 분리에 따른 나무꾼과 선녀 부부의 비극을 드러낼 수 있으니 굳이 삭제할 필요는 없을 테지요.

　"하루를 내려가 계실 수 있는 것도 아닙니다. 겨우 밥 한 그릇
먹을 만큼의 시간밖에 머물 수 없다는 것 명심하셔요. 어머니를
뵈면 절을 올리고 안아라도 드려야겠다 싶겠지만 절대로 말에서
내리지 말고 곧 돌아오셔야 합니다. 땅에 발을 디뎌선 안 된다는
말씀입니다. 꼭이오."
　아내의 당부는 그사이 나도 어느 정도는 알게 된 그쪽 세상의
철칙을 바탕으로 한 것인 듯했네. 하늘과 땅은 이어져 있으며 아
주 크게 보자면 하나의 세상이라고도 할 수 있으나 그렇다고 해서
두 세상을 함부로 넘나들거나 간섭해 어찌 해보려 해서는 안 된다
는 것이지. 그랬다가는 당장 좋을지 모르지만 결국 두 세상 모두
에 도움이 되지 않는다는 것이지. 그동안의 일을 통해 하늘나라에
서는 철칙으로 삼게 된 생각이었어.

　줄거리를 정리해보면 민담과 똑같은 이야기입니다. 어찌해 한
자리에서 아이에게 후딱 다 읽어줄 분량이 아닐까요? 완전한 단
편소설의 분량으로 부풀어날 수 있었을까요? 그리된 것은 다시
쓰기 작업에서 구체성과 개연성을 살린 까닭이기도 하고, 위와
같은 부분에서 천상계와 지상계의 분리와 같은 신화적 메시지를

녹여 담아내고자 노력한 까닭일 것입니다.

「우렁각시」는 「나무꾼과 선녀」 못잖게 유명한 옛이야기입니다. 이 두 이야기가 비슷한 이야기이기도 하다는 생각을 해보셨겠지요? 그렇지 않습니까? 이 두 이야기는 아주 비슷합니다. 「우렁각시」의 노총각은 산골의 농사꾼입니다. 나무꾼만큼이나 가난하지요. 나무꾼과 마찬가지로 홀어머니와 함께 삽니다. 밭을 매면서 "이 농사지어 누구랑 먹고살거나"를 한숨처럼 내뱉던 노총각이 우렁이에서 나온 처녀를 아내로 맞이한 것은 기적 같은 일입니다. 나무꾼이 사슴의 도움으로 천상의 선녀를 아내로 맞이한 일처럼 산골 노총각이 우렁각시를 얻은 것은 엄청난 행운의 결과라고 볼 수 있습니다. 「우렁각시」의 부부는 금기 위반으로 이별합니다. 여기에는 어머니의 탓도 일정 부분 있습니다. 나무꾼의 사연과 같지요.

이 각시가 도랑 수풀에 우렁이로 나타난 사연과 그 이치는 설명하자면 너무 복잡합니다. 아니, 천지간의 이런 일은 실상 제대로 설명해낼 수 없는 일입니다. 나도 낱낱이 다 설명하지 못합니다. 그래서 나는 하늘에서 인간 세상으로 귀양살이 온 것이라 했습니다. 그런 정도로 우선 알아주면 좋겠다고 했습니다. 당신은 내가 농에서 나와 밥상을 뚝딱 차리는 걸 보았으니 믿어 의심치 않았지요. 어머니도 비단 주머니에서 단출하긴 해도 혼수라고 할 만한 물품이 한참 나오는 걸 보고 두 손 모아 옥황상제께 감사해 했습니다.

우리는 우렁각시의 이 같은 말로 그녀 또한 선녀임을 알 수 있습니다. 지상의 남자와 천상의 선녀가 여기 또 이별하는 비극이 빚어졌습니다.

「나는 당신의 각시입니다」는 바로 이 비극을 다시 쓰기 한 작품입니다. 제목을 이렇게 한 것은 우렁각시인 '나'의 심정을 강조하기 위해서입니다. 울다가 죽어 파랑새가 돼 별당으로 날아온 산골 노총각(당신-우리)의 심사도 심사지만 여기서는 천상 선녀(나-너희)의 심사에 초점을 맞췄습니다. 지상의 삶을 받아들일 수밖에 없는 선녀의 심정을 거문고 가락에 담아 천지간에 깊은 울림을 만들어보려 했습니다.

「우렁각시」와 관련해서는 이 정도만 말하겠습니다. 또 다른 비슷한 이야기가 있으니까요. 다른 곳에서 「새털옷 신랑」과 함께 몇 마디 더 말할 수 있을 테니까요.

*

곰녀 이야기도 하고 싶었습니다. 단군신화의 곰녀(웅녀)가 아니라 민간에서 전승한 곰녀의 이야기도 꼭 하고 싶었습니다.

단군신화의 곰녀든 민간의 곰녀든 모두 곰 토템과 관련 있다는 것이야 알았지만 그것이 고대에 널리 퍼진 깊이 있는 사유였으리라는 것은 『곰에서 왕으로』(나카자와 신이치)나 『동북아의 곰문화와 곰신화』(이정재)를 읽으면서 짐작하게 되었습니다. 그때부터 저 북녘땅의 곰녀는 자기 이야기도 해줄 것을 이 이야기꾼에게 강력히 호소하고 있었다고 해야 할 것입니다.

처음엔 곰나루 전설을 바탕으로 곰의 신화를 이야기해보려 했습니다. 곰나루 전설을 '다시 만나는 옛이야기'의 하나로 만들기로 하고 이런저런 자료를 찾던 중 다시 뒤적이게 된 『동북아의 곰문화와 곰신화』에서 그것과 아주 유사하면서도 단군신화의 곰녀까지 아우를 수 있을 듯한 곰의 이야기를 만나게 되었습니다. 봉화산 암곰 이야기가 바로 그것이었지요.

1960년대에 경북 고령군 성산면에서 채록한 봉화산 암곰 이야기는 봉화산 꼭대기 커다란 소나무 아래 암곰이 살고 있었다는 데서부터 시작합니다. 이 이야기로 단군신화의 곰녀까지 아우를 수 있겠다고 생각한 것은 암곰이 사람 되는 것이 소원이어서 백일기도를 올리고 예쁜 소녀가 되었다고 해서입니다. 곰나루 전설에서는 그냥 암곰이 등장하지요. 「북녘땅 곰녀」는 사실 똑같은 이야기라 할 수 있는 곰나루 전설과 봉화산 암곰 이야기를 합쳐 원전으로 삼되 지금 우리가 사는 이 땅이 아니라 우리 조상의 한 부류가 살았을 먼 북쪽 땅을 배경으로 바꾸었습니다.

그러면서 결말은 앞의 두 이야기와 판박이라고 할 수 있는 예벤크 족 신화의 그것을 살짝 변형해 대신 채택했습니다. 예벤크 족은 러시아 시베리아의 예니세이 강 동쪽 지역과 중국 동북의 북부, 몽골 북부, 연해주, 사할린 북부에 걸쳐 사는 사람들입니다. 이들의 신화에서는 동거하던 남자가 처자식이 그리워 도망가자 뒤쫓던 곰은 새끼를 두 쪽으로 찢어 한쪽은 강 건너 남자에게 던지지요. 이리하여 하나는 사람으로 하나는 곰으로 자라게된다는 것이지요. 이 같은 결말을 채택함으로써 곰나루 전설이나 봉화산 암곰 이야기에서처럼 비탄에 빠져 스스로 죽음을 택하는 슬픈 전설이 아니라 단군신화의 곰녀처럼 한 민족의 시조를 낳는 암곰의 이야기가 될 수 있었습니다.

일이 그렇게 되었다면? 남자를 잃은 슬픔에 암곰이 미쳐 자식과 제 목숨까지 내던진 일로 사람들 이야기에 오르게 되었을지도 모르겠구나. 그 땅이 변하거나 그 사람들이 멀리 다른 땅으로 옮겨가 농사짓는 사람들이 되거나 한다면 이야기도 엉뚱하게 바뀔 수 있는 법. 그러나 그건 우리가 어찌할 수 없는 일. 우리가 해야 할 일은 우리가 겪은 대로 제대로 이야기하는 것일 터.

「북녘땅 곰녀」는 암곰이 다 자란 제 자식을 떠나보내기에 앞서 자신의 이야기를 하는 형식으로 전개되는 작품입니다. 남자가 강을 건넌 뒤 이별을 통고했을 때 곰녀는 격한 감정을 쏟아놓지요. 위에 인용한 부분은 바로 그다음의 대목입니다. 이 대목을 쓸 때 나는 뒷날 남쪽으로 옮겨간 사람들에 의해 그 곰녀의 이야기가 곰나루 전설이나 봉화산 암곰 이야기처럼 슬픈 결말의 이야기로 변형되어 전해졌을 사연을 독자들이 추측해낼 수 있기를 기대해보았습니다.

어쨌거나 곰녀의 이야기도 단지 곰녀가 무슨 일을 겪고 결국 어찌 되었다는 구구절절한 사연에만 초점을 맞추지 않았다는 점 강조합니다. 곰녀가 제 자식인 곰에게 한 그 이야기는, 문명과 자연의 조화를 중요한 가치로 내세우지만 사실은 내팽개친 것이나 다름없는 오늘의 이 남녘땅에 사는 우리 모두의 머리와 가슴에 새겨야 할 이야기이니까요.

「노루야 노루야」에 대해서는 짧게 말하겠습니다. 「노루야 노루야」는 흔히 「노루가 된 동생」 등의 제목으로 알려진 우리 옛이야기를 원전으로 한 작품이라는 것, 그리고 독일 민담을 수집해서 예술적으로 다듬어 쓴 저 2백 년 전 낭만주의 시대 그림 형제의 「오누이」와도 비교해서 읽어보기를 권한다는 것 정도만 말하 겠습니다. 아, 「노루가 된 동생」이 『그림 형제 민담집』의 열한 번째 이야기인 「오누이」와 아주 비슷한 옛이야기라는 것까지는 말해두어야겠군요. 두 이야기 모두에서 동생은 노루 발자국에 고인 물을 마시고는 노루(사슴)가 됩니다.

멀리 떨어진 두 지역에 어찌하여 이토록 유사한 이야기가 존 재할 수 있는가 하는 문제. 이에 대해서는 우리 모두 따로 생각 해보고 언제 머리를 맞대보도록 해야 할 터. 이 글의 마지막에 살짝은 언급할 생각입니다.

*

이제 마지막 작품을 살펴볼 차례입니다. 바로 「구렁덩덩 우리 낭군님」입니다.

이 작품의 원전은 「구렁덩덩 신선비」로 널리 알려진 우리 옛 이야기입니다. 전 세계적으로 유사한 이야기들이 전승되었다고 합니다. 「구렁덩덩 신선비」처럼 사람이 개구리나 두꺼비나 뱀 등과 혼인하는 내용을 다룬 것들을 이류교류담으로 분류하는 모 양입니다. 어려운 한자어를 쓸 것 없이 '미녀와 야수' 유형이라고 도 한다는군요. 이 같은 유형 분류가 이야기의 성격을 어느 정도 드러내긴 합니다. 그러나 그것으로 우리가 이야기의 속살까지 만져볼 수 있는 것은 아닙니다.

「구렁덩덩 우리 낭군님」은 『해가 되어라 달이 되어라』의 다른 모든 이야기와 마찬가지로 작품 속 등장인물이기도 한 화자가 또 다른 인물이기도 한 청자에게 이야기를 해주는 형식을 취하고 있습니다. 신어미가 화자이고 신딸인 을금이 청자이겠지요? 네, 그렇습니다. 신어미는 성주굿을 하기로 한 어떤 집에 의논차 방문했다가 그 집의 노마나님이(실제로는 외할머니가) 계집아이들에게 신선비 이야기를 하는 것을 듣게 되었지요. 채록 현장에서 보면 신선비 이야기는 주로 할머니나 아주머니 같은 나이 많은 여자들이 시집가지 않은 여자아이들한테 해주는 이야기라고 합니다. 할머니나 아주머니는 자라 시집가야 할 여자아이들이 듣고 마음에 새겨놓아야 할 덕목 같은 걸 담아 이야기하는 모양입니다. 성주굿하기로 한 집에 찾아갔던 무당도 노마나님이 그렇게 신선비 이야기 하는 걸 들었을 겁니다. 그런데 신어미는 달리, 별난 구석이 있는 이야기로 해석하나 봅니다. 그리해 그녀는 그 이야기의 별난 구석, 즉 아주 오래된 때의 일을 두고 하는 이야기, 즉 신화라는 것을 의식하며 자신의 신딸에게 새롭게 신선비 이야기를 하지요.

혼자 사는 할머니가 풀숲에서 주워온 알을 삶아 먹고는 임신을 합니다. 낳고 보니 구렁이 자식이었지요. 할머니가 일하러 다니는 장자집(부자집)의 세 딸이 아이를 구경하러 오는데 위의 두 딸은 구렁이인 것을 알고 놀라 달아나듯 하지만 셋째는 할머니에게 구렁덩덩 신선비를 낳았다고 축하하지요. 구렁이 자식은 어머니를 통해 장자집에 청혼합니다. 호감을 보인 셋째 딸과 혼인하게 됩니다. 혼인한 날 밤 구렁이는 허물을 벗고 잘생긴 남자가 되지요. 여기까지가 이야기의 전반부라 할 수 있겠습니다. 구렁이 신랑이 출타하며 허물을 잘 간수하라는 당부를 셋째 딸이 지키지 못해 두 사람은 만날 수 없게 됩니다. 이후의 이야기는 셋째 딸이 제 신랑을 찾아 헤매고 또 시험을 거쳐 신랑을 되찾는 내용이 이어집니다. 이러한 줄거리는 「구렁덩덩 신선비」의 것이기도 하고 「구렁덩덩 우리 낭군님」의 것이기도 합니다. 「구렁덩덩 우리 낭군님」이 새롭게 한 이야기라 하였으나 줄거리 차원에서 그렇다는 뜻은 아니라는 것이지요.

그렇다면 무엇이 새롭다는 것일까요? 상징에 대한 안목이 조금만 있는 사람들이라면 셋째 딸이 신랑을 찾아 헤매고 또 신랑의 새 여자와 빙판 위를 지나가 물 길어 오기, 호랑이 눈썹 가져오기 등의 내기를 하여 이기는 대목에서 신화적 상징성을 읽어내었으리라 생각합니다. 혼자 사는 할머니가 임신을 한다든지 또 구렁이를 낳는다든지 하는 일은 사람의 일상적 경험 세계일 수가 없습니다. 그것은 상상이자 신비적 체험의 세계인 것이지요. 장자네 셋째 딸이 구렁이와 혼인하는 것도 사제와 같은 사람들의 신비적 체험의 세계를 표현한 것이 아니고 무엇이겠습니까? 신선비 이야기는 시집 안 간 여자아이들에게 남녀 간의 사랑과 약속 그리고 여자로서 갖춰야 할 덕목을 알려주기 위한 이야기가 아니라 원래는 신을 제대로 받들어 모시지 못한 사제가 다시 신을 찾아 모셔오는 이야기인 것이지요.

신어미는 노마나님이 하는 이야기를 우연히 멀찍이서 듣게 되었다가 그 핵심을 직관적으로 파악한 것입니다. 그리고는 신딸에게 이틀에 걸쳐 해준 것이지요. 그 과정 전체가 「구렁덩덩 우리 낭군님」이었습니다. 신어미가 신딸에게 한 이야기는 할머니가 낳은 구렁이가 구렁이신일 수 있으며, 구렁이신랑을 맞아온 장자네 막내딸은 자신과 같은 무당(또한 을금이가 되어야 할 무당)일 수 있다는 의미까지 담은 것이었습니다. 신어미는 입문 과정에서 혼란스러워하고 또 고통스러워하는 신딸에게 한편으로 격려하고 한편으로 질책한 것이지요.

물의 신이자 풍요의 신인 구렁이신을 맞아들여 몇 해나 가뭄에 시달린 마을에 풍년 들게 한 장자네 막내딸. 그녀처럼 사제로서 자부심을 가지고 역할을 다하라고 말입니다.

*

　지금까지 살펴봤듯 '다시 만나는 옛이야기' 시리즈의 1권 『해가 되어라 달이 되어라』에는 신화적 옛이야기들만을 모았습니다. 태곳적 사람들의 사유와 세계상을 집중적으로 살펴보고, 또 그것들을 우리가 사는 세상의 거울과 등불로 사용해보는 것도 가능하지 않을까 탐색하기 위해서입니다.

　태곳적 세상의 일을 담아낸 이야기들이 세월의 흐름과 함께 우리가 흔히 알고 있는 이야기로 변해 왔다는 것, 그러니까 신화의 민담화를 이제 잘 이해했으리라 믿습니다. '다시 만나는 옛이야기'에서 그 이야기들은 우리에게 익숙한 이야기의 모습을 유지한 채 집단무의식의 원형이 녹아든 것이라 할 상징적 장치 같은 것이 살아나며, 원래의 신화적 이야기로 다시 우리 앞에 나타났지요. 대부분 이야기가 생각보다 오래전에 생겨나 세월 속에 차차 신성성을 잃고 흥미나 일상사의 진실을 전하는 이야기로 바뀌었다는 것, 그리고 지금 우리가 사는 이 땅과 상당히 먼 곳에서 전해져 왔을 가능성이 있다는 것도 확인했군요.

　하지만 나는 그 이야기들의 진짜 기원은 인간 공통의 집단무의식이라고 봅니다. 오래되었고 또 멀리서 오기도 한 이야기가 아직도 호소력을 갖는다는 것이 다른 무엇보다 강력한 증거이겠지요. 교류가 없는 두 지역에서 거의 똑같은 이야기가 생겨나는 것도 무시할 수 없는 증거가 아닐까요?

다 지나간 시대의 다 낡아빠진 듯한 이야기를 다시 하는 이 작업이 의미를 갖는다면 그것은 우선 우리 자신의 재발견이어서가 아닐까 합니다. 시간의 흐름과 함께 잊히거나 지워진 부분들. 이 자리에서는 그것들이 구체적으로 무엇인지, 그리고 그것들을 찾아 어떻게 되살렸는지에 대해 주로 말해보았습니다. 그러다 보니 이 글이 자연스레 작품 해설 같은 것이 되기도 하였습니다. 자작 해설을 금기시하는 분들도 있는데, 이야기가 재미있다 보면 뒤풀이 마당까지 왁자해지는 법이라고 혼자 호기를 부려봤습니다.

'다시 만나는 옛이야기'는 이 땅의 삶과 기억 가운데서 옛이야기를 만들고 또 전한 무명의 수많은 이야기꾼과 함께한 작업입니다. 오늘날의 연구자들과 함께한 작업이기도 합니다. 이 점은 따로 자리를 마련해 제대로 밝히도록 하겠습니다.